珊瑚の島で千鳥足

続「ばらとおむつ」

銀色夏生

角川文庫 15372

まえがき

前に出した『ばらとおむつ』という本は、母（しげちゃん）が病気になり、その時に兄（せっせ）が私たち兄弟（私ミキ、弟テル、妹エミ）に送った病状報告の通信がおもしろかったので、つれづれノートというエッセイとは別に、私の育った生家まわりのエッセイとして試みに出したものです。するとそれを思った以上に楽しんで読んでいただき、増刷されたので、次の号も出させてくれるかなと、今回この続編を出すことにしました。

今回もなかなかおもしろく、いったいこの人たちはこれからどうなって行くのだろうと、人ごとのように思ってしまいます。

まずは前回からの続きで、せっせが無謀にもしげちゃんを両国国技館に相撲観戦に連れて行こうとするところから始まります。しげちゃんが相撲が好きなので、生きてる間にぜひ観戦させたいとせっせが言い出し、それを聞いたテルくんが協力しようとしているところです。

(メール、テル→ミキ)

テルです。おふくろが、すもう観戦するための計画案をアニキ、エミに出そうと思いますが、アネキはこの計画には、どうしますか?参加する　または、参加しないけど興味ある　であれば、メールのあて先に加えます。では。


(ミキ→テル)

私は、参加しません。それよりも、メールしようと思ってました。

最近は、毎日曜日に、しげちゃん&せっせがやってきて、お昼のお寿司《すし》を買ってきて、おいしそうに食べていますが、きのう、すもう観戦の話が出て、しげちゃんに、「本当にすもうを観に行きたいの?」と聞いたら、「どっちでもいいわ」と言っていました。

行ったら行ったで楽しむとは思いますが、無理をしなければいいがと思います。

なにしろ、この話は、せっせの「死ぬまでに一度すもう観戦に連れて行きたい」という希望からでた話で、しげちゃんが「行きたい」と自分から言ったことはないのです。せっせの願望なのです。しげちゃんは、どちらでもいいわ、と言いますが、せっせに気を遣っている様子もあります。

(テル→ミキ)
了解しました。アドバイスありがとう。気になるのは、以下の2点です。
①オフクロが行きたいと思っているのかどうか
②東京への2泊3日程度の旅行が、オフクロに耐えられるか
●アネキへお願い
①アネキから、オフクロが行ってもいいと思っているかどうか確認してくれませんか?
⇒コロッと変わったりするので難しいかもしれませんが。
②アネキから見て、オフクロは2泊3日の旅行ができるように思いますか?
⇒現地のケアがしっかり行われたという前提で、体力的、精神的に
●東京でのケアについて
細かな計画はこれからですが、以下のような対処は必要と思います…僕とエミで対応します。
・場所の移動は車(空港まで迎えにいきます)
・空港では、事前連絡して、搭乗から降りるまでのサポートを航空会社に依頼
・歩きの部分(車を降りてから両国国技館とか)は、念のため車椅子をレンタル
・スケジュールは無理のないものにする
●スケジュール案
一日目(日曜日)

　東京着（テル車で出迎え）⇓　宿（エミ宅orホテル）へ
2日目（月曜日：テル会社を休む）
　午前中ゆっくり
　午後（テル運転の車で浅草あたりを回って、両国ですもう観戦）
　　すもう観戦後、宿へ
3日目
　宿　⇓　自宅へ
心配なのは、僕もエミも、たぶん本当に大変なところがわかっておらず、兄貴も無理をするタイプだから、オフクロがどの程度大変なのかわからないところです。
また、メールします。以上

（ミキ→テル）

オッケー！さっそく今日、行きたいかどうか、もう一度確認してみます。

もし行く場合も、テルくんのスケジュールを見て安心しました。浅草など、よろこぶかも。

とにかく、歩けない人としての準備をしつつ、大丈夫なところは好きに歩かせる、でいいと思います。せっせも、気を遣いすぎてかえって行き過ぎるところがあるので、東京についてからは、もうテルくんたちにすべて任せる、というつもりで行ってもらおうと思います。せっせもお客さんという意識で。

①まあ、きょう聞いてみますね。

②無理のないスケジュール、長時間歩くとか、休みがないとかでなければ、旅行はできると思います。

が、飛行機がちょっと心配といえば心配。気圧とか？酔うとか？ふらふらしないか？

飛行機に乗ってもいいか、病院の先生に聞いてもらいましょう。

大変なところは、やはり歩きの部分でしょうね。時間がかかるし、階段はむずかしいし。

あとは、食事はゆっくりと自分でたべられるし、トイレも自分でできるし。

でも、慣れていない場所では、広い障害者用のトイレでだれかがついている方が望ましいでしょうね。ころんだりした場合に。それでは、夜またメールします。

今、聞いてきました。

せっせがいなかったので、よかったです。

しげちゃんに、「どうなの？行きたいの？」と聞いたら、

「う〜ん……、まだよくなってないしね……、きのう、植木市で歩きすぎて、まだ足がちょっと痛いのよ」

「そうだよね。じゃあ、もうちょっとよくなってからにする？」

「うん」

ということで、しげちゃんは、あまり行く気はないようでした。

どうせ行っても、目もよくみえないし、この慣れた場所でゆっくりしているので、十分という気がします。よくなっても、別に行きたいようでもないし。そういえば、今までも、行きたいと言ったことはなかったです。

ということは、せっせですね。

せっせは、一度好きなすもうを見せたい、行ったら行ったで、この人はけっこう楽しむ、と思い込んでいます。だから、せっせの気持ちをうまく静めることが課題ですね。

どうしましょうか。なにか、うまい言い方、方法がありますか？

(テル→ミキ)

了解です。

オフクロのすもう観戦の仕方は、国技館よりも自宅の方が楽しめる気がします。

オフクロ自身が現場の雰囲気を味わいたいという気持ちになったときには、喜んで計画します。アニキに対しては、オフクロが自分の気持ちをきちんと伝えることだと思います。

以下のような流れでどうでしょう？

①私からアニキへ、オフクロの気持ち（ホントに両国国技館に行きたいのか？）をもう一度確認してもらうようにお願いします。

②事前に、オフクロが自分の気持ちをキチンと言えるように、アネキからオフクロに話しておいてほしいです。

アニキには、オフクロの気持ちを一番尊重したい旨を伝えます。

もしよければ、タイミングを調整しましょう。では。


（ミキ→せっせ）

おはよう。きのう、テルくんから、「計画を立てようと思いますが、すもう、姉貴も行きますか？」というメールがきたので、「私は行かない」という返事をしようと思い、ついでにいちおう確認と思って、しげちゃんとここに、本当にすもうを見にいきたいのか、聞きにいきました。すると、あんまり行きたくない、とのことでした。せっせが、しげちゃんのことを思って、考えてくれたことは十分わかりますが、今回は、見送った方がいいのではないでしょうか？もっと積極的に、しげちゃんが行きたいと思った時の方がいいと思います。しげちゃんは、家のテレビで見るのが好きなのじゃないかと思います。どうでしょうか。

ミキ

（せっせ→ミキ）

しげちゃんに確認したのですが、どちらでもよいというような反応でした。

現状で旅行するとなると確かに負担が大きいと思います。

不可能ではないと思いますが、無理することも無いので今回は中止してしげちゃんの症状をしばらく観察することにしましょうか。観戦の準備を頼んでおいて、断るような事になってテル君には悪いのですが、どう思いますか？


（ミキ→せっせ）

いや、テルくんはまだこれからというところらしいので、全然、悪くないと思いますよ。心配していたので、かえってほっとしたでしょう。私からも様子を伝えがてら、メールしておきます。そのうち、近場でどこか、よさそうなところがあったら、しげちゃんと遊びに行きましょう。温泉でもいいですし。


（ミキ→テル）

せっせも、やはり大変なことは承知だったのでしょう。とりあえず、今回は見送り、と。よかったです。私からも、テルくんにメールしておきますと言っときました。

まあ、これで一件落着でしょうか。しげちゃんの様子は、まあまあ変わらずです。元気そうですが、すこしずつ、いろいろ衰えていってるのではないかなと思います。

視力とか聴力とか。でも、それも老化のひとつと思えばね。

あと、ふとりすぎで注意されてました。

天気はいいです。おかげで花粉症がひどいですが。では。　　　ミキ

（テル→ミキ）

了解しました。アネキの心配メールがなければ、突き進んでいたと思います。ありがとう。では。今年は、金沢&能登の海でみんなで遊べるといいですね。

3月12日（月）

きのう、しげちゃんが来たので、
私「よかったね、せっせがすもうをあきらめてくれて」
しげ「うん、ふふふ」
私「せっせって、どうも思い込んだらきかないとこがあるもんね」
しげ「そうね」
で、遠出じゃなくて近くの温泉旅館に泊まりにいかないかと提案したら、それはしげちゃんもすごく行きたいと言うので、さっそく月末の予約をした。部屋に露天風呂《ぶろ》がついていてしげちゃんにもすごしやすそうな部屋を。しげちゃんに旅行用の服を買ってきてあげようかなと言ったら、しげちゃんはうれしそうな顔をしたのに、せっせは眉間《みけん》にさっとしわをよせて「いらないいらない」と言う。まったく、男物のようなポロシャツなんか着せて。せっせは安ければうれしいからそれでいいかもしれないけど、服とか花とかそういう小さなお楽しみ、小さな変化、気分転換が大事なのに。
それから、たまに移動が大変なので、そういう時のために車椅子を1台買わない？と提案したら、せっせもそう思っていたのだそう。しげちゃんも、病院で使ってすごく便利でいいわ～ほしいわ～と思っていたらしい。部屋でも使えると。でも、部屋で使い始めたら足が弱くなるので、そこらへんはちゃんとせっせが管理して、移動が大変な時に限ろうというこことにする。でも、車椅子を買うと言ったとたん、しげちゃんはよろこんで、それでひとりで外に出かけたいようなことを言う。それはダメ。

さっそく目の前のパソコンで調べたら、けっこう安い。定価7万5千円が、1万8千8百円。そんなものなのか。もっと高いと思ってた。10万円以上のイメージ。アルミの折りたたみ式で座面高の低いやつにした。注文確定をクリックして、「今、注文したから」。ホント、便利。インターネットがなかったら、車椅子を買うことさえ思いつかなかったかもしれない。

『3月12日（月）「珊瑚《さんご》の島で千鳥足」第1号

この前、しげちゃんを病院につれていきました。以前から一度血液検査をしたいから、食事を摂《と》らずに来るように言われていたのです。ひさしぶりにいろいろな検査をしましたよ。しげちゃんが服を開いて、お腹に超音波エコーをあてた時は、やはりお医者さんもしげちゃんの妊娠を疑っているのだろうかと疑問が湧いたぐらいです。

検査の結果、しげちゃんの具合はかなり悪いそうです。特に血中脂肪が高く、肝臓に脂肪がまとわりついている状態だそうです。もっと体重を減らすようにとの、厳しいお達しでした。そこでこの日から、朝晩廊下を歩いてもらってます。ようやく少し暖かくなり、運動がしやすい気候になってきました。さらに、今まで少なめに食べていたお菓子を、ほぼゼロに減らしました。お医者さんもお菓子は完全に絶ったほうが良いと言ってました。ご飯を減らす前に、まずお菓子を減らせとのことです。

3月4日はとなり町の植木市でした。しげちゃんを連れて行ってきました。歩けば少しは運動になるかとも思ったからです。しげちゃんは金柑《きんかん》の苗木を欲しがったので、実の沢山生《な》っている苗木を買ってきました。

金柑の実は綺麗《きれい》なので、とらずに観賞して楽しみましょうということになりました。ところが気づけばだんだん実が減っていきます。猫かなにかが食べているのだろうかと思っていたら、リハビリセンターの職員が囁《ささや》いてくれました。

「最近、しげこさんが金柑を食べているみたいなんですが、ご存じですか？センターでもお医者様から注意されているので、なるべくお菓子なんかは出さないようにしているのですが、金柑は誰がしげこさんにあげているのだろうと不思議がっています」

しげちゃんがやたらと実の生る植木を欲しがるのは、食べるつもりだったんだと、やっと気づきました。（写真Ⅰ・作者注：金柑を手によろこぶ母）

これからはしげちゃんが買う苗木にも注意を忘れずにという事でしょうか。果物の苗木はもちろん、れんげ草のような花でも食べるかもしれません。苗を買う時は注意しようと思いました。』

3月14日（水）

車椅子が到着。箱から出して、すぐに広げられた。

学校から帰ってきた息子のさくが見つけて、喜んで飛び乗って自分で動かしている。

「わあー、たのしい〜」

しげちゃんの温泉旅行用の服も買ってきた。上下セット、セールで千五百円。いい感じで、しかも安かった。ウエストが入るか心配。ゴムだけど。いいのがあったので、自分用の千円のワンピースも買う。

『3月17日（土）「珊瑚の島で千鳥足」第2号
しげちゃんのリハビリセンターでの友達にモモちゃんというおばあさんがいるらしいです。手先の器用な人らしくて、よくいろいろな物を作っては、センターの人達に配っているようです。
ある日、そのモモちゃんが、パッチワークの素敵なチャンチャンコを着てセンターに行ったと思ってください。老人たちがモモちゃんを囲んで、手作りのチャンチャンコをさかんに褒めちぎります。とうとう誰かが500円で買うと言いはじめました。すると他の誰かが1000円でとなり、競りのようになったらしいです。むろん、お祭りの好きなしげちゃんが黙ってる訳がありません。競りに参加して、結局２０００円で競り落としてしまいました。たぶんモモちゃんは売るつもりは無くて、自分で使うために作ったのだと思うのですが、それを周りがかってに競りにしてしまったのです。しかもしげちゃんは必要も無いのに、周りに乗せられて購入してしまいました。老人に競わせて、高額の羽毛布団を買わせる詐欺によく似た状況だと思います。（写真２：チャンチャンコ）

センターから帰ってきたしげちゃんは、このチャンチャンコをエミさんに贈りたいと言いました。

「あなたは着ないの？」

「エミさんは昔、沢庵を黄色いコンコン、黄色いコンコンって呼んでたの。そのイメージからして、きっとこんなチャンチャンコが好きだと思うのよ。もしかしたら、だんなさんも気に入るかも。そしたらエミのだんなさんが使っても良《い》いと思うし。」

ということでなぜかエミさんはこのパッチワークのチャンチャンコが好きだということに決定されて、これを贈呈されることになりました。それどころかだんなさんもこんな手作り風のが好きだとされたみたいです。

私はエミさんとだんなさんはそんな想像をされて、えらい迷惑じゃないのかなと思うのですが。ちなみにしげちゃんはこれが嫌いでエミさんに贈る訳ではありません。エミさんがこれを気に入るだろうから贈るのです。もしエミさんがあまり乗り気で無かったら、送り返してくれればしげちゃんが使うそうです。

でも私はエミさんが沢庵を黄色いコンコンと呼ぶのを聞いたことは無いのです。しげちゃんによると、沢庵を黄色いコンコンと呼ぶ人はパッチワークのチャンチャンコが心の琴線に触れるらしいです。
ちなみに、患者同士で売り買いは問題じゃないかなと思ってセンターの職員に聞いたら、モモちゃんはいつもいろいろ作って人に贈るのが趣味だから、お金を払う必要は無いとの事でした。しげちゃんはどうしても払うというので２０００円もたせたら、１０００円が返ってきました。モモちゃん、遠慮深い人です。とりあえず、エミさんの感想が聞きたいです。』

しげちゃんは、昔からいろいろなものを私たちに送りつけてきました。ダンボールを開けた時、友だちが見てものすごく驚き、かつ笑っていました。せっせなどは、いらないと言っても送ってくるので、ある時などは、送られてきたものをそっくりそのまま送り返したそうです。そうでもしないと限りなく自己満足的に送られるのです。それでもまだやまなかったそうです。私も、手紙を送り返したことがあります。

3月18日（日）

しげちゃんたちがやってきた。しげちゃんに車椅子をお披露目。よろこんで乗っている。さくはせっせと山に散歩に行って、帰ってからゲームをしている。

私「さく、1日1時間の約束なのに、ずいぶんやってるね。いつからやってるの？」
しげ「ふふふ。きのうから」
さく「……」無言でやり続けている。
しげちゃんはテレビですもうを観ながら、いつものように右手や左手を上げて勝敗を予想しているが、なかなか当たらないわ、とつぶやく。
私「じゃあ、しげちゃんの予想が当たるかどうか、見てるよ」
しげ「うふふっ、うん」
私「手を上げた方が勝つんだよね」
しげ「うん」左手を上げた。
……右が勝った。
私「負けたね」
しげ「……呼吸が合わなかったわ」
私「しげちゃん、まだ死ぬような気がしない？」
しげ「うん。百まで生きるの。病気になった分、とりもどさないと」
私「でも、そのお腹の脂肪をどうにかしないとね。ビヤダルみたいな。黒ひげ危機一発みたいな」
しげ「そう。エコーでみたら、白く巻いてるんですって」
せっせは何か用事があるとかで足早に去っていったが、いったい何だろうか。

『3月19日（月）「珊瑚《さんご》の島で千鳥足」第3号
ミキがしげちゃんに車椅子を買ってあげました。こんど温泉に行くので、その時にも役にたちそうです。しげちゃんはもちろんとても気に入って、嬉《うれ》しそうに乗り回してました。しかし車椅子を使うと、ますます足がだめになっていきそうです。いまでも、しばらく座っていると、もう歩けなくなってしまいます。最近太ってきたのも運動が不足しているのが原因だと思ってます。そのため、車椅子は旅行など、特別な時のみ使うことにして、普段はしまっておくつもりです。しげちゃんがとても喜んでいるので可哀想ですが、普段の生活では封印しておくことになるでしょう。

来週、温泉に旅行することになりました。しげちゃんはとても喜んでいます。ミキは旅行のために服まで買ってあげました。ひさびさに私の買った実用本位の服ではない服を着て、しげちゃんの表情も違って見えます。

お彼岸なのでお墓にも行きました。年寄りなので、墓参りとかは一番心にかかるみたいです。庭に椿《つばき》が咲いていたので、お墓に供えたいと言いました。

椿は花が落ちやすいので、爪楊枝《つまようじ》を花に刺して、落ちないようにするのだそうです。ところが、しげちゃんの指が、あまり器用に動かないため、爪楊枝を刺すと花が落ちてしまいます。どう見ても刺さない方が花が落ちないみたいです。爪楊枝の刺さり方を見ても、あまり落ちないようにするという工夫が感じられません。しかたなく花の無い椿を供えてき

ました。なるほど、これならもう花は落ちないですね。（写真3：椿に刺した爪楊枝）
連絡
エミさんへ、チャンチャンコは貰《もら》っても嬉しくないとの事ですか？それでは、しげちゃんと話してみましょう。こちらから電話してみるかもしれません。』
（車椅子、結局まったく使ってません。）

『3月21日（水）「珊瑚の島で千鳥足」第4号
しげちゃんがこっそりつまんでいた金柑《きんかん》ですが、食べないように注意したら、しげちゃんは食べるのを止めました。その時は7個か8個ぐらい残っていたのです。ところが昨日見てみると3個しか残ってません。その上、残っているのはまだ小さい、熟れていない実だけです。しげちゃんに聞くと「私じゃない、私は絶対食べてない。鳥じゃないか」と言うのです。ずいぶん真剣に否定するので、しげちゃんではなさそうです。しかし、こんな奥まった所に生えている金柑を誰が盗《と》っていくでしょうか？
そうです、その前の日にお客さんがありました。例のどろぼう花《はな》ちゃんです。あの人が珍しくしげちゃんを訪ねてきました。特別用事は無かったけれど、しげこさんと話をしに来たそうです。正直言ってあの人の訪問は嬉しくありません。しげちゃんにいろいろたきつけるからです。

あの人の来た日の次の朝に金柑がなくなっていました。それも未熟な実だけ残してです。とてもあやしい。でもしげちゃんは花ちゃんを擁護します。

「まさかぁ、あのひとじゃないわよ、きっと鳥か猫よ」

私はわざとしげちゃんにささやきます。

「あのどろぼう花ちゃんしかいないだろ、他の人はこんな奥まった所まで来ないもん」

しげちゃんはますます意地になって否定します。どろぼう呼ばわりが響く爽《さわ》やかな朝でした。(写真4：金柑がなくなったのを見て驚く母)』

『3月22日（木）「珊瑚の島で千鳥足」第5号
私がしげちゃんと暮らすようになって、お店のほうには誰も住んでいません。だんだんと建物が荒れてきたようです。大きな建物なので、管理といっても大変です。もと映画館だったアパートの方は、屋根が傷んできたせいで雨漏りがしています。ある部屋には畳の上に草が生えてきました。雨漏りのために天井に穴が開いている部屋もあります。
また、以前店舗として使っていた方も傷みがひどくなってきました。トタン屋根が錆《さ》びてしまい、こうなるともう張り替えるしかないそうです。大きな建物なので、そう簡単に修理というわけにもいきません。なにしろ昔映画館だった建物と、昔店舗だった建物があって、それぞれが普通の家二軒分ぐらいの大きさです。(写真5：空き家、2棟)
このように住まなくなった不動産をなんとかする方法を考えてみたのですが、なかなか上《う》手《ま》い方法がありません。

1)このまま放置する

2)土地を売却する

3)お金をかけて、建物を修理して、アパートとして、あるいは貸店舗として活用する

このまま放置すると、だんだん崩壊してきて、あまり良くないです。火事の心配があったり、台風で屋根が飛んで隣に迷惑をかけたりするかもしれません。どうしてもある時点でなにか手を打たなければいけなくなります。

土地を売却するといっても、まず買い手が見つかるかどうかです。わりと大きな物件なので、買い手を見つけるのはかなり難しいです。そのうえ、土地を売却する場合、売る側が解体するのが普通です。買う側は新しい建物を建てるために土地を購入するのですから、わざわざ解体するために建物を購入する事は嫌います。この解体に９７０万円ほどかかります。つまり、たとえ売れたとしても、どの程度お金が残るかも判らないほど解体が高いということです。さらに解体の費用は年々高くなっているそうです。

再度お金をかけて、アパート及び貸家として活用するのはどうでしょう。しかし、まずお金がかなりかかります。それを取り戻すぐらいの収入があるかどうか不明です。大きなリスクをとることになります。今の私たち（私としげちゃん）では、労働力としても小さくて、アパートや貸家の運営もままなりません。

いずれにしろお金がかかり、リスクが伴います。しげちゃんの不動産にある程度のけりを

つけるというのは、珊瑚計画の第一歩なのですが、なかなか良いアイディアがありません。だんだんと崩壊は進んでいくし、しげちゃんはこれから健康状態が悪化していくでしょうし、難しい問題です。』

解体して売却する、に一票。

『3月23日（金）「珊瑚の島で千鳥足」第6号
現在使用していない店の建物の件ですが、この際解体して、土地は売却しようと思います。あの土地と建物は活用するには大きすぎて、今の私たちには無理な感じがします。しかし、放置しておくわけにもいきません。解体の費用970万円は870万円まで値切りました。なんとか用意しようと思います。870万円（坪2万5千円）は破格のバーゲン価格（業者談）だそうです。
しげちゃんに解体を同意してもらわないといけません。幸いミキたちが温泉に誘ってくれたので、温泉で、ゆっくりと露天風呂《ぶろ》に入って、食事を食べて、まったりしたところで話をしようと思います。
今回はとりあえず解体に対する同意を得ようと思います。土地の売却の方は、またそのうち話をしようかと思ってます。解体も売却も同時に迫れば、説得がますます難しくならないでしょうか？解体がすんでしまえば、案外売却の説得もやりやすくなるんじゃないかと想像するのですが。それとも、どうせなら建物の解体と売却を同時に説得すべきでしょうか？どう思います？

とりあえず皆さんに協力を仰ぎたいのですが。テル君のところとエミさんの所に電話しますので、二人からも解体を勧めてもらえないでしょうか？むろんミキは一緒に旅行に行くのですから、しげちゃんの説得を熱心にやってくれると確信しています。やはり法定相続人の意見はすべて重要だと思うので、皆で力を合わせてしげちゃんの説得にあたりましょうよ。そうすればきっとしげちゃんも判ってくれると思います。

私なりに知恵を絞った説得の注意点を聞いてください。
1）なるべく下手にでる。あくまでもお願いするという感じで。しげちゃんはプライドが高いので、上から押し付けるように話すと反発すると思います。
2）無理やりに同意を迫るような言い方は良くないと思います。むろん、説得はちゃんとしなくてはいけませんが、その上で無理に同意を迫っては、反発するでしょう。
3）答えをすぐに要求するのは得策では無いと思います。たぶん、しげちゃんは「考えておくわ」と言うと思うのです。この場で結論を出せと迫らず、しばらく考えてもらって、後日また説得というのが良いと思ってます。ただし、これは説得するなという事ではありません。説得はしげちゃんが嫌がるまで懇々と続ける必要があると思います。
4）孫に説得させるというのはどうでしょう？とにかく老人は孫に弱いです。孫の頼みなら、なんでも聞きます。〔冗談だと思うかもしれませんが、去年、店の売却をしげちゃんに聞いた時は「さくが将来欲しがるかもしれん」などと言ってました。さくもえらい迷惑です。

5)しげちゃんは高齢で病気だから、引退して後をもっと若い世代にまかせろと言うのは危険です。あの人は自分がまだ現役で、ばりばり行くつもりだからです。病気が治ったら自動車学校に入校すると言ってました。だから、説得するときは、高齢だの引退だの病気だのという言葉は使わないほうが良いと思います。

3月26日の夕刻にでも電話をかけてみようかと思っているのですが、どんなもんでしょうか。皆様のご協力よろしくお願い申し上げます。

もし、店の解体と売却がうまくいけば、しげちゃんの持っている不動産の一番大きな物件が捌《は》けることになります。ほんとにそんな事がおこれば、あの大きな建物の維持管理がいらないので、とても楽になるでしょう。珊瑚《さんご》計画の第一段階としては大きな進歩になることと間違いありません。なんとかうまくいきますように。』

温泉で、話しましょう。

こういうことに関する私とせっせの感じ方には相違がある。私は、今現在のしげちゃんの性格は病気以前とちがって、かなりまるくなっていると思う。たしかに以前は頑固で融通がきかない性格だったが、今はちゃんと話せばそう頑固なことは言わないと思う。この売却の話もすんなり納得すると思うのだが。みんなに電話で説得してもらうなんて大げさな気がする。

3月24日（土）

「テルヒコです。了解しました。アニキの計画に賛同します。売却までできて、新計画費用が捻出《ねんしゅつ》できるとよいですね。できることがあれば協力します。しかし、更地にするだけで870万ですか……かなりの額ですね。素人なので判りませんが、売却とセットで話をすすめた方が、コストは低くなるんではないでしょうか？でも時間がかかるんでしょうね。
※平日は、帰宅が21：00以降になることが多いですので、夕方に連絡くれるなら、携帯へお願いします。以上」

3月25日（日）

日曜日。いつものように、しげちゃんたちが寿司《すし》をもって遊びにきた。日本茶をいれたら「これにお砂糖をいれてくれないかしら」と言う。完全に甘いものをもらっていないらしい。日本茶に砂糖はさすがにだめだよ。どうにか体重が減ったら、おやつもあげられるんだけどね。

すもうの千秋楽をみながらまた手を上げて予想している。左手を上げる前に左右の手で円を作る動作をしたので、それはなに？と聞くと、互角とのこと。互角で、やや左の方が優勢。

今日はずっと予想がはずれっぱなしと言うので、こっちと決めた後に、それの反対をあげたら?と言ってみる。そしてそうしてみたら、案の定それで当たった。

おすもうさんのお腹を見てしげちゃんに「あのおすもうさんみたいだね、今」と言うと、「うふふふ、そう」と笑っている。

さくとせっせはいつもの山登りに。その小さな山に登って下る競走をしていて、このあいだは4分で登って下ったと言っていた。

帰ってきた。寿司を残してるのを見て、せっせは私に「君が食べないように言ったんじゃない?」などと言う。「しげちゃんは食べたいものを我慢するような性格じゃないじゃん。何も言ってないよ。まるで私が食べるなって言ったみたいに。人聞きの悪い」むっとする。しげちゃんは「ねむかったのよ」なんて言ってる。せっせはまだ私を疑っているようなあいまいな表情。食べさせすぎてこんなに太らせたくせに。

カーカと3人でテレビゲームを始めた。

せっせが今住んでいる部屋は、しげちゃんがいる部屋のちょうど反対側で、ものすごく暗くて寒くて暮らしにくい。風呂もない。それで、ユニットバスを取り付けようと思うと言う。

「いいんじゃない?ついでにまわりもちょっと陽が差すように改装してもいいと思うけ

ど」

今後どうなるかわからないからできるだけお金をかけたくないので、十数万円のユニットバスを注文して自分で設置するつもりだと言う。

私「へー」そうだった。自分でする性格だったな。

しげ「この人はなんでもやるのよ」

「あした、温泉だよ」としげちゃんに言うと「そう」とうれしそう。

3月26日（月）

温泉に泊まりに行く日。5人で元気に出発。と思ったら、しげちゃんが昨夜からお腹の調子が悪いのだそう。朝から絶食していたと言う。

行きの車の中。後ろの3人（カーカ、さく、せっせ）はクイズ。

せっせ「くまが南に10歩、西に10歩、北に10歩歩いたらもとのところに戻りました。さてそのくまの色は？」さんざんいろいろでたらめに答えたけど当たらない。

「ヒントは、地球は丸い」「もとのところに戻る地点が一点ありますね」

わからない。答えは白だった。その一点というのは、北極。だから、しろくま。

せっせに、毎晩7時半とかに早く寝るんだったらテレビなんか見てる？と聞いたら、録画して見ているのだそう。

「このあいだの『千《せん》と千《ち》尋《ひろ》』は見ましたよ。毎週必ず見るのは、イギリスのドラマ『ドクター・フー』と、『恋のから騒ぎ』『まんが道』」

「へえー」私とカーカ、心の中でなんかおもしろいと感じる。

温泉に着いた。「清流荘」というところ。部屋に露天風呂《ぶろ》がついている旅館をさがした。子どもたちがしげちゃんに通知表を見せて、おこづかいをもらってる。カーカは「思いつきの衝動的な行動が見られる」と書かれている。それからみんなでトランプを始めた。旅館の案内をみていたら足裏マッサージやエステと共に、よもぎ蒸しというのがあった。カーカにこれやらない？と誘ってみた。

「なに？それ」

「よもぎの蒸気を下からおしりにあてるの。冷え性がなおったり、いろいろいいんだって。体があったまりそうだね」

「うん。いいよ」

「韓国のガイド番組で見たよね、テレビで」

で、ふたりで行ってみた。でもそれは、小さなプラスティックの機械で、韓国のみたいないい感じじゃない。言われるままに黒いビニールのかぶりものから頭だけ出す。その恰《かっ》好《こう》はとても笑える。タオル地のワンピースと、下に敷いたタオルごしに蒸気があたる。かなり熱い。

熱いよ〜。

カーカも熱そう。

でも我慢。

20分たった。

かなり汗がでる。

次にひとりで大浴場に行ってみた。きれいだ。

うすい緑色の石造り。一人用の露天風呂がいい感じ。

帰ると部屋のテラスの露天風呂にしげちゃんとさくとカーカが入ってる。湯船に入るしげちゃんのゆっくりとした動きがなにかを連想させた。

……かばだ。

カーカが風呂の中でさかさまになっておしりだけ出すから写真とってというのでとる。「すぐとらないで、いろいろやるからいいところでとってね」「うん」いいところでとれた。まるで湯船にパンが浮かんでるみたいだ。

食事処《どころ》での夕食の時、みんなお腹がすいていたみたいでばりばり食べた。しげちゃんもよく食べている。記念写真を撮ったらみんな赤目に写ってた。生ビールのあと日本酒を飲んでいるせっせをひとりおいて、みんな先に部屋に帰る。しげちゃんに解体と売却の話を

するのを忘れていた。あとでせっせに聞いたら、言えなかったという。じゃあ、明日の朝私が話すよと言う。

カーカは8時前にバタンとふとんに入ってそのまま朝まで寝ていた。せっせもすぐに寝ていた。ふとんを5つ並べて眠る。私は夜中に目が覚めて、しばらく眠れなかった。本を読む。


さて朝。早く起きたさくと一緒に露天風呂に入る。曇り空。雨が降ってる。それもまたいい。食事の時。しげちゃんに、
私「古い店舗とアパートに草も生えて、屋根もさびて危険だから、もう解体して売った方がいいと思うんだけど」と言ったら、
しげ「そうね」とひと言。やっぱり。しげちゃんは以前みたいにかたくなじゃない。

私「数箇所に見積もりをとってもらった方がいいよ」

しげ「そうよね」

せっせも安心した様子。

せっせ「僕は、この家系の最後の始末をするために生まれてきたんじゃないかと思うんだよ。ガラクタのような巨大な倉庫や家をきれいにするために」

私「私もうっすらそう思ってた」

せっせ「細胞には自殺遺伝子というのがＤＮＡに組み込まれているんだよ。そうするこ

とによって新陳代謝をうながす。僕は何のために存在するか。この家をきれいに掃除するためだ」
私「しげちゃんをみる。ボロ家を処分する。弟と妹は外に出たし、私の家族は旅暮らしみたいなものだし、せっせはこの家のガラクタを整理して、親戚《しんせき》とも離れ、お寺も嫌いって言ってたからそことも離れ、あとは自分の好きな南の島に行けばいいね」
せっせ「僕の一番の夢は、小さい家に住むこと。古くて住みにくい広い家ばかりだったから」
私「だよね、せめて陽がさせばいいのにね。暗くて寒いよね」
せっせ「宮古島《みやこじま》って、いいと思うんだよ」
私「そうだよ！私もなんか縁があるし。宮古島にしたら？応援するよ！」
ひとしきり宮古島の話で盛り上がる。
せっせ「業者にたのむと高いから、自分で家を手作りしたいんだよ」
私「うん、いいと思うよ。そういう人がいたよ。さすがに台風対策で基礎的なところはコンクリじゃなきゃいけないらしいけど、それ以外は全部木で自分で造った人がいたよ。造ってるあいだはどうするの？」
せっせ「安い賃貸に住んで」
私「しげちゃんも？」
せっせ「うん」

楽しい気持ちで部屋に帰り、しげちゃんとカーカは部屋の露天風呂に入る。

ドライブしようかと思ったけど、雨なのでおみやげを買って家に帰る。途中、草が生えているという、うちの元アパートだった部屋を見に行く。

すごい。2階なのに、畳に草が青々と。鳥が運んできたのだろうかとせっせが言う。めずらしいので写真を撮る。

それから家に来て、また私以外はトランプ。しげちゃんも楽しそうにやってるが、あんまりよくはわかってない。カーカが「前は上手だったじゃない」と言ったら、せっせが「それは病気する前のことでしょ」と。

しげちゃん、そのあと横になってうつらうつら。

私「しげちゃんは、あの世へお散歩」

それを聞いて、みんなもしげちゃんも笑ってる。

私「もうこの年になると、一日一回はあの世までお散歩してこないとね」

露天風呂に入ったしげちゃんが気持ちいいわね〜と言ったのを思い出す。背中を流してあげればよかった。かばに似てるなあ……なんて思いながら、部屋からぼーっと見てないで。

3月29日（木）

しげちゃんが今回の腹痛で2キロ体重が減って、ケアセンターの人がよかったですね〜と大喜びしていたと、せっせが言っていた。でも、せっせはちょっと心配顔。
今は腹痛の回復期だからごはんをおかゆにして全体の量も少なめにあげているけど、もしかしてこれからもそれぐらいでいいんだろうか……と言うので、これを機会に量を減らせばと言っとく。でも、せっせはちょっと心配顔。

「4月1日（日）「珊瑚《さんご》の島で千鳥足」第7号
皆さんにこの前の旅行の首尾を報告しなければと思いつつ、とうとう今日まで通信を送ることができませんでした。すみません。26日は霧島《きりしま》の温泉旅館に一泊で行ってきました。ところがしげちゃんはその直前にお腹をこわして、下痢《げり》の状態で強行出発でした。私は解体の話をしなくてはいけないと思っていたのですが、しげちゃんがとても楽しそうだったので、どうも切り出せず、その上夜はお酒を飲みすぎてしまい、皆さんに電話もできず倒れるように眠ってしまいました。ほんとうは、食事の後で皆さんにもしげちゃんに話してもらって、などと考えていたのですが、目が覚めた時はすでに朝だったんです。結局、解体の話は、次の日の朝、ミキがあっさりとしげちゃんに話をして、しげちゃんもあっさりと了承してくれました。あまりにもあっけなく話が終わってしまい、拍子抜けであぜんとしてしまいました。私はいつもしげちゃんと一緒にいるせいか、どうも余計な気を回しすぎるようです。以前しげちゃんを説得するのに苦労した事があったので、今回も大変だろうと心配してしまったんです。

解体することを認めてもらったので、ついに解体の計画を進めようと思います。詳しい事情や、予算その他の詳細はだんだんと報告していきます。まだ本格的に決まってないこともあるので、ちゃんと決まったら報告していきます。旅行の最後は例のアパートの中の「草の生えた部屋」の見学でした。やはり、あの部屋はインパクトあったみたいです。

しげちゃんは旅行を楽しんだみたいですが、お腹の調子が良くなかったので、ずいぶん体力をすり減らしたみたいです。帰ってきてから一週間あまり、くたびれて長く寝ていました。今日あたりでようやく体の調子が戻ってきたようです。私もどういうわけか、ひどく疲労して、今日までメールもできませんでした。

Tおじさんが同窓会に出るためにやってきました。おじさんもパワフルな人だったのですが、去年病気をして入院していたそうです。人間は歳取ると皆だんだんおかしくなるんですね。おじさんは来週の土曜日までこの家にいるそうです。やはり他人がいると、いろいろ気を遣ってますます疲れます。いろいろあったので、おじさんが帰ったら死んだように眠りたいです。』

「4月8日（日）「珊瑚の島で千鳥足」第8号

やっとメールが出来るようになりました。ようやくおじさんが帰ったからです。あの人がいる間は毎晩飲みに出たり、親戚の家で飲んだり、とても忙しかったです。真夜中にもどした事もありました。自分の時間が取り戻せたので、しげちゃんの近況を報告します。隣町にある怪しげな城の桜祭りです。祭りだと浮かれて出かけたのですが、城の中に入るには500円のタオルを買わなければならないと判明して、中に入るのは止めて、入り口の桜並木を楽しみました。そもそも城の中には桜は無いし、階段の昇り降りはしげちゃんにはつらいですし。特にこの日はしげちゃんの膝《ひざ》の具合が悪くて、長く歩くのは難しい日でした。

アパートの解体の件ですが、ちゃくちゃくと進行しております。費用も細部まで詰めるところまできました。やはり870から値上げしようとするので、交渉中です。私は物を昔から大事にする性格で、人によっては私をケチと罵《のの》りますが、いざ解体となるといろいろ勿体《もったい》無く思えてきます。たとえば、アパートのベランダの手すりですが、これはアルミ製で、まだ新しく、金属類の価格高騰のおり、十分価値があるのではないかと、こつこつはずして持って帰っています。心の中で、「どうせこんな物、持って帰っても、使う所も無し、新しいゴミになるだけじゃないのか?」という悪魔の声は聞こえないふり。

とにかくこつこつ、こつこつ一人でベランダを解体しました。

こうして、家にゴミがどんどん増えていくのですね。それにしても、手すりのないベランダは想像以上に恐ろしいですよ。(写真6:手すりのないベランダ)』

お昼、しげちゃんたちが来る。今日は寿司《すし》ではなくサンドイッチとカフェオレだった。
私「どうしたの？」
せっせ「いや、寿司でおなか壊したから」
あれ以来おかゆを食べ続けていて、それで体重も減ってきているのだそう。
私「それいいね。これを機会にずっとおかゆにすれば？」
せっせ「でも、本当にすこしなんだよ。こんなのでいいのかと思うくらい」
私「いいんだよ。今までが、なにしろ多すぎたんだから」
Tおじさんが先日まで来ていて、大変疲れたらしい。父方の兄弟はみんな仲が悪い。生前はケンカや裁判をよくしていた。長男である私の父対その他の家族で、財産のことで。そういうのを見て育った私は、土地や家や財産や身内間の争いが大嫌い。せっせもそうだと言う。今も、おじ同士は裁判中だそう。
他の親戚《しんせき》とTおじとせっせは一緒に飲んだらしい。その時、父の兄弟がどんなに仲が悪かったかということを教えてくれたと言う。
せっせ「君は、おとうちゃんがブタ箱にはいっていたのを知ってる？」
私「ううん！」
せっせ「拳銃《けんじゅう》の不法所持で」
私「ハハハ、なにそれ！」キラリと目が光る私。

せっせ「先日、親戚のおじさんがおしえてくれたんだけどね、昔、戦争帰りの親戚から鉄砲をもらったらしいんだ。長男のおとうちゃんに鉄砲、他の兄弟には千円ずつくれたらしい」
私「うん」
せっせ「その鉄砲をバラして家の中にしまっていたら、ある日警察が踏み込んできてつかまったって。その様子をSおじがものかげからじっとみていたらしい。Sおじがたれこんだって」
私「ハハハ」
しげ「鉄砲を撃ったのよ。すごい音がしたって」
せっせ「それはまた別の時のことだろう」
私「最初もらった時に試しに撃ったんじゃない？そういうことしそう」
せっせ「うん。まあ、とにかく、それぐらい仲が悪いという話だった」
私「まあ、いつもケンカしてたしね。だから私たち、親戚に関するいい思い出があんまりないよね。夫婦喧嘩《げんか》もよくしてたね」
せっせ「そう。どうしてこの人（母）は人とうまくやれないんだろうと子どもながらに思ったよ。選挙の時に、おとうちゃんが○○に入れろって言った時、もし意見が違っても適当にはいはいって言ってどうせ投票所ではだれにもわからないんだからしれっと自分の好きな候補を書いてればいいのに、『いや！ダメよ！』なんて自説を主張するから」

私「そうそう。ケンカしたあとに、おとうちゃんが反省して折れて、夜の庭に飛び出してじっとしてるしげちゃんに『寒くないか』って声かけにきたのに『いやっ！寒くない！』って折れないで。この人はなぜうまくやろうとしないのかってホント思った。自説を主張するのと、人とうまくやっていくことのかねあいというか、その場を客観的にみて、どうやったらうまくいくかとか、人の気持ちの動きとか、ぜんぜん考えないで、自分の気持ちを主張することしかしなかったもんね」

せっせ「そこが病気だったんだよ。脳のどこかが壊れてるんだよ」

私「うん。そうかもね」

せっせ「女の人たちの集まりがあった時に、その頃話題になってた政治の話をいきなりはじめて、まわりが凍りついて『まあまあそういう話は男の人にまかせとけば』ってたしなめられてた」

私「なにかの用事で家に来た人、ガス屋さんとかそういう人に、いきなりアメリカの大統領の話かなんかしだして、その人きょとん」

せっせ「イチキおじと同じ妄想タイプ」

しげ「ふふふ」

せっせ「Tおじさんも、しげちゃんのこと、病気してだいぶんまるくなったねって言ってたよ」

私「なにしろ私は大人たちの欲深い感情的ないさかいみたいなのを見て育ったから、そういうの大嫌いだから、人や結婚に期待しない原因のひとつになったと思う。なんかしょうがないじゃんって思うんだよね。ケンカしても。人と人との感情的な争いごとに対して、すごく冷めた目で見ちゃう」
せっせ「僕が結婚できなかったのも、ひいてはそれが原因だよ」
私「うん。ふふふ」
せっせ「テルくんとエミの頃はだいぶん、おさまってきた頃だったし、夫婦喧嘩も落ち着いた頃だったからあんまり悪い影響はなかったのだろう」
私「うん。それに私たちも上にいたしね。私はよくいじめてもいたけど。普通に結婚できてるしね、それほど変じゃないよ、あのふたりは」
しげ、だまって笑ってる。
私「土地や家やお金も欲しくないよね。トラブルになってるのを見てるから。欲しくないでしょ？」
せっせ「うん」
私「子どもの頃、親戚たちのどろどろとしたいさかいを見すぎたよね。まったく欲とか、お金にまつわるゴタゴタとか。今思うと、そういうものかとも思うけど、その時は嫌だった」
せっせ「そして、子どもの頃って近い場所でぐるぐる引っ越してたね」
私「うん。本家と、裏の貸家と、お店と、新しい家ね。家が多かったし。財産問題もからんで、そのどれかをぐるぐるぐるぐる……。高校卒業して家を出られて、本当にうれしかった」

せっせ「僕はふるさとへの愛着みたいなものが全然ないんだよ」

私「私もないよ。まったく。ここにずっといたいとは思わないし。きっとまたいつかどこかへ行くと思うよ。せっせは南の島に行ったらいいよ。宮古島とか。なんかさ、暑い島だと、死ぬことも自然な気がする。死ぬのってじっとりした陰鬱《いんうつ》な感じに思えるけど、暑い南の島の死って、わりと自然というか、自然なこと、自然に帰るみたいな、そういう気がするんだよね。印象が。暑すぎて考えなくていいというか。夏は」

また、しげちゃんはうまく人の弱みをつくという話題で、

しげ「そういえば、おねえさんから、よく人の傷口に上手に塩をぬるって言われたわ」

私「私もそう言われたことがある。ただし、私のは急所をはずして。しげちゃんのは急所の真ん中をね。しかもいきなり。カーカも人のいやなとこ突くのがうまいんだよね」

せっせ「遺伝だね」

きょうはおもしろい話ができたな。

ただ、子どもの頃の思い出って、苦しかった気持ちと同時に、すごく楽しかった印象もあって、しげちゃんが常識的でなかったことは、短所もあるが長所もあり、ものすごく創造的な遊びをよくしていた覚えがある。木の上に隠れ家を作りたいといえば、そのための

道具をあれこれさがしてくれたりなど、およそ子どもの考えるとっぴな発想に関してダメといわれたことはなく、それどころかそれをますます盛り上げるような協力をしてくれて、あまりの自由な創造と実践を、父親に怒られたことも多々あったような気がする。だから、家の中のイメージは探検。いつも探検ごっことか。本物の家を使って自分で部屋をリフォームとかしてた。庭でもいろいろなものを制作、土木工事して、それに入り込んでいたような気がする。小学生の頃からせっせと遠くの親戚までふたり旅にだされて迷ったり。夜の団欒《だんらん》の時は兄弟4人であらんかぎりの大声をだして歌を歌ったり、大さわぎして散らかし放題だった。家の中がいつも散らかってて。楽しさと苦しさが織り交ざってて、すごくなにか濃密な子ども時代だったような気がする。

しげちゃんの特徴は、一般人のことを話題にしないというか、身近な人々が眼中になかったというか、いつも政治とかなんか小難しいことばっかりぶつぶつ考えていて、平凡な人たちのこまごましたところから離れていたところ。しげちゃんはひとりの世界で生きてる人だったので、浮き世離れした家の中だったと思う。ひとりの人と、うるさい子ども4人、夜と休みの遠出の時だけ父親がいて。でもちょっと離れたところにあるお店には父はいつもいて、なにかあるとそこにいけばいる。常識的なことはそっちで、家は異次元。しげちゃんって変なだけに、そういう人の特徴として、どこかピュアなところがあった。

私「またどこか行こうね。温泉でもいいし。海でもいいね〜」

しげ「山で育ったから、海にはあんまり郷愁を感じないのよね」
せっせ「またそういうことを」
私「ハハハ」

4月9日（月）

『テルヒコです。お疲れ様です。ベランダの解体、お疲れ様です。でも、かなり危険な作業に見えます。あまり、無理しないでください。では。』

『4月14日（土）「珊瑚《さんご》の島で千鳥足」第9号
ちゃくちゃくと店の解体に向けて、準備が進んでいます。はたして解体して良いのか、資金はどうする、業者は信じられるのか、などの疑問と闘いながらの進行です。隣近所に挨拶《あいさつ》に行くときの土産も用意しました。この辺では焼酎《しょうちゅう》「明《めい》月《げつ》」と決まっているらしいので、沢山そろえました。（写真7）
店の掃除もがんばってやってます。そのおかげで家の庭には、ますますゴミがあふれるようになっています。
工事の関係者に、井戸を埋めるのだから、御祓《おはらい》をやっておいてくれと頼まれました。井戸はないがしろにしてはいけないそうです。井戸はあまりいじると良くないと親戚《しんせき》のHおじさんにもいわれてしまいました。私はあまりそのような忌み事には興味が無いのですが、

水神様はかなり怖いらしいので、井戸の御祓をやりました。(写真8)
店には井戸が二つもあるのですが、おまけして、料金同じで両方とも御祓してもらう事になりました。しげちゃんは足が悪いので、座ったままでの参加です。大根だのりんごだのは私が買ってきました。
こうして井戸の御祓ができました。いよいよ解体の工事に入れます。ここまでやってもらって一万円かかりました。はたして高いのでしょうか、安いのでしょうか？今まで御祓なんてやった事ないので、よくわかりません。
今のところ、解体の準備で、とても忙しいですが、解体工事が始まってしまえば、私がやることはなくなります。あと少しで私にも時間ができると思います。そしたらもすこし詳しく説明できるはず。とりあえず今日はここまで。それでは。』

井戸の御祓、見たかったな。

『4月15日(日)「珊瑚の島で千鳥足」第10号
この前、Tおじさんが来たとき、Hおじさんと三人で飲みました。Tおじさんは、ちかごろSおじさんと喧嘩《けんか》しているので、ついついSおじさんの話になってしまいます。無口なHおじさんまで重い口を開きました。
「おまえたちぁ、きいっ(父のこと)がぶた箱にはいったとを知っちょいか」

私は長男ですが、その話は初耳でした。なんでも、熊本の親戚が満州から引き揚げてきた時、モーゼル（ドイツの拳銃《けんじゅう》）を父親にくれたらしいのです。ある日、警察に踏み込まれて拳銃が押収され、父親は留置所に拘留されたらしいです。ところが、拳銃は分解されていたために、警察が組み立てられず、わりと早く父親は釈放されたらしいです。そして、それを警察に投書したのがSおじさんだとのことでした。なんと、父が警察に引っ張られていく時、陰からSおじさんが覗《のぞ》いていたらしいです。

噂には尾ひれがつきます。Tおじさんや、しげちゃんの聞いた話だと、ある日やくざが家にやってきて揉《も》め事になった時、父親が天井に一発ぶっ放して、それで捕まったという事になっていました。でも、私は1000対8ぐらいの比率でHおじバージョンの方が真実だと思います。Tおじさんや、しげちゃんの伝承は、あまりにドラマチック過ぎます。Hおじさんは普段は口数の少ない人ですが、我々がSおじさんの話で盛り上がるので、つられてしまったのでしょう。

いよいよ、本格的に解体の話が進んできました。ついに最後の難関、資金調達です。今回はすべてしげちゃんの預金でまかなうつもりです。そうしないと、相続税の軽減につながりません。

今回の解体の肝のひとつが相続です。しげちゃんにもしもの事があると、今回は相続税が重くかかりそうです。そのため、なるべくしげちゃんの資産を減らしておくほうが良い訳《い》です。しげちゃんの預金を使えば、それにかかる相続税が減ります。解体すると建物の相続税が無くなります。さらに、更地になった土地は価値が上がりますが、相続の時の土地の評価は公示地価が基本になってますので、解体による土地の価値上昇は相続税を増やしません。トリプルに利点が来る算段です。まあ、そううまくいくかどうかはわかりませんが。とにかく、管理しなければならない、馬鹿でかい建物が減るだけでも精神的に楽になりそうです。

おそらくしげちゃんの預金を使う事に、しげちゃんは反対しないと思うのですが、今日あたりこのことをしげちゃんに承認してもらい、明日にでも、まずは着手金３００万円ほど、準備しようと思います。もし、こちらから電話がきたら、その時は説得よろしく。まず、問題ないと思っていますが。』


お昼、またせっせたちが来た。きょうもしげちゃんはサンドイッチ。まだ生ものは食べさせていないようだ。またまた昼下がりのおしゃべり。

サンドイッチをつかもうとする手元がおぼつかなかったので、「視界ってどんなふうに見えるの？」と聞くと、周りが黒くてマンガでよくあるような、望遠鏡をのぞいたみたいな感じらしい。視界が狭いので首をまわさないとものが見えない。

「そうなってどういう気持ち？」

「私の世界はこんななのね〜と思ったわ」と言う。なるほどね。

せっせがしげちゃんの面倒を看ていると人に言うと、介護を経験した人は必ずトイレはひとりでいけるかどうかと聞いてくるそうだ。そこがやはりポイントというか、分かれ目みたいだ。ひとりで行けますと言うと、だったらいいねと。でも、今はすごくいいおむつがあるからねと教えてくれたと。

「できるだけコロリといってね」とせっせがしげちゃんに言ってる。ふふふと笑うしげ。

「なんで私って世話しないのかなあ〜。掃除もしてあげないよね。くさった豆をあげるだけで（先日あげたおかずの豆がくさっていたそうだ。最近あったかい日が続いていたからね、ごめんごめん）」

「ハハハ」とせっせ。

解体の準備はちゃくちゃくと進んでいるらしい。すっきりなるといいな。いろんなガラクタもろもろが。長年のこの家系にたまりにたまったすべてのガラクタが。そうなったら私も心のこりないよ。

せっせが、髪の毛を床屋さんで切ってもらっていた。

「君がおかしいと言ったから」

丸坊主になっている。思いのほか、おでこの上方に髪の毛がない。坊主の世界に足を踏み入れたか。


「4月18日（水）「珊瑚の島で千鳥足」第11号

4月16日月曜日に着手金を払いました。どうしても現金が良いとのことだったので（振り込みだと通帳に数字が残るから）札束を抱えて払いました。領収書は後ほどくれるそうです。

ちなみに着手金は300万円、解体費用のトータルは870万円という事でまとまりました。残りの570万円は工事終了後の払いとなります。一時、消費税が加算されると言われたのですが、それはなくしてくれました。皆さんの声が聞こえてくるようです。

「お兄ちゃん、ほんとにそこは大丈夫なの？怪しげな所じゃないの？他の所にもあたってみたらどうなの？」

皆さんの心配はとても理解できます。他の所なら、もっと安いかもしれません。他の所ならもっと安心できるかもしれません。でも、話がかなり進んでしまったので、ここは討死覚悟でつっこんでみるつもりです。

完全にだまされても、最悪この300万円以上の被害はでないはずです。残金は工事終了後なんですから。もし解体が終わらなければ、残金も支払わなくてもいいわけだと思ってます。そこで、この300万円は私の預金からだしました。解体が無事に終了したら、改めてしげちゃんの定期預金から300万円を私に移すつもりです。工事になにか問題があったら、300万円は私がかぶりますし、これ以上の出費は無いはずなので、しげちゃんには被害は及ばない計画です。

井戸の御祓をしたのですが、あの時の供物は、塩や水まですべて、うちで用意した物でした。儀式の後は私が持って帰るのだろうと思って、すべて安いものですませました。干物は「レジで半額」のシールがはってあります。ところが、儀式の後で供物はすべて神主さんが持って帰ると知り、とてもびっくりでした。みんな安物ばかりで恥ずかしいことです。特に干物の「レジで半額」シールはいけません。あればかりは拙《つたな》かったと悔やんでます。たまたま米だけは家で取れた新米を持っていきましたが、米は井戸の周りに撒《ま》いてしまいました。お米を無駄にしたらばちがあたるといわれていたのですが、そのばちをあてる神様にあげるんだから、問題ないんでしょう。』

ほかのところにも見積もりをとってもらった方がいいんじゃないの？と言ったのだが、とらなかったようだ。だが領収書をその場でもらわないというのは、どうだろう？私だったらもらいたい。が、せっせがだまされてもいいと言ってるのだから別にいいのだろう。信頼できると判断できるなにかがあるのだろう。

『4月19日（木）「珊瑚《さんご》の島で千鳥足」第12号
お金を払ったせいでしょうか。急に解体工事が始まりました。
予定では、工事はまだ先のことだったのですが、作業員がどやどやと急にやってきて、これから工事を始めるとのことでした。

まずは、内部の壁や天井を剝《は》がして、それから外側を少しずつ壊していくそうです。瓦《かわら》なんかも、一枚ずつ剝がしていくそうです。土台のコンクリートもすべて剝がすわけですから、まあ、工事費が高額になるのも、ある程度、しかたないかなと思いました。

アルミサッシが勿体《もったい》無いので、アパートから外して持って帰ろうとしたのですが、解体業者が「アルミサッシの分も見積もりに入ってます。そのアルミサッシを持って行くなら、工事費を値上げしないといけません。」と言われてしまいました。最近は金属がとても高価なので、金属を持っていくことにはとくにきびしいです。

そうなると、当然ベランダの屋根をはずして、アルミ製の手すりをみんな持って帰った事は、大きな問題になるかもしれません。かなりの量のアルミだったですから。今のところ業者はベランダの手すりが無くなった事に気づいていないようです。まさか、手すり欲しさにベランダを解体するような人間がいるとは、向こうも想像していなかったのでしょう。

私としては、せっかく命の危険まで冒して、苦労して手に入れたアルミの手すりです。そう簡単に手放したくありません。そのうち家の廊下にでもつけようと思っているのですから。そのため、業者がやってきて、いろいろ見て回った時には、手すりがアルミ製で、それが無くなっているという事に気づきはしないかとドキドキしてました。

アパートの下は鉄骨が入っているのですが、これなんかも、とても値段が上がっているらしく、アパートの下の部分だけで80万以上と言ってました。店の方も鉄骨が入ってますし、アルミサッシなんかもあるので、おそらくアパートと店の金属で200万以上のお金になるのではないかと思います。結構な金額ですよね。坪3万円なら解体費用は970万円になるのですが、そこから200万円引けば770万円です。割と請求額に近いので、値引きはそんな計算なのかもしれません。

写真は解体の始まったアパートです。アパートの二階も、はやこんなふうになってしまいました。（写真9）』

4月22日（日）

いつものお昼。きょう買ってきたのは、親子どんぶりだ。お寿司《すし》にしたかったのに、せっせがなま物はまだと禁止したのだそう。たけのことわらびの煮たのをだす。食後はせっせとさくとしげちゃん3人でトランプをしている。白熱して。大貧民をやっていたが、何度目かでせっせはしげちゃんに負けていた。

しげちゃんが外の道路から見える庭に座りこんで、移動する時は座ったまま手で体を前にずっずっとずらしながら、庭仕事をしていたら、通りかかった人が「そこまでしなくていいが。そんなことしてるとまた悪くなるよ」と、その様子を見て心配して声をかけてきたそうだが、しげちゃんにしたら家にじっとしているよりも、座り込んででも庭仕事をしたいし、それが楽しいのだ。見た人からは不憫《ふびん》に見えるかもしれないけど、それは余計なお世話というものだ。でも見慣れてない人からすると、無理してるように見えるんだろうなあ〜。違うんだけどね。どんな体勢でも動ける部分を使って、ただ動きたいのですよ。

普通に。

『4月26日（木）「珊瑚の島で千鳥足」第13号

いよいよ重機が入って、本格的に解体が始まりました。解体は、内部を壊している時の方が大変で、外を重機で壊し始めると、わりと速く進むそうです。ほんとうに、あの大きな建物が無くなると思うと、信じがたいものがあります。正直言って870万でも、それほど高いとは思えなくなりました。あの建物がどれほど大きいかを知っている人なら、その感じは判ってくれるのではないでしょうか。きっと、建物が無くなったらさっぱりすることでしょう。あの大きくて古い建物は、やはり私たち家族にはもてあましぎみでした。維持管理なんて、とても無理なところまで来ていたと思います。だいたい、私としげちゃん、人間二人しかいないのに、家が二軒（その両方とも、普通の家の二〜三軒分）も必要無いじゃないですか。

Sおじさんが屋根の上のタンクを欲しいとの事でした。アパートの上にある白い飲料水用タンクです。しかし、解体なので、あまりやさしく降ろしたりはしません。破壊する感じで降ろすので、とても再利用できないらしいです。私も初めからそう思ってました。タンクをきれいに降ろすのは、とても大変だと、以前から考えていたからです。そういうことで、おじさんの頼みは断りました。あの人は、うちの店やアパートになにか面白そうな物や、使えそうな物があると、「売ってくれ」と言うのですが、うちはお金を要求したりしませんから、たいがいタダで持っていきます。今後もいろいろ「解体するなら、俺にくれ」という事があるかもしれません。しかし、解体は忙しいので、のんびりとりはずしたり、降ろしたりできません。これからは、「それどころじゃないから」と断ろうと思います。

最近、しげちゃんは庭で土いじりが日課です。へたすると、雨が降ってるのに、庭で仕事するといいます。雨の日は頼んで、家の中で過ごしてもらいました。

しげちゃんが座っている所は、道行く人から良く見えるので、しげちゃんが恥ずかしくはないかと思って、なにかフェンスでもつけようかと言ったのですが、むしろ、知り合いが通って、話をするのが楽しいから、このままで良いとの事でした。

しげちゃんは歩けなくて、地面を這《は》いながら草むしりですが、時々、道行く人と話ししたりしています。自分が歩けないのは別に恥ずかしくは無いみたいです。私が立てなくなったら、裏でこそこそ土をいじるところです。その辺は、しげちゃんのほうが、明るくていいですね。それではまた。（写真10）』

『4月29日（日）「珊瑚の島で千鳥足」第14号

解体は少しずつ進んでいます。しかし、予定よりずいぶんゆっくりした進行です。この分では、予定よりかなり時間がかかりそうです。まあ、家が大きいので、そう簡単には解体できないだろうと思ってはおりました。（写真11）

解体に伴い、引越しをしました。ほんとに沢山の荷物があって大変だったです。しげちゃんのいる本家の方にも沢山の荷物があるので、店から荷物を持っていくのに、まず本家の方をかたづけなくてはいけませんでした。本家の蔵の中の荷物を、とりあえず庭に出したので、本家の方の庭は大変な事になりました。

大量のゴミの山ができてしまいました。蔵の容積より、外に出したゴミの容積の方が大きいとしか考えられない騒ぎです。先祖が代々にわたって蓄え続けてきたゴミの山です。中には明治時代の物もあるらしいです。それも、とびっきり無価値なやつばかり。穴の開いた鍋《なべ》とか、そんな感じです。

この箱の中身は、おそらくテル君の関連ではないでしょうか？作りかけのルアーとかが入ってます。（写真12）

こちらは蔵の中にあった、スチール机の引出しの中身です。エミさんの物ではないでしょうか？（写真13）

皆の子供の時の物から大量の鍋や皿、湯飲みに雑誌など、とにかくありとあらゆる物がしまわれていました。でも、おそらく二度とは使わないであろうこのような物があると、店からの荷物を入れられないので、とりあえず蔵の中は一度徹底して綺麗《きれい》にしてしまおうと思いました。その結果が大量に積み上がった庭のゴミです。なんとかしなくてはと思うのですが、こんなもん、人ひとりの力ではどうにもなるまいと絶望してしまいます。私も含めてですが、この家の人間は物を捨てられない傾向にあるみたいです。なんでもかんでもとっておきます。しまってしまいます。そして二度と、取り出したりはしません。ある種のタイムカプセルですね。ミキは言いました。

「しまって、1年使わなかったら、それは要らない物。捨てた方が良い。」

ほんとにこれは真実だと思います。特に、家の蔵をさらってみて、しみじみ感じました。想い出は大事だけれど、いつかはどこかで処分しようよ。特に最近はゴミの処理が高額になってます。時間が経てば経つほど処理費がかさみます。今では野焼きもできなくなりました。庭でゴミを燃やすと保健所が飛んでくる時代です。しばらくすれば消費税も上がるでしょう。そうすれば、ますます処理にお金がかかります。とにかく、この辺で一度家のボロをリセットしようと思います。でも、あまりに大量のゴミの山に圧倒されて、取り掛かるたびに鬱《うつ》になってしまいます。しかたないので、時間をかけて少しずつ整理していくつもりです。家の解体は業者に頼んだので、私は何もやらなくてよいので楽ですが、家のゴミの方は自分でやるつもりなので大変です。

それでは皆さんも、くれぐれも堆積《たいせき》していくゴミには注意しながら生活してください。今ではゴミの処理の方が物の購入より大変な時代になりつつありますから。』

日曜日。恒例のお昼。今日はひさしぶりにお寿司を買ってもらっていた。そのあとウィーでボンバーマンをしてから、みんなでしげちゃんちに行く。庭のガラクタの山の中に、しげちゃんの弟夫婦が倒産&夜逃げをした時に持ち出した新品の靴下やシーツ類があるということだったので、それを見に軍手を持って。途中、解体中の店を見学してから行く。

庭のダンボールの中に靴下は入っていた。けど雨ざらしで、濡《ぬ》れていたり埃《ほこり》っぽかったり。さわると真っ黒になるので、軍手を着用する。よさそうなのを20〜30足えらび、あとカーカ用の夏のパジャマ（虫食いあり）と、しげちゃん用の毛糸のカーディガンとあったかいひざ掛けスカートをひっぱりだす。他のものは雨に濡れていて、もう心惹《ひ》かれなかった。

しげちゃんとせっせがベンチに並んで腰かけてるのを見て、カーカがいい感じと言っていた。

それから四つ葉のクローバーがあったので2枚ちぎる。しげちゃんと庭の草をちょろちょろむしる。カーカとさくとせっせはボール投げをしたあと、荷物運び用の一輪車に乗って、ジャングルと呼んでいる草ぼうぼうの荒れはてた木のあいだを走り回っていた。四つ葉のクローバーをカーカに見せたら、その一角で5〜6枚見つけていた。明日も来るね〜と言って帰る。帰り、「四つ葉のクローバーって遺伝だから、あるところにはかたまってあるよね。言ってみれば三つ葉の奇形だしね」「ママって嫌だね」「でも、そうじゃん。

でもだからってそれがどうとも思わないけどさ」

『テルヒコです。

中学時代に、ルアーを作ってたのを懐かしく思い出しました。確かに捨てるということをやったことがあまりないので、残ってるわけですね……。捨てるの本当に大変だと思います。腰など痛めないよう、気をつけてください。捨てられない癖は、今でも残ってます。気をつけなきゃ。それでは。』

4月30日（月）

小雨模様の中をまたしげちゃんちに3人で行く。私はしげちゃんちの近所に青い草花がさいてるところを発見したのでその写真を撮りに。ついでに解体中の建物を見て、駅で郵便物をだして、駅の隣の公園のきれいな花を撮ってから行く。

カーカとさくはまた一輪車に乗せてもらっていた。すごい勢いで走り回っていた。私はガラクタの中になつかしい置物を見つけたので写真に撮る。貝殻からでてきた人魚の人形と壺《つぼ》から手が抜けなくなった子ども。

5月1日（火）

カーカが連休のあいだの学校へ行く日の朝、登校前にせっせに電話してる。

カーカ「せっせ、お願いがあるんだけど、ラッシーをDVDに録画しといて」
すぐに電話を切ったカーカ。大丈夫だったの？と聞いたら、
カーカ「ああ〜、ラッシーね、って言ってた。知ってたみたい」
私「せっせも撮るつもりだったのかもね。アニメとか動物のとか好きだから」
カーカ「うん。ああ〜って」
私「ふふ」
BSはウチでは録画できないので、いつもせっせに頼んでいるカーカ。アニメだとだいたいせっせも知ってる。

5月3日（木）

きのうスーパーに買い物に行った時に、3日ゴールデンウィークまつりビンゴ大会というチラシを見た。ビンゴ大会といえば……

去年の同じ日、さくとたまたまそのスーパーに買い物に行った。すると「これからビンゴ大会をやります。先着100名様。参加費100円です。どうぞご参加ください」と、呼びかけていた。見るとそれほど人はいない。ちらほらと参加者がベンチに腰かけているだけ。ヒマだったので、やってみようかとさくに声をかけて、トコトコと近づいた。ひとり100円渡したら、ビンゴカードとペットボトルのお茶やジュースをひとり1本くれた。あれ？これだけでもとがとれたなと思いつつベンチにすわる。前を見ると、ホットプレ

ートやタオルケットや扇風機、ジュース1箱、ラーメン1箱、大きなおもちゃ、米10キロなどなど、けっこういいものが並んでいた。呼びかけてもなかなか人が集まらないので、ひとり2枚でもいいですと言われ、2枚目も買う。しばらくすると100枚売れたらしく、始まった。ゆったりとした気持ちで楽しんで、呼ばれた番号に穴を開ける。さくが5番目ぐらいにビンゴになり、さっと前に出て、いちばん大きな箱だったホットプレートを選んだ。わあ〜、すごいじゃん。それからしばらく人がビンゴになるのを見送り、ついに私もビンゴ。さくのためにおもちゃをとってあげる。それからまたしばらくなくて、またさくがビンゴ。今度はもういいのはあんまりなくて、インスタントラーメン5個セットだった。それで終了。でも、ホットプレートが当たってさくは大喜び。さっそくせっせに、「あのビンゴすごくいいよ。絶対当たるし、参加費100円はジュースでもとがとれるから、午後にもあるから行ってきたら？」と電話した。行ったらしいが、ぎりぎりで行ったらもうカードは完売だったそう。

さくが、そのホットプレートでパーティをしようとうれしそうに言うので、気がすすまなかったけど、うん……と言って焼き肉をすることにした。パーティ、パーティとうれしそう。材料を切って、カーカを待つ。でもカーカの帰りが遅かったので先にふたりで食べることにする。肉を焼いて、食べる。

やってるうちに気づいたらしく、「パーティって言ってもさあ。なんか、シーンとしてる。……ふつうのごはんだね」「うん。でもいいじゃん。静かでさ」私は予想してたけどね。

……という経緯があり、絶対来年も行こうねとさくに言われていたのだった。それでさくに、明日ビンゴ大会があるよと教えて、せっせにも教えた。せっせも行くって。で、午前10時45分。会場に着いたらカードを買うために人が並んでいた。急いで行ったら買えた。せっせも来て、買った。ベンチは今日はいっぱいだ。そしてやはりまだカードは余っていたらしく、2枚目を売り始めた。すぐに買いに行く。みんなさっと並んだ。すると、よこからおばちゃん4人グループが並ばずに「2列にならぼう」と言っていきなり2列目を勝手に作って先頭に立っているではないか。これってあまりにもムカつく。で、私のとなりに立ってるその中のおばちゃんに「並ばずに入ってきたんじゃないですか?」とやさしく言ったら「いいえ」と言う。「並んだんですか?」「そうですよ」とかなんとか。確信犯。開き直ってる。「別にいいんだけど、ちょっと……」と私も笑いながら言いつつ、気分がブルーになる。2枚目を買って、後ろの方に立つ。せっせも2枚目を買ってきた。それでもまだ余ったらしくさっきのおばちゃんたちが3枚目を買っていた。あのおばちゃんたちがいるから嫌な気分。

「もう来年は来たくない。せっせ、さくと一緒に来てくれない?さくは来たがるから」

せっせは困り顔で笑ってる。賞品を見ると、今年は去年よりもグレードが低い。ホットプレートひとつに、扇風機1台。それが大物で、あとは米とかラーメン、ティッシュ……。

去年はもっとよかったはず。

ビンゴが始まった。なかなかリーチにならない。あ、あの嫌なおばちゃんがビンゴになってる。ムカッ。3枚も持ってるしな～。もういいものはどんどんとられてしまった。またおばちゃんがビンゴ。やがて、やっとせっせがビンゴ。インスタントやきそば5個セット。さくもビンゴ。インスタントうどん5個セット。それからずっとたって私もビンゴ。やきそば5個セット。そして最後に私がもう一回ビンゴになったけど、人数より賞品が少なくてジャンケンになった。4人でジャンケン。勝てば3人がやきそば5個セット、負けたひとりが退場。で、こういう時の私は負けたくはないけど勝ちたくもなく、そしてたいがい負ける。4人のうちふたりが勝って、私と高齢のおじいさんが残った。おじいさんとジャンケン。これもどうだろう……おじいさんとだよ。勝っても負けてもうれしくないよね。で、私が負けて、ひきさがる。でも勝ってもさっきのやきそばだし。そううれしくもない。来年は来るのやめよう。そうほしくもないのに一生懸命にやるのも、ケチくさく悲しい。去年は知らずになんとなくやって、それが楽しかったからよかったんだと思う。

帰りにスーパーの前で戦利品と共にせっせとさくの写真を撮る。

5月6日（日）

恒例のお昼。しげちゃんのきょうのメニューは巻き寿司《ずし》だ。

先週、私たちはピザのお届けをたのんだ。余ったらせっせにあげようと思って、「余ったらせっせにあげるね」と言った。せっせは「別にいいよ……」と答えた。

するとと、余らなかった。で、「せっせ、ごめんね、余らなかった」とわざと言ったら、「ぼくは別にもらうつもりもなかったし」と困り顔。「ごめんね。せっかく楽しみにしてたのにね。悪かったね～。ごめんね～。ピザ、余らなくて。楽しみにしてたのにねえ～」となおもわざとイヤミに繰り返す。反応に困るせっせ。「ママって意地悪だね」とカーカ。

「おもしろいんだもん」

ということがあり、きょうこそはせっせにもあげたいと、多めに注文した。新メニューに挑戦し、ライスピザというのをたのんだら、それが大失敗。ひと口食べてだれもそれ以上進まない。もう一枚の方は売れ行き好調。そしてライスピザだけが残った。せっせにあげると言ったら、帰りに「じゃあ、これもらっていく」と言って持って帰ったが、おいしくないものだったので悪かったな。次はおいしいものをあげたい。

食後、みんなでトランプをしていた。私以外の4人で楽しそうに。

「ああ～っ！ダメだよー！」

しげちゃんも自ら「しげはダメだよ～！」などと叫んでいる。

あんまり楽しそうなので、私もちょっと加わった。神経衰弱。なかなかむずかしい。1回だけ勝った。しげちゃんにはハンデをあげようと言って、×5倍にした。すると2組とれて、2×5で10になり、いちばんとったカーカと1位タイになっていた。

私はもう記憶力が落ちていてなかなか覚えることができないので、じゅうたんの模様をヒントにして覚えようと思った。せっせはカードの横のじゅうたんに指で数字を書いたり、線をひいたりしている。それでもなかなか。声に出して「4、12、8」なんて繰り返し言ってるので、「声に出すのはやめて！みんなに聞こえるから」「みんなにも親切かと思って」「だったら最初の一回だけにしよう」

『5月11日（金）「珊瑚《さんご》の島で千鳥足」第15号

とうとう、映画館（その後アパート）が無くなりました。あの大きな建物が消えてしまうと、大きな変化が起こっているんだと実感します。しかし、これでもまだ半分なんですよね。まだまだ先は長いというところです。残りの店舗部分も、軽く家二軒分くらいありますから。

さすがに目立つ工事なので、街でいろいろな人から声をかけられます。今まで話した事がないような人が、いきなり、

「今、アパートを解体してるのか？」

「後は何が建つのか？」

「解体にいくらかかるのか？」

「だれが解体をやってるのか？」

とにかく根掘り葉掘り聞いてくるんです。なんで私が見知らぬ他人になんでもかんでも話さないといけないのでしょう？

「あんた誰？」と答えることにしています。

家のごみをかたづけるのが大変だと通信に書いたら、エミさんからお金が送られてきました。それも10万円です。びっくりしました。エミさんも子供がいて大変だろうにと思うとちょっと使いにくいお金です。お金はありがたいですが、皆さん心配には及びませんよ。ごみの処理にある程度お金がかかるのは覚悟していますし、その手当ても考えてますから。さすがの私もごみのかたづけを人に頼もうと思ってます。シルバー人材センターに行けば、人を雇うのもそれほど高価にならないらしいです。ひとりではとてもあのごみの山をかたづけるのは無理じゃないかと、最近ようやく感じはじめてます。

エミさん、お金ありがとうございました。でも、処理費用は覚悟していますし、手当てもできてますので、心配はいりませんよ。しげちゃんに相談したら「そのうち、なにかお返しすればいいが」というので、そうするかと思ってるところです。

ちなみに、エミさんが思い出せないという、保管物ですが、この、大きな曲がったガラスのケースです。幅はゆうに2メートル以上ある、とてつもなく重い商品棚です。（写真14）これに貼ってある保管物という文字が、これを処分する事をじゃましています。そして、この字はエミの字。そう、あれはまだ、しげちゃんが元気な頃、帰省したエミさんは家の箪笥《たんす》や粗大ゴミに「保管物」の札を貼りまくり、捨てないようにと釘《くぎ》を刺して帰っていったのです。それ以来はや10年ぐらい？
いまだにゾンビのように保管物は家に居座り、ゆっくりと腐っているのです。どれも大きいので場所をとるんですよ。しかも、数も多いんですよ。ひとつやふたつじゃ無いんです。もう処分してもいいでしょうか？あるいは送ってもいいですが、こんなの沢山送られても、エミさんも迷惑でしょうし……』

『5月12日（土）「珊瑚の島で千鳥足」第16号
いつものように、家の裏庭でゴミをかたづけていると、突然めずらしい人がきました。しげちゃんの弟夫婦です。私は思わず、

キタ━━━(゜∀゜;)━━━!!!!

と動揺してしまいました。きっと、あの本を見て、書かれていた自分たちの表現に不満を持って、私を刺しに来たに違いありません。すごくビビリながら、何の用か聞くと、家探しのついでにちょっと寄ってみたとの事。
そのうえ、お土産まで持ってきてくれて、とてもフレンドリーでした。どうもあの本は読んでいないっぽいです。このような年代の人が読むような本では無いので、願わくばこれから先もずっとあの本の内容がこの人たちに伝わりませんように。

弟夫婦は、長年貸家に住んでいたのですが、宮崎市周辺に一軒家を求めて、探し回っているらしいです。なるべく静かで庭付きで、平屋で、できればある程度の部屋数があってと要求はなかなかきびしいみたいです。でも500万円程度の予算では、あまり贅沢《ぜいたく》は言えないのではと思ったんですよ。

そこで湧き上がる次なる不安。この夫婦、また借金の申し込みにきたのでしょうか？とにかく、この人たちには、昔ずいぶんむしられた事があるので、悪い連想しか出てきません。思わず私はちょっと大きめの声で言ってしまいました。

「うちが今やっている解体に、あらかた1000万円程度のお金がかかって大変です。」

まあ、970万円を870万円にまけてもらったのですから、それほど嘘でもありません。さすがに弟夫婦はびっくりしていました。解体費用をおおげさに言ったのは、初めてのことです。しげちゃんはすぐに判ったみたいで、「あんた、解体費用をおおげさに言ってたけど、やっぱり借金の申し込みがあると困るから牽制《けんせい》したの？」と聞かれてしまいました。しげちゃんも弟の突然の訪問を借金と結びつけて考えたみたいです。

なにしろ、あの夫婦がしげちゃんの実家にいるころ、家が破産の危機に直面して、親戚《しんせき》一同に借金しまくったことがあったのです。むろんしげちゃんもかなり（記憶するかぎり300万円程度）お金を貸して、踏み倒されたんですよ。いま病院にいるイチキおじさんの年金までつまんでしまい、とうとうイチキおじさんが病院を出るところまでいったんです。それで、どうしてもあの二人を見ると、つい昔を思い出して、借金の申し込みか？と慌ててしまいます。心の中で「あなたがたに貸す金は**一銭**もありませんから」と叫びつつ四人で楽しく会話していました。

あの人たちが帰った後で、しげちゃんが「お金を借りにきたのかもしれない、いくらか貸してやろうか」と言うのをきつく否定して、昔のことをほじくり返した私でした。どうも、歳をとると人を信じることが難しくなって悲しいです。』


カーカとさくがしげちゃんちに遊びに行こうと言うので、午後4時に行く。

しげちゃんは家の前の庭というか茂みを開拓中だった。木が生い茂り、小さい森のようになっている。落ち葉などを入れて堆肥《たいひ》を作る穴を掘っているとのこと。せっせはいつものようにガラクタの片付け。私はしげちゃんが通りやすいように伸び放題のアジサイなどを剪定《せんてい》した。するとその枝を挿し木にしたいのでとっといてと言うので、何十本分も小さく切ってバケツに入れた。カーカたちは最初はせっせに一輪車に乗せてもらってまたぐるぐるまわっていたが、やがて家を作ろうと言ってガラクタの山からいろんなものを寄せ集めて小屋を作った。さくが入りたがらず、おそるおそる入ろうとしたら、「靴を脱いで！」とカーカに叱られていた。

せっせ「このガラクタが片付いたら、まわりを塀で囲って、大きくなりすぎた木は伐《き》って、家の前を平らにしてしげちゃんが畑でもしやすいようにして、使わない小屋を移動して、すこしでも家を小さくしようと思ってる」

私「それがいいよ。とにかくこの伸びすぎた木は伐った方がいいよね。何十メートルあるんだろう。杉やイチョウ……、檜《ひのき》。風も光も入らないから、あの小屋も壊したいよね。……この車庫もない方がすっきりすると思うけど。でもかなりの大計画だね、これから。でも、すっきりとしたらいいね。いろんなことがすっきりしそう。人生も軽くなりそうだね」

せっせ「うん」

私「それにしても本当に、なんてガラクタやいらないものが積もり積もっていたんだろうね、この家。でも、しげちゃんがこうなってよかったかもね。もし急に死んだら、それから整理するのは大変だったよ。気持ち的に。今はこうして面倒見ながらゆっくり楽しむように整理できるんだから、もしかして神様のスケジュールはよく出来てるのかも」

せっせ「本当に」

カーカたちがやってきて、しげちゃんのまわりでわいわいやってる。せっせが木に巻いてくれたロープ（しげちゃんはひとりでは立てないので、それにつかまって腕の力を利用して立ったり移動できるように）をさくがひっぱってロッククライミング遊びをしている。

しげ「昔の家で、庭にこんなふうにロープを張って、あなたたちも遊んでたわよ。今のざくろの木があるあたりで」

私「へー、そうだったっけ」そういえばワイルドだったな。

明日は隣町の温泉に田舎劇を観に行くそう。せっせに連れて行けと。母の日だからと言われたら連れて行かなきゃしょうがないと、せっせも承諾したそうだ。私も急に気づいて、母の日のプレゼントなにかほしいものある？と聞いたら、「考えとくわ」。

あじさいの切り枝を数本もらって帰る。家にもあるんだけど。

家に帰ったら、やけに家の庭がきれいにきちんとしているように見えた。あっちのジャングル状態と比べると。それからもさくたちはバドミントンや自転車で遊び、私は剪定。

そんな夕方でした。

『5月13日（日）「珊瑚《さんご》の島で千鳥足」第17号

きょうは母の日でした。テル君からみごとな花が届きました。しげちゃんからテル君となごさんにありがとうとの事でした。エミさんからサバ寿司《ずし》が届きました。とてもおいしいお寿司だと喜んでいました。押し寿司は大好きだそうです。

私からはカーネーションです。というのは嘘で、今日スーパーで２０００円以上の買い物をしたら、サービスでもらったものです。私は無料ですんだみたいです。（写真15）

昼からは鶴丸温泉へ芝居を観に行きました。以前はよく観劇に行っていたらしいですが、病気をしてから初めての芝居となりました。とても楽しんだそうです。（写真16）

病気になって初めての母の日、なにか以前よりもみんなが親切になったようです。以前よりたくさんの贈り物をもらった母の日になったようです。天気もよかったし、相撲も見たし、まずは良い母の日だったのではないでしょうか。

みなさん贈り物、ありがとうございました。』

夕方、またみんなでしげちゃんちに遊びに行く。しげちゃんは疲れたのか、寝ていた。子どもらは、またせっせに一輪車を押してもらってる。どうも迷惑をかけているような気がする。ふたりを乗せて押して回るのは重いだろう。

私はまた剪定。

サバ寿司が届き、しげちゃんも起きてそれを食べて、私たちも一切れずついただいた。みんなおいしいおいしいと言って食べた。

5月14日（月）

夕方しげちゃんにおかずを持っていく。せっせが、しげちゃんが指をかゆがって、かいたら化膿《かのう》したのでケアセンターに併設された病院で診てもらったら水虫かもしれないから皮膚科に連れて行けと言われたと言って、ものすごく憂鬱《ゆううつ》そうだった。そして「介護って大変だね」と言う。どうやら皮膚科に連れて行くことが面倒くさいらしい。

それからせっせにＵＳＢメモリをもらう。私のパソコンは新しいのに、買ったばかりのころに変な操作をしてしまってＤＶＤやＣＤにうまくデータを記録できなくなってしまったから。大失敗だ。悲しい。私のバカ。それで写真のデータはＵＳＢメモリで送ることにした。

5月16日（水）

角川書店から『ばらとおむつ』が5千部増刷という案内がきた。うれしい。自分の詩の本とかは売れなくてもそう気にならないが、この本に関しては、とてもうれしかった。ハガキを本棚に飾って手を合わせ頭をさげる。するとせっせから電話がきた。ハガキがきたけど、これはどういうこと?と聞くので、「最初に作った分が売れて、増刷されたの。これで珊瑚の島、出せるよ」と言う。一回目に刷った分が売れたとわかって、せっせもめずらしく、すごくうれしそうだった。あんな分厚い本が、あんな変な人ばっかりが出てくる本が……と感慨深げ。

そして、親戚や近所の人たちの目に触れないようにと願い合う。周りには話してないので。しげちゃんがあの本を読みたがったり（写真の部分は見せたけど）、ケアセンターにも持って行きたがっていたようだが、せっせが阻止しているとのこと。誰にも言わないようにしようねと言い合う。その方がのびのび書けるから。でも知っても周りの人で特に何か言いそうな人はいないと思う。

「また夏に温泉に行ってお祝いしよう」と言ったら、「うんうん」と。

5月17日（木）

きのうの夕方、しげちゃんにおかずを持って行って、しげちゃんがそれを相撲を見ながら食べていた時、せっせと父方の親戚《しんせき》の話をずっとしていたら、しげちゃんがそれをしっかり聞いていたらしく、私が帰ったあとにせっせにいろいろとまた妙なことを言い出してすごく嫌だったから、これからはこの人のいないところで話をしようと言う。

うん、いいよ。

きょうもまたおかずを持って行く。もうテーブルにトレイとおはしがセットしてあって、エプロンもかけて待っている。トレイに赤いペンでなにかを書いて消した跡があったので、またせっせが腹を立ててなにか書いたの？と聞くと、模様をかいていただけだと言う。模様だったらこんな一部分だけ書くなんておかしい。せっせはしげちゃんとケンカしたりして腹が立った時、ペンでいろんなところに文句の言葉を書いていた。前に見たのはストーブ。なにかを書いてぐるぐると上から消した跡。とか、柱にも。

5月19日（土）

せっせって、最初のころはしげちゃんに出す食事について、塩分がどうとか、苦手な酢を食べさせるとか、たんぱく質とか、野菜をゆでて冷凍して保存するとか、それはそれは厳しいことを言っていたが、最近ではどうも、いつもスーパーで惣菜《そうざい》を買ってきて出しているようだ。せっせって、なんでも最初は異様に熱心にやるが、だんだん時間がたつとどうでもよくなるタイプみたいだ。それで、今週から私がおかずだけは持って行くことにした。量が少ないから、うちのおかずを小分けすればいいだけだから。そしてさっきも持って行って、それをしげちゃんが食べている時、せっせが近くにいないのを確認してから、「しげちゃん。せっせが出すおかずと、私のおかず、どっちがいい?」と聞いたら、「それはみき子さんよ」と言う。そこでせっせの足音がしたので、シーッと言って話をやめる。せっせが作っていた時も、おでんかなにかをまとめて作って数日かけて食べていたし。しかも驚くような具がはいっていたしね。味なんか関係なく、なにもかもつっこんでたなあ。

5月20日(日)

しげちゃんとせっせがやってきて、みんなでトランプ。にぎやかにワイワイやっている。私も3回ぐらい加わった。白熱する。

せっせに、おでんに何を入れていて私は驚いたんだっけ?と聞いたら、なんだろうと言うので、ふつうは入れないけどせっせは入れるという具を言ってと言ったら、

「ウィンナー?」

「う〜ん」

「魚肉ソーセージ……」

「それかも」

「あと、ギョーザ」

「それだ!シューマイは?」

「いれる」

「それそれ！　……最近はさあ、しげちゃんの塩分のこと言わなくなってたけど、もう考えてなかったの？」

「うん。全然」

なにしろやることが多くて忙しいらしい。ガラクタの片付けなんだけどね。

『5月21日（月）「珊瑚《さんご》の島で千鳥足」第18号
最近、ミキがしげちゃんの夕飯を作ってくれてます。ミキのご飯の方が手が込んでいておいしそうです。しげちゃんにもこちらの方が好評なようです。私は長く続けて、いいかげん飽きてきて、なるべく速く、手間をかけずにと考えるので、しげちゃんとしても、ミキが持ってきた夕飯を食べる方がいいと思うのかもしれません。ちなみに以前あれほど注意していた塩分も、最近はずいぶんゆるくなりました。さすがに醤油《しょうゆ》を沢山かけたりはしませんが、以前のように食品に入っている塩分の量を細かく気にしながら食事を作ったりしていません。かなり元気に回復したしげちゃんを見ていると、ついつい塩分や糖分や、いろいろ注意しなくてはいけない病人であることを忘れてしまうからです。しげちゃんもさかんに、醤油をかけろ、甘いのをたべさせろとうるさいです。
自分が病人であるということを、だんだん忘れてきているみたいです。

自分はもう病気で無いと思っていることに関してもうひとつ。昨日はしげちゃんがどうしてもと言うので、しげちゃんの山のひとつに行って、竹の子をさがしてきました。しげちゃんがあの体で竹山に行くなんて、とても無理だと思ったのですが、しげちゃんがしつこく頼むので、私も覚悟を決めて連れていったんです。写真ではいかにも竹やぶに入っているように見えますが、ここまで来るのに私が道を作り、藪を払い、しげちゃんの体を支えて、大変な思いをしています。むろんここからしげちゃんはどちらの方向にも動けません。このまま置いてくれれば私も厄介払いができるかもなどと思わないこともなかったです。竹の子はまだ無かったのですが、この山登りに自信を深めたしげちゃんは、こんどは他の、しげちゃんの山に登りたいと言い出しました。それほど深くない竹やぶでさえ、あんなに大変だったのですから、かなり高い、道も無い山に登るなんて不可能に決まってます。私は山登りに慣れてる。以前は何度も自分の山に登って作業していた。と主張するのですが、それは病気になる前の話。今はまったく体が違います。あきらめるように説得しました。しげちゃんは慣れない運動をしたせいか、次の日はとても疲れたみたいで、朝がかなり辛《つら》そうでした。まだきつい運動は難しいです。それでも果敢に山や親戚の家をめざして、歩こうとする情熱はすごいと思いますが。（写真17）』

5月23日（水）

しげちゃんちに夕食を届けて、ついでに20分ほどしゃべり、帰りにコンビニへTVガイドを買いに寄ったら、サイフがなかった。道路と家の間の敷地にさっと停めた車に鍵《かぎ》をかけなかったので、おしゃべりしている間にバッグの中からどろぼうがサイフだけ盗《と》っていったのだろうか。とりあえず、車のダッシュボードの中の小銭で買い物をして、家に帰ってドキドキしながら部屋のサイフのありそうな場所を見たけど、なかった。

う〜ん……これは、本当に盗まれたのかもしれない。あんな人通りのない道で……。でも車は通ってた。隣は温泉だし。そして、白いバンが路肩に停まっていて、私が車を停めるときにUターンしていたのが妙に気になったなあ。あれか。あれだったらよそ者の、常習の泥棒かもなあ。一応、せっせに電話する。もしプロだったらお金だけ盗って、カード類は捨ててるかもしれないから、気をつけてそこいらを見といてと。それから交番に盗難届の電話をして、もう一度現場に見に行く。せっせが自転車で捜してくれていた。でも黒いサイフ一個だから、見つからないかも……。駅を見てからしげちゃんちに戻る。

せっせ「バッグを盗らずに、サイフだけないっておかしくないかな……。もうちょっと家を捜してみれば？」

うん。そうだね。と言って帰る。帰ってからもう一度捜したけどなかった。さくもちょっと捜してくれた。「あったよ、これかも〜」なんて押し入れの前で呼ぶので行ったら、ぜんぜん違った。

それから、銀行のキャッシュカード2枚とクレジットカード1枚を電話して止めてもらった。お金はいくらはいっていたっけ……4万円ぐらいかな……、あと大事なものは免許証と保険証か。それ以外はたいしたことないカード類。レンタルビデオ屋の会員証とかポイントカードだし。まず、免許証だな。それは再交付に行かないといけない。明日まで様子を見よう。もし明日中に見つからなかったら、あさってちょっと遠くの交付センターまで行かなければいけないんだな。面倒だけど。

これからはもっと気をつけよう。これは明らかに自分の不注意。恥ずかしいからあんまり人に言わないようにしようっと。いつも車に鍵をかけないことが多かったから、注意しなさいという警告だ。ま、車がなくなるよりいいか。車のキーも中に置きっぱなしだったから。

あ、そうだ、これを機会にサイフを替えようっと。今まで使ってたの、同じ形のを何度も買い替えてもう飽きてたし。ここで気分一新、新しいサイフに替えよう。2個もある。新しいの。前にいいなと思って買っといて引き出しの中にしまってたやつ。どっちにしようかな。ホコモモラのにしよう。バッグも替えよう。あの黒いナイロンのバッグももう何年使っただろうか。そろそろ替え時だ。さっそくバッグは洗って干した。すっきりだ。銀行のキャッシュカードも、これからは1枚だけにして、もう1枚は家に置いとこう。サイフの中を軽くしよう。ポイントカード類も、もうやめよう。

5月24日（木）

昨夜は夜中に目が覚めて、暗い気持ちで本を読んでた。朝早く、明日免許証の再交付に行くから、ついでに気分転換に買い物したり温泉にでも入ったりしようと、温泉の場所を調べたり、地図をコピーしたり、忙しく動き回る。さくは登校ぎりぎりまで「あきらめないで、捜してね」と何度も言っていた。

朝7時に交番から電話があったので、「見つかりましたか！」と勢い込んで聞いたら、細かいことの確認だった。ガックリ。「本当にサイフはそのバッグの中に入ってたんですか？」と聞かれたので「たぶんそうだと思うんですが、もしかすると違うかもしれないので、家の中など、これからまた捜してみます」と答える。

で、ゴミを出して、ガレージの前を掃いて、くもの巣を払って、いつになく掃除など粛々と行い、車のダッシュボードの中が散らかってたから整理しようと助手席のドアを開けたら……、サイフがドアとのすきまにころんと落ちてた。

すぐに交番に「すみません、ありました～！」と電話した。それからせっせにも。せっせはずっとシミュレーションして考えていたのだそう。サイフだけ盗るのと、バッグごと盗るのとどちらが時間がかかるだろうか……などと。そしてすごく喜んでくれた。しげちゃんも、厄落としかしら？などとあれこれ考えてくれていたらしい。

「恥ずかしいよ。でもこれからは本当に気をつける。今まであまりにも不注意すぎたから、気をつけろってことかもしれない」と、気持ちを新たにする。サイフもバッグもこれからもやはりあの黒いのを大事に使おう……。あの白いバン、疑って悪かった～。

クレジットカードを止めてしまったので、パソコンで契約している自動引き落としの会費も払えず、買い物でカードも使えず、大変困っちゃった。新しいのが来るまで1週間もかかって。よく考えたら盗難にあった場合、60日間はカード会社が保障してくれるんだった。その日に止めなくてもよかったかも。せめて2〜3日待ってもねえ。せっかちな性分って、こういう時に困る。

『「珊瑚《さんご》の島で千鳥足」第19号

いよいよ、店の解体も進んできました。基礎を取り壊す段階になったのですが、びっくりするほど大きな基礎のコンクリートが出てきました。店は地震の後で造ったので、父親も念入りに基礎を造ったみたいです。解体工事の人にも、平屋にしては異常に立派な基礎だと言われてしまいました。（写真18）

大きな重機やトラックが活躍して、まるでお祭りのような騒ぎになってしまいました。町の中心に近いところなので、さすがに人の注目をあびていて、いろいろな人から質問されます。市役所に建物の解体の届けに行ったら、むこうはこちらの顔を見ただけで、

「ああ、銀行の前のあすこの話ですか」と理解してくれました。

「毎日あの現場の前を通ってるので、現地調査は簡単にすむでしょう」との事でした。

みんなの質問はいつも同じです。

「後は何が建つんですか？」

とにかくこれだけです。町の中でも目立つ場所で、広さも結構あるので、次に建つものが

とても気になるらしいです。

私に声をかけてくる人は、皆広いですねと言ってくるのですが、解体の進んだ土地をみての私の感想は、「意外と狭いな」です。もっとずっと広いかと思っていたのですが、片付いてみるとたいしたことないなーでした。今までその広さに悩まされていました。大きな土地に大きな建物で、手入れが大変だったんです。でも解体してみれば、ただの広い空き地にすぎません。もうあまり悩まされる事もなさそうなので、心理的に楽になって、狭く見えるのでしょうか？

とにかくすっきりして良かったです。あのまま大きな建物を残していても、良いことは何も無さそうでしたから。ご先祖様ははたして何と思っているか判りませんが、時代はどんどん移っていくわけで、現時点で最善と思えることをやっていくしか無いだろうという感じです。』

銀行にキャッシュカードの取り消し解除の手続きに行った帰りにせっせのところに寄ってみた。サイフがあってよかったよかったとよろこんでいた。

「せっせも気をつけてね」と言ったら、

「僕は慎重すぎるから、もっと気軽に考えた方がいいぐらい。買い物にいくにも重いカバンをかかえて行くほどなので」。そうだった。以前もパスポートをなくしたら大変だからと、家の絶対に盗まれないような場所に厳重に隠したら、どこに隠したか自分がわからなくなってしまって、結局再発行してもらったと言ってたなあ。

せっせはいつものように庭のガラクタの片付けをしている。やってもやってもまだ片付かないと言っている。


午後、せっせからめずらしく電話。

「君は、しげちゃんの誕生日がいつか知ってる?」

「………今日?」

「そう」

「忘れてたね」

「すっかり忘れてた」

で、小さいショートケーキをとりあえず今日、用意して、日曜日にでもみんなでお祝いしようということになった。私がその日、外出するので、帰りにお寿司《すし》とケーキを買ってくるから、その日の昼はお寿司はやめてね、と言っておいた。じゃあ、うどんとか麺《めん》類にしようとせっせが言った。

『5月26日(土)「珊瑚の島で千鳥足」第20号
なんと、「ばらとおむつ」通信の本が重版されることになりました。少なくとも最初に刊行された分は売れそうだということです。とても嬉《うれ》しいニュースでした。しげちゃんの闘病記が載ってる本が、売れ残って本屋さんに積まれているのを見るのは残念な事ですもんね。しげちゃんが病気になって、しげちゃんの体もずいぶん弱ってしまい、生活も一変してしまった不幸も、本になることによって、少しは意味がでてくるのではと思います。もしかしたら、同じような病の人が読んで、参考になることがあるかもしれません。本にならなければ、しげちゃんの病気もごくありふれた病気として、何も残さずに忘れられてしまうのですから。

と、書きましたが、実はいままで述べてきたことは表の事情です。本音はちょっと違いまして、ミキはこの「ばらとおむつ」という本の**印税**を半分私にくれると言ってくれたんです。この本自体、ミキの本ですし、私の貢献はたいしたことないのに、半分も貰《もら》えるのは過ぎたる厚遇だと思ってます。去年はしげちゃんの借金が判明したり、おじさんが借金を申し込んできたり、なかなかだったのですが、今年はちょっと雰囲気が違います。エミはお金を送ってくれるし、ミキは印税をくれると言うし。まあ、どうせしげちゃんにいろいろ出費もあるので、ゴミの後始末やしげちゃん関連に、お金はありがたく使わせていただきます。』

私は相手がだれでも、人と仕事をしたら印税半々ということにしてるので。それにこの本、私よりもせっせの方が活躍してると思う（というか、身を削ってくれてる。本人に自覚はなさそうだが)。

5月27日(日)

3日遅れのしげちゃんの誕生会を夜するためにお寿司を買って帰ったら、昼にしげちゃんがきて、お昼を食べ始めた。見ると、お寿司じゃないか。

私「なんで寿司を?きょうの夜は、お寿司を買ってくるから寿司はやめてねって言ったのに」

せっせ「すっかり忘れてた」

ああ〜。そしたらせっせったら、またいつものも変な考え方で、

せっせ「じゃあ、昼はひかえめにしよう。しげちゃん、あなたはこれ、すこしだけにしなさいよ」と言ってる。

私「ええ?なんで?なんのためにひかえるの?」

せっせ「夜お腹がすくように」

私「そんなの踏んだり蹴《け》ったりじゃん。しげちゃんがかわいそうだよ。ふつうに食べた方がいいよ」

ふつうに全部食べてました。と言っても、小さめのにぎりセットだったけど。

とにかくせっせの変な考え方は健在です。なんのためにしげちゃんが昼ごはんを減らされなければいけないのだろう。しげちゃんに我慢をさせて……。しげちゃん優先じゃなく、

夜の寿司を優先させるという、人じゃなく寿司を中心に置いた考え方でした。
せっせは自分は結婚にむいてないとよく言ってますが、私も本当にそう思う。身内が我慢を強いられるから。それも理不尽な。自分だけがヒーヒー言うのは勝手にどうぞと思うけど、人にも強いるのはちょっとね。だから、結婚しなくてよかったと思う。でもちゃんとそういう自分をわかってるから偉いと思う。そういうことを考えもしないで、私のように（？）無責任に結婚して相手に迷惑をかけるよりはずっと。

『5月28日（月）「珊瑚の島で千鳥足」第21号
だんだん暑くなってきました。皆様お元気でしょうか？
テルくんはANA関連（システム障害）でいそがしいのでしょうか？
私はゴミ捨てでいそがしいです。ゴミの山に突撃して、血みどろになりながら戦っています。燃えるゴミは燃えるゴミだけ分別して、美化センター（地区のゴミ処理施設）まで持っていっています。（写真19）
とりあえず、大きなゴミ袋で300袋ほど詰めて、軽トラで捨ててみたのですが、ゴミの山にはまったく変化がありません。どうも、600から800袋程度は作ってみないと、見通しもつかないみたいです。
しかし、燃えるゴミはまだ楽なほうです。なにしろいくら出しても無料ですから。いちばん大変そうなのは、なんと言ってもリサイクル制度が始まった家電です。テレビなどは一台あたり3900円もとられるんですよね。昔はただで捨てられたのに、どんどん処分するのが大変になってきました。最近は新しい物を買う段階で、いつかは捨てることを考えて、購入をやめたりすることもあります。ゴミは溜《た》めたらだめです。ゴミが捨てられないのはある種の病気だと思うことにしています。特に年寄りに多い病気ですよね。ゴミの山のかたづけに、しげちゃんを使えないのは、しげちゃんは絶対に捨てることに反対するだろうと思うからです。とにかくなんでもかんでも捨てることに反対ですから。しげちゃんの弟夫婦も捨てられない人たちらしくて、自己破産した身でありながら、店にあった商品を大量に持ち出したらしいです。貸家住まいでありながら、家一軒分ぐらいの商品と一緒に流れているらしいです。この前、うちに来た時も、私がいろいろ捨てていることに反対してましたから、あの人たちがまた来る前に捨てきってしまおうとがんばってます。』

『5月29日（火）「珊瑚《さんご》の島で千鳥足」第22号

しげちゃんは天気の良い日は庭に出て、花壇の草むしりをやってます。草に埋もれていた花壇が、きれいになりました。ところが、しげちゃんはどうしても、この黄色い花を取ろうとしません。沢山生えた黄色い花は雑草だと思うのですが、「雑草じゃないのよ、わざわざ、福岡のおばさんから種を送ってもらって植えたのよ」といいます。

しかし、この花はどう見てもそこらへんに生えている雑草です。（写真20）

病院から迎えの車が来るのですが、その職員にも、「この花は雑草だから、取らないといけないんじゃないの？」と言われて、しげちゃんは反発したらしいです。ちょっとネットで調べてみたのですが、やはりこの花は雑草のようです。でもしげちゃんは「きれいな花だから」と除草することをしません。花壇は黄色い花の咲く雑草にまみれたままです。道行く人も気になるのか、時々不審な目で見ているようです。

そういえば、以前うちにいたイチキおじさんも、たとえ雑草でもきれいな花を咲かしているのは取ることをしない人でした。きれいに刈り込まれた芝生の所々に、島のように残る雑草の花を、私が取らないといけないんじゃないかと指摘すると、かならず「これは雑草じゃないです。花ですよ」と言ってました。

この前も、しげちゃんが病院から帰ってきたとき、「小学生が、あの黄色い花をいっぱい摘んで歩いてるのを見た。家の花壇の、あの黄色い花を摘まれたのかと勘違いして、ちょっと焦った」と言ってました。もう、これほど黄色い花が好きなら、あの人の好きにさせてやろうと思います。

しげちゃんは土をいじってる時は、ほんとに幸せそうです。泥だらけになったりして、洗濯とか大変なのですが、本人は汚れたりしても、ぜんぜん楽しそうです。写真のしげちゃんの後ろの紐《ひも》は、しげちゃんがこの場所を移動しやすいように張った紐です。しげちゃんは移動するときはこの紐を伝ってどっこいしょ、どっこいしょ移動してます。（写真21）足はとても弱ってしまい、歩くのも、移動するのも、立つのも座るのも不自由ですが、脳《のう》梗塞《こうそく》に関連した症状はずいぶん回復してきたように見えます。すくなくともしばらくは健康状態が急変とかは無さそうなので、安心してください。』

『5月31日（木）「珊瑚の島で千鳥足」第23号
しげちゃんと一緒に解体の終わった店の土地に行ってきました。なんにも無くなった土地を見て、やや唖然《あぜん》とするしげちゃんです。いままで、解体の進む店を毎日見ていたので、大きなショックは無いと思いますが、いろいろ細かい思い出が湧き起こるのではないでしょうか。（写真22）
特にしげちゃんのコメントとしては、店の庭にあった大きな白い花の咲く木（とても厚くて大きな葉の木で、落ち葉の掃除が大変でした）と柿《かき》の木です。柿は毎年楽しみにしていて、秋になると「柿はなったか？」とうるさかったです。
何も無くなった店を見て、もっと残念がったりするかと思ったのですが、わりとあっさりしたものでした。病気以来、昔のことに対する思いも、物に対する執着も、薄くなったような気がします。私は、このチャンスに、なるべく沢山の家や土地を処分しようと思います。なにかのショックでまた元に戻ったら大変ですから。
ところで、この前、5月24日はしげちゃんの78回目の誕生日でした。実は私もしげちゃんの誕生日は忘れていました。母の日は、テレビでも大騒ぎなので忘れないのですが。
急遽《きゅうきょ》ミキに電話して、夜は誕生パーティになりました。喉元《のど》過ぎると熱さを忘れるというか、もうしげちゃんが生きてることが当然になってきて、誕生日なんか忘れ気味です。78年も生きたんだから、そうとう運も良かったんじゃないかと思うのですが、本人はまだまだ不足らしいです。とりあえず100を目指してがんばると言ってます。このため私はしげちゃんの誕生日を積極的にお祝いする気分が無くなってしまいました。人間、ある程度で寿命を迎えるのが自然じゃないか、なんてつぶやきながらしげちゃんと暮らしてます。

（写真23）

連絡事項

テル君へ

そうですか。ANAのシステムにはいろんな会社がかかわっているのですか。それでは原因もなかなか判らないですね。テル君へなにかとばっちりがこなければ良いと思います。いろいろ忙しいでしょうが、お体大切に。

エミさんへ

庭の花はちゃんとした花なんだとミキも言ってます。そのため、私の周りはみんな、あの花を雑草とする私に異を唱えているのです。

一度「オオキンケイギク」でググッてみてください。あの花が帰化植物であり、特定外来生物に指定された札付きの悪であることが載っていると思います。』

ググってみました。いまいち信用できない（でもこれは信用できそう。人とか事件とかだよね、信用できないのは。）ウィキペディアによると、

「オオキンケイギク　特定外来生物指定

繁殖力が強く、現在、各地で野生化しており、生態系に悪影響を及ぼしかねない状態になっている。このため2006年2月1日より外来生物法に基づき特定外来生物として栽培・譲渡・販売・輸出入などが原則禁止となった。現在、多くの家庭で栽培されているが、同法では、個人が栽培しただけであっても、懲役または罰金が科せられるので、無許可で栽培してはならない。（なお、趣味園芸目的には許可は下りることはなく、また、指定以前から栽培している等を理由に栽培を継続する場合にも、管理や届け出が必要）。」

確かに、悪ですな。おとといこれが塀のまわりをぐるりと猛繁殖している家を見たけど、私もこの花が庭にあったらヤだな。

6月4日（月）

おかずを持っていく。今日のメニューは、豆ごはんと豚肉のしょうが焼きとおそば（手打ちの、買ってきたもの）。しげちゃんは「豆ごはん、好きだわ。」なんて言いながら食べている。

せっせが「僕は最初の頃は塩分とか気にしてたけど、今はもうだいぶよくなったし、好きなものを食べさせればいいかなと思ってきた」と言う。

家の前の梅畑の雑草や梅の枝が伸び放題で、こないだはナナメ向かいの人が道路に伸びたうちの梅の枝を折りまくっていた。私が車で帰ってきた時にちょうどぼきっと折っていて、なんか気まずそうだった。草刈りをだれかに頼もうかな。

子どもの頃しげちゃんから聞いたことで思い出すのは、しげちゃんの子どもの頃のクセを話してくれたこと。人が大きなあくびをしたら、その口の中にパッとひとさし指を入れるクセがあり、ある時、汽車に乗っていて、前に座ったおじさんが大あくびをしたのでついその口の中に指をつっこんでしまったのだそう。おじさんは驚いていたって、笑いながら話してた。私はへえ～と感心しながらその話を聞いていた。私にはできないなと思いながら。

6月5日（火）

今日のメニューは、豚肉と白菜の重ね蒸し、えんどう豆の含め煮、海苔《のり》とレタスのサラダ。

せっせが、解体を終えた土地を測量したり塀を造ったりバラスを撒《ま》いたりしなければならなくていろいろとまだやることがたくさんあると言う。

私「大変だよね。建物を壊すのって。でもそれが大事なことなんだよ。よくさあ、景色のいい岬の先なんかにでっかいホテルが打ち捨てられたまま幽霊屋敷みたいになってるとこあるじゃない。ああいうのいやだよね。怖いよね。やっぱり造ったら最後まで壊すところまでしないとね。それこそが大切なことなのに。人って造るのは好きだからぼんぼん造るけど、使い終わったらそれをきれいに壊してなくすまでしないといけないと思う」

せっせ「造るのが好きな人っていてね。どんどんどんどん建物を増築してるけど」

私「しげちゃんもそうだよね」

せっせ「そう。前に小屋を造って、しかもいい加減に造るから台風で屋根が飛んで、家の屋根の上にのっかってね。大変だったよ。すこしずつ壊しながら下に降ろしたけど」

私「ものを整理したり片付けるのって、面倒くさいし派手じゃないし威張れないし地味な作業だけど、造る以上に立派な作業だと思うよ。造るのはおもしろいし派手で威張れていい気持ちかもしれないけど、造りっぱなしは無責任だよねえ」

せっせ「僕はもう、なにも建てたくない」

私「私も。今の家は住んで使ってるからいいけど、それ以外は土地も家も絶対に持ちたくないなあ」

せっせ「僕も」

私「所有するって大変だよね。管理やメンテナンスや後始末が。うちも木の枝払いをしないといけない。すごいんだよ今、枝が伸びて。前の梅畑も草払いを頼もうよ。シルバー人材センターに。電話しとくよ」

せっせ「うん」

6月6日（水）

今日は、ニラと玉ねぎとひき肉のオムレツ、フレッシュトマトのソースのせ。手作り豆腐。レタスサラダ。えんどう豆。

帰りにしげちゃんがこれを、と紙を私に手渡した。せっせが「僕には見せたくないんだって、助けて！って書いてない？」と言う。

帰ってから読むと「6月8日はおにいちゃん（せっせ）の誕生日。なにかプレゼントしたいけどなにがいいかしら考えて」と書いてある。自分では買い物に行けないので、ここは私が協力するべき場面だ。なにがいいんだろう……。難しいな。せっせの欲しいものなんてわからない。ここは無難に食べ物がいいんじゃないかな。お菓子とかケーキとか。

6月8日（金）

家の前のしげちゃんの梅畑に葛《くず》や草がぼうぼうに生い茂っているので、ついに今日、二人の人に来てもらって草払いを決行した。草刈り機でブンブン刈ってもらう。

1年半弱、放っといたことになる。梅の木にも葛が巻きついて葉っぱが変形している。どうやら中に鳥の巣もあるようだ。梅もあまり生《な》ってないかも。うしろの方の梅は盗《と》られてますよと言われた。足跡があったって。草刈りのおじさん二人にも、よかったら梅を持って行ってくださいねと言う。するとお茶を運んできたひとりのおじさんの奥さんがもらいたいと言うので、どうぞどうぞと言う。なのに、その奥さんがちぎっていたのを見たせっせは、その後ろ姿を見て、私にことわった事情を知らないで梅泥棒と勘違いしてしまい、「梅をちぎってるんですか？」と問いただしたそう。おばさんが成り行きを説明したら、せっせは恐縮してあやまったそうだが、すごく悪いことをしたと言っていた。私もせっせに先にことわらなかったけど、だいたい真っ昼間で草刈りのおじさんたちがいる中で梅泥棒はしないだろう、よく考えてみてよと言う。私に聞くとかさ。

「後ろ姿が花ちゃんに似てたから、てっきり花ちゃんかと」

私もあとでおばさんに会った時にあやまったけど、背恰好《かっこう》が確かに花ちゃんに似ている。

おじさんのひとりが、ここがあまりにも草ぼうぼうだったから笑ってた人がいたと教えてくれた。しげちゃんが病気になったから、私たちは畑のことはわからなかったからしかたなかった。その人もまさか脳梗塞《のうこうそく》になったことを笑ったりはしないだろう。人の思慮が浅いなあと思うのはこういう時だ。今まできちんとしていたところが急にくずれだしたとしたら、そこにはなにか理由があるはずで、その理由に思いをはせることなく、ただくずれた様子だけを見て笑えるところ。勝手に笑えばいいと思う。

でも、1年に3～4回、草を払っとけばあまり草も大きくはならないそうで、これからはこうやって人材センターに電話して頼めばいいということがわかったから、もう大丈夫。メンテナンスさえやっとけば、隣からも文句はでないだろう。

本当に土地や古い建物などの不動産の後始末は大変だと、せっせと話す。そうたいして価値もなく需要もない土地なのに、管理し続けなくてはいけないし、それだけでもかなりの時間と経費が必要になる。管理できなければ手放した方がいい。お荷物のような土地なんてない方がずっといい。ここまでためこんだガラクタもそうだけど、増やす時、集める時はいいかもしれないけど、それを管理、処分するのは疲れる作業だ。後始末。でも、後始末は、し終えたらきっと気分がいいと思う。作るよりももっと。縮小と処分をしていると、いろいろなことを考える。

自分のできる範囲、手の届く範囲、よく目が届く範囲のものだけを持って暮らしたい。

休憩時間、おじさんたちとちょっとしゃべる。この茂みの中にたぬきが棲《す》んでいたようだ。穴がたくさんあったって。それにきのう、子どもが「たぬきがいたよ」って言ってたそう。ここはいい住み処《か》だったろうって、おじさんが言う。鳥の巣まではまだ到達していない。ここには蜂とまむしがいないからいいと言う。蜂がいたら大変なんだって。あと、まむしは匂いでわかるとか。堆肥《たいひ》の匂いがするのだそう。ある時、匂いが強いから大きいぞってそのおじさんの弟が言ったから見たらすごいのがいたって。つかまえてビンに入れたって。焼酎《しょうちゅう》を入れて、まむし酒。

きのう梅の枝を払った時、私も梅をちょっとだけちぎったので、カリカリ梅にしてみよう。酢と砂糖につけて。で、その時に毛虫に刺されたのだろう、右腕に赤いてんてんがたくさんできて非常にかゆい。しげちゃんに頼まれたせっせの誕生日のケーキをあとで買って来よう。

暑い中、またしげちゃんが梅をちぎりに来た。梅をちぎるしげちゃんの写真を撮る。梅の木にものすごく蔓《つる》がからまっている。

午後5時、草刈りが終わって、おじさんたちが帰った。次は梅の枝の剪定《せんてい》を頼む予定。おかずを持って行って、それからすぐ車からケーキを取ってきた。しげちゃんがせっせにそれを渡したら、せっせは驚いていた。そして恥ずかしそうに写真を撮っていた。

「せっせに知られないようにして私に手紙を渡して、自分では買いに行けないしげちゃんにしたら、よく成功したと思うよ」

「おかえしをしなきゃいけない」とつぶやくせっせ。テレビに見入ってるしげちゃん。

夕食の時、カーカにその一連の話をした。

私「でも、せっせ喜んでたみたいだよ。今日はすごく労働して疲れた日で、誕生日、このままだれにも気づかれずに終わるんだなと思ったのに、って」

カーカ「せっせ、自分では気づいてたんだ。寂しっ！そこがミソだね」

私「うん。しげちゃんと自分とケーキとの写真を撮ってた」

カーカ「ふうん」

私「その写真の自分の広い額に驚いてたけど。でも、お金だしたのはママだけどね。ふふ。しげちゃん、お金のこと、なんにも言ってないわ」

カーカ「そうなんだよ。それ、さっきから気になってたんだよ。しげちゃんから手紙もらったって時から」

『6月9日（土）「珊瑚《さんご》の島で千鳥足」第24号

それは数日前のことでした。しげちゃんの様子がおかしかったんです。こそこそとして、ミキに何かのチラシを渡したがっていました。私が手渡してあげようとしたら、とても嫌がります。よほど私には読んで欲しく無いらしいです。おやおや、私も嫌われたものです。きっと、あのチラシには裏に私に対する不満が書かれてあるのでしょう。

タスケテー　などと書いたのかもしれません。ときどき、時間に追われて、しげちゃんを怒ったりしたのが、悪かったのかもしれません。でも、そんなに嫌わなくてもいいじゃない。私も一生懸命やってるんだから。

そして、いよいよ6月8日がやってきました。この日はなぜか朝から忙しくて、あちらこちら駆け回り。暑くて汗だらけで、一日を終えて。やれやれ6月8日も無事に、何事も無く終わったか。とにかくこの日を生き延びられただけでも、感謝するか、などと思っていたら。突然、ミキがしげちゃんに何やら包みを渡して、そしてしげちゃんが私に向かって、「お誕生日、おめでとう」。

私は、まさか私の誕生日を私以外の人間が覚えているはずが無いと思っていたので、とてもびっくり。大きなケーキを貰《もら》えて嬉《うれ》しかったです。なにより、誕生日を覚えていてくれた事に感激しました。（写真24）

しげちゃん、ほんとにごめんね。ほんのちょっとでもあなたの事を疑ったりして。あのチラシには、私の誕生日に何か用意して欲しいとの依頼が書いてあったんだね。それを私は、あなたの訝《いぶか》しい行動を邪推して、きっと悪口が書いてあるに違いないなんて思ってしまって。どうも人間を長くやっていると、人を信じる心をだんだん失ってしまうのが、悲しいです。』

『6月10日（日）「珊瑚の島で千鳥足」第25号
年は巡り、しげちゃんの畑の梅が今年も実りました。梅畑の手入れが悪くて、雑草が伸びて、梅の実りもあまり良く無かったのですが、しげちゃんは梅の収穫に張り切ってます。私は去年の苦い教訓から、もう梅の収穫なんてこりごりで、梅を取るのは止めさせようと、ぐだぐだ言っておりました。梅畑に久しぶりに連れて来ると、さすがに懐かしいのか、しげちゃんはよたよた梅を千切りながらあっちへふらふら、こっちへきょろきょろ楽しそうです。伸びきった雑草で、移動も大変ですが、この雑草はミキがシルバーセンターの人に頼んで刈ってもらいました。

しげちゃんは、弟夫婦も梅を千切りに呼んだらどうでしょう、と勧めてきました。私はあの人たちにたとえこちらがいらない物でもやりたくは無いのですが、この前からの約束だからと言われて、不承不承電話しました。あの人たちの返事は「そのうち行きます」でした。まあ、無理に来なくてもいいよというのが、私の気持ちです。

その日、私が田んぼを耕していると、向こうからなんとなく見覚えのある人がやってきます。こちらに向かって畦道《あぜみち》をどんどん歩いて来るのは、どうもおじさんにそっくりです。あの夫婦は、私が電話したその日に、鹿児島県から、車をとばしてやってきたのでした。

反応速っ！！！

イチキおじさんをどうするかとか、親戚《しんせき》一同の会議だとかにはなかなかやって来ないくせに、こんな貰い物の話には、随分と動きが軽いです。さっそくかなりの量の梅を落とすと「酢漬けにして持ってくるねー」と言いながら帰っていきました。お茶も出さなかったけど、訪問が突然だったからということで、許してね。』

6月12日（火）

草刈りのときの虫刺されなのか、毛虫か草負けなのかがかゆくて、しかもどんどん広がっていく。これはアレルギー反応を起こしてるんだよと人に言われ、うるしのことを思い出し、病院に行くことにした。

毛虫負けかと思ったら、「毛虫だったらこんなにかわいくないですよ」とハキハキした女医さんがおっしゃる。草負けだろうとのこと。軟膏《なんこう》をだしてくれた。

6月14日（木）

おかずを持って行ったら、せっせがいなくてしげちゃんがなにかノートに書いていた。そして、「私の友だちにおにいちゃん（せっせ）の写真を送ろうと思うのよ。あなた、写真持ってない？」と聞く。お見合い用だ。

「持ってないよ。おにいちゃんがパソコンに保存してるから」と言うと、

「おにいちゃんに言うとくれないからねえ」と残念そう。

病状が良くなったら、今度は長年の懸案事項、せっせの結婚に気持ちが向かってるようだ。ムゲに否定するのもなんだし、このまま好きにさせとくのがいいか。でも、人にあれこれ手紙を書いて迷惑をかけるのもなんだし。はっきりとその可能性はないと言った方がいいのか。言ってもきかないだろうな。

『6月15日（金）「珊瑚の島で千鳥足」第26号

ようやくこちらも梅雨めいてきました。今日も雨です。

しげちゃんは体の調子も良く、雨の中を散歩して、ずぶ濡《ぬ》れになって、私に怒られていますので、安心してください。私が怒ると「だって、雨の中を散歩するのが気持ちよかった

んだもん」とすましてます。

しげちゃんは病気になる前から、テレビは双方向通信だと信じてました。つまり、こちらから向こうが見えるように向こうからもこちらが見えているという事です。このため、相撲を見ているときも、どちらが勝つかの予想は、ちゃんと向こうからも見えるように、勝つと思う側の手を上げるようにしています。しげちゃんを着替えさせる時に、着替えの場所を嫌がって、ふらふら向こうに移動することがありますが、それはテレビがついていて、向こうから覗《のぞ》かれるのを嫌がっているからです。テレビを消せば、着替えを嫌がったりしません。

病気になって、しげちゃんの性格も大きく変わったと思いますが、変化していない所も沢山あるわけで、このような病的な思い込みなどは脳梗塞《のうこうそく》を潜《くぐ》り抜けて生き残ったようです。

当然予想されたことですが、しげちゃんの通うリハビリセンターの職員に、「ばらとおむつ」を買った人がいるようです。しげちゃんのことが書いてあるのですから、早くしげちゃんに見せたらしいと思いますわな。ジャーンという効果音を入れて、しげちゃんの前に本を置いたいらしいです。この時点で私は嫌な予感しまくりですよ。それからだんだんと、センター内で本の内容に沿った愛称がつくようになりました。

まず蟻、そうあの砂糖の好きな蟻ですよ。蟻さん蟻さんと呼ばれて、しげちゃん不思議だったそうです。実はこの時点では、まだしげちゃんに本を見せていませんでした。あの内容ですから、しげちゃんが不快に思う可能性もありましたし。

さらに、最近「しげちゃん」と呼ばれるらしいです。それまでは苗字《みょうじ》で呼ばれていたのに。

考えてみれば、しげちゃんなんて呼び方は親しい呼び方ですもんね。

この前、しげちゃんにも、読めないのではないかと思いつつ、あの本を一冊あげました。

虫眼鏡を使って、少しずつ読んでいるようです。今日はイチキおじさんの紹介の所でした。

それとなく感想を聞いていますが、どう思っているのか良くわかりません。

なるべく感想を出さないようにしているのでしょうか？

なにか変化があったらちゃんと報告します。』


私は今日は、休養日。

最近夕方の散歩に行くようになって、それが続いてどうも疲れが蓄積しているようで、
今日は朝から雨ということもあり、ずーっとベッドで本を読んでは眠くなったら寝ている。

午前中ずっと寝ていたら、かなりいい気持ち。夢も見たし、夢を思い出してしばらくぼーっとする。

夕方、おかずを持って行った時、玄関先に梅を入れていた入れ物から梅を捨てたような痕跡《こんせき》があった。

私「梅、捨てたの？」

せっせ「そう。もう腐って大変だっていうのに、この人はまだ使おうっていうんだから。

シロップを作るとか言って」
しげ「洗って、いいところだけとったらいいのよ。大丈夫なのよ」
せっせ「だから、日曜日にもう一度ちぎりに行こうかって言ってるんだよ」
私「私の梅シロップを持ってこようか？」
せっせ「自分で作りたいんだって」
私「ちぎったら早く作らないとすぐ熟れちゃうよね」
ごはん中、
せっせ「リハビリセンターの人が、本を読んだみたいで、この人をしげちゃんと呼んでたらしい」
私「ああ」
せっせ「しげちゃん、なんて親しい呼び方していいのは僕だけなのに！」
私「ハハハ！」
せっせ「この人をしげちゃんと呼んでいいのは僕だけ！この人をいじめていいのも僕だけ！」
私「ハハハ。太らせていいのも僕だけ！」
せっせ「そう！親しげに呼んでいいのは僕だけ！」
私「梅を捨てていいのも僕だけ！」
と、ひとしきりテンポよく叫びあう。その間、しげちゃんは黙々と食事中。しげちゃんと呼ばれたことが衝撃的だったらしいせっせ、「僕だけのしげちゃん！」とまで言ってた……。

そ、そこまで？

カーカにその話をしたら、「カーカも人がしげちゃんって呼んだら嫌だよ」と。

「まあ、そうだよね。親しくない人に呼ばれるのはね。そこまでの関係がなくてね」

でもまあ、それはそれでそれだけのことだよ。

6月16日（土）

今日は梅の木の剪定《せんてい》をしてもらう。私の家の庭の木を植えてもらった造園屋さんに。みんな働き者でいい人だ。ずっと見ていてそう思う。休むことなんてないんじゃないかと思うほど、いつもものすごく忙しそうで、そういう姿を見ているだけで心が洗われる。

剪定を始めて、すぐにこれは大変だと思う。これまで10年以上も剪定していなかった梅の木だ。タコのように幹がからまって、枝も伸び放題。私も小さな枝を落とす作業をしていたのだが、へとへとになる。友人のくるみちゃんが野菜の市場に買い物に行く途中、前を通りかかったので、おいでおいでと呼んで、「手伝ってもいいよ〜」とにこにこ顔で誘う。買い物から帰ったら来るって。

買い物から帰ってきた。とうもろこしを3本もらった。（すごくおいしかった。とうもろこし、大好き。新鮮で甘いやつ。これからとうもろこしの季節か。しばらくは食べ続けよう。）そして、お茶の木を刈り込んでもらった。やけに短く刈り込んでるので（地面から15センチぐらいでバッサリ切ってる）、そこまで短くしなくてもいいよとあわてて言う。茶の木の下にたぬきの巣発見。

せっせが来て、腐った梅の代わりにまた新しい梅をしげちゃん用にちょっとちぎって行った。

くるみちゃんにもきのうのせっせの話をしたら、「せっせさんって、さくちゃんに似てない？」と言うので、「なにが？ 性格？ お母さんにやさしいところ？」

「うん」

「ぎゃあ！ それだけは絶対に、嫌だ」

似てませんように。

午前中が終わり、くるみちゃんは午後からは紫蘇《しそ》もみをすると言って帰っていった。

昼食後、また梅の枝払い。ものすごい量の枝がバッサバッサと切られていく。腐って虫がついている木も多い。山のような枝。

やっとそこが終わったと思うと、まだあった。すこしはなれた場所にまだ梅畑が。そこをやってるあいだ、だんだん腹が立ってきた。しげちゃんも、こんなにメンテナンスしないままに伸び放題にして。ここまで放っといたら後の人が大変なのに！ 剪定ばさみを持つ手が痛い。せっせが来たので、腹が立ってきたと言ったら、よ〜くわかるよと言っている。

せっせも今、実家のがらくたを同じような気持ちで片付けているのだ。

この土地が売れるまでは、私がメンテナンスを引き受けることにしたので、定期的に草を刈ってもらうことにする。そうしてれば、そう大変なこともないでしょうと。こんなでこぼこのしろうと梅畑。維持管理って本当に大変。

帰って鏡を見たら、赤く日に焼けていた。疲れてぐったり。

でも、働いたあとの疲れっていいなあ。たぶん人は、こんなにくたくたに疲れるほど太陽の下で働いたら、小さなことなんかふっとんじゃう。小さな心配ごとやごちゃごちゃした悩みなんかなくなっちゃうだろうなと、疲労とともに健やかな充実を感じながら思った。

6月21日（木）

近くに大きなカミナリが落ちたせいなのか、パソコンのインターネットが接続できなくなってたり、プリントができなくなっていたりしたので、せっせにきて接続してもらう。帰り際、「スコップを貸して」と言うので、貸したら、家の前の道路に子猫が死んでいるので埋めると言う。

「へえ〜」

さっと畑に埋めていた。

「せっせって、偉いね。死んだ猫を埋めてあげるなんて。今まで何回ぐらいしたことある？」

「そんなにないよ。3回ぐらいかな」

「一生で？」

「うん」

私は道路で車に轢《ひ》かれて死んだ動物を埋めたりしたくないので、すごく感心する。家の窓にあたって死んだ鳥を畑に捨てるぐらいまではするけど。それも家の敷地内だからしぶしぶ。あのおいしいとうもろこしを買って、みんなで食べる。

『6月21日（木）「珊瑚《さんご》の島で千鳥足」第27号
いつもの梅雨と同じように、また今年もひどい嵐のような雨が降り、雷が近くに落ちたりしています。みなさまお元気ですか。
しげちゃんがどうしても髪を染めたいと言うので、またあの階段の急な美容院に行ってきました。前回は私が染めたのですが、それがあまりに大変だったので、今回は美容院にたのみました。前回は自宅で染めた時は、まだ冬の寒い日に、風呂《ふろ》場でしげちゃんにカッパを着せて、ほんとに大変だったので、もう二度と自宅では染めないと誓ったんです。ところが今回、美容院の髪染めが1000円値上がりしている事が判明。しげちゃんの髪はかなり短くなっているにもかかわらず、料金は騰《あ》がってました。次回はまた自宅髪染めに挑戦でしょうか。

今年、しげちゃんはじぶんでもいだ梅を使って、梅の砂糖漬けに挑戦だそうです。ところが、収穫した梅を漬ける作業がなかなか進みません。ぐずぐずしているものだから、梅が腐って、小蠅が湧いてきました。とにかく仕事が遅いのです。移動も、水洗いも、どれもこれも普通の人の10倍ぐらいの時間がかかります。脳梗塞《のうこうそく》で平衡感覚がだめになり、視力が衰えて、膝関節《しつかんせつ》症ならしかたありませんが。腐った梅を砂糖に漬けようとするので、その梅は全部強制的に捨てさせて、改めて私が木からちぎってきました。それをしげちゃんと一緒に漬けました。しげちゃんと一緒と言ってもほとんど私がやったようなものです。しげちゃんにやらせるといつまでたっても終わりませんから。

しげちゃんは衛生管理の面で大きな疑問があるので、たとえ完成しても私は食べたくないです。でもしげちゃんは楽しみでしかたないみたいで、早く食べたい食べたいとうるさいです。きっと、砂糖漬だから甘いにちがいありません。

待ちきれず5日待たねばならないところを、2日で開封です。

第一声は**すっぱぁ〜い**でした。

思ったようにはいかなかったようです。それ以来、ぴたりと「梅を食べたい」と言わなくなりました。願わくば、来年は梅をちぎりたいとも言わなくなりますように。だって、し

げちゃんが梅を収穫して、漬けようと言い出すと、私がすごく苦労させられるからです。おそらくしげちゃんも食べないであろう梅の砂糖漬け2瓶。いったいどうしたものでしょう。とても気になるのは、ちらちらと泡が立っていることです。間違いなく発酵しています。このままならアルコールか酢になるでしょう。アルコールになれば、腐敗はしないでしょうから、その時は私が味見してもいいです。（写真25）』

『6月22日（金）「珊瑚の島で千鳥足」第28号
解体の終わった土地ですが、はや草が生えてきました。

ほんとうは更地にしたらバラス（粗い小石）を撒《ま》いて、土が飛ぶのをふせぐのですが、その前にブロックの塀を建てなければならないので、バラス撒きに時間がかかっています。

しかし、この調子で草が茂ってくるのならバラスを撒く必要がなくなるかもしれません。

などと甘いことを考えて、冗談でしげちゃんに草を植えることを提案したら、予想に反して大賛成、のりのりで草を植え始めました。

どうせ植えるなら、あまり背が高くならず、手間のいらないシロツメクサなどが良いかもと提案したら、それでいこうという事になりました。

二人でちまちまとシロツメクサを植えてみました。（写真26、27）

こんなに広い土地なので、とても全面に植えることはできませんからほんの一部にのみ植えて、そこから広がることを願う事にしました。はたして根づくでしょうか？梅雨の時季で、雨が多いことが幸いしたのか、以前植えていた分は枯れていません。へたすると本当に雑草を移植できるかもしれません。

でも、いつかはバラスを撒くことは必要になると思うのですが。

しげちゃんは、植物を植えるのが、今の生きがいのようです。どんな所にでも、時季を無視して植えようとします。しげちゃんに任せていると、うちの土地には、変な木や草が茂り、手入れもされず大変なことになるでしょう。この、更地にした土地にも、シロツメクサの代わりに南瓜《カボチャ》を植えようとか、周りに朝顔を植えたいとか提案してきます。この前は、あろうことか、この土地に梅を植えたいと言ってきました。私たちが梅でどんな目にあっているか、知っている人は判るでしょうが、とんでもない話です。どうしてこんな梅女になってしまったのか。植えた後、世話をするならいいですが、植えっぱなしで、大変な梅林にしてしまうのですよ。そうなれば、この土地の価値はだだ下がりです。売れないどころか、梅の手入れでうちは破産でしょう。あの人が、植えた後で、世話、管理をちゃんとしてくれるなら話を聞いてもいいのですが、その後がまったくな人だから困ってしまいます。今はなんとか土が飛ばないようにしながら、ブロック塀を造る準備をしています。まだ、解体は終わってないという気分です。』

『同日「珊瑚の島で千鳥足」第29号

つ、ついにこの日がやってきました。さきほど銀行に行ったら、「ちょっとお時間、よろしいですか」と銀行の人から呼び止められてしまいました。この私が、この町でいちばん影の薄い、重要度の低い、ウスバカゲロウ並みの私が、銀行員に呼ばれて別室に案内されたんですよ。明日は雪かもしれません。

「いろいろ噂が流れているんですが、あの更地になった所はこれから何ができるんですか?」と質問されました。やはり、大きな解体工事だったから、町で注目されていたらしいです。

それにしても、銀行員が聞いてくるとは、衝撃でした。銀行員は普通、町の事なら何でも知ってるんじゃなかったのか?なんでも、あのSおじさんまで、銀行の行員に、何か情報はないか尋ねたらしいです。ほんとに根も葉も無い噂が飛び交っているらしいです。(ちなみに、最近うちの近所の倉庫が解体されたのですが、そこにはピザ屋ができるらしいとカンちゃんが言ってました。確かな筋からの情報らしいです)。

無論、何か情報もなにも、これからどうするかこちらが教えて欲しいぐらいで、唯一あるとしたら梅畑ぐらいと正直に答えておきました。行員も顔には出しませんでしたが、がっかりしたことでしょう。もしかしたら、もしうちが何か作る計画なら、融資の話をしたかったのかもしれません。でも、今から借金してまで、あの土地に何か建てようと思うほど私も血迷ってはいないつもりです。ようやく更地になって、牢屋《ろうや》から出獄したほど喜んでいるのに、なんでまた自分の首にブロックをぶら下げるようなまねをするでしょうか?もし、ほんとうにもし、あの土地が売れたら、少しぐらいは定期を積ましてもらうかもと、夢を語ってきました。

今日のゴミだしは冷蔵庫3台とエアコンー台。（写真28）

リサイクル費用は2万ー840円也。まだ家には使用中の冷蔵庫2台、使ってない冷蔵庫ー台、大昔のマドにはめ込むタイプのエアコンがー台あります。

ほんと、これからも処分費がかかるんだろうなと、憂鬱《ゆううつ》になる梅雨の一日でした。』

ピザ屋ができるというのは、確かな筋からの情報ではないと私は認識してます。ガセネタだと思います。（と、せっせに言ったら、「カンちゃんが言っていた確かな筋」というのは、あてにできないという意味の冗談なんだと言ってたが、それ、わかりにくい。）

梅雨だからか、今日はものすごい量の雨が降り続いている。去年の大洪水を思い出す。

あの時に床上浸水した人たちは、今ごろ気が気じゃないだろうな。

川の中にいるみたいに、雨が空や空気中にたくさんある。

6月23日（土）

昼間、前の梅畑にせっせの青い作業着発見。

ゴミを拾い集めていた。

「大変だね。後から後から、やることあるね。作業着、新しいの?·それ」

いつもの水色のよりも、濃い青になっている。

「これが気になって」と。見ると、四角い缶で油乳化剤と書いてある。
「ガソリンスタンドで処理してもらおうと思う」
きょうの夕食はカレーだけど、しげちゃんはカレーがそう好きじゃないので、小さなオムレツを作って持って行った。こないだのとうもろこしがおいしかったと、何度も言ってる。本当にとうもろこしが好きなんだな。私も好きだけど。また買ってこよう。あのおいしい朝もぎとうもろこし。
せっせが、「ついに根負けして写真を送らせてしまった」と言う。聞けば、2年前に遠くのだれかと約束したというせっせのお見合いの話だ。私もせっせも写真をあげなかったら、どうやら自分で本棚を捜して、数年前の写真をみつけたらしい。昨日、せっせとカーカが写ってる写真がテーブルにのってるなと思って、今日になって、ピンときたのだそう。そしてさっき、ふたりでポストに出しに行ったと。
私「で、よく写ってるの？」
せっせ「ぜんぜん」
私「じゃあいいじゃん。それに、相手もわかんないかもよ。しげちゃんの字が」
せっせ「そう」
私「住所とか、はっきりしてたの？」
せっせ「郵便番号に自分の電話番号を書いてた」

私「ハハハ。じゃあ、とどかないかもよ」
せっせ「訂正したけど」
私「しなきゃよかったのに」
せっせ「そうか」
私「でも、どこまで希望をかなえてあげたらいいのか、わかんないね。好きにさせようとも思うし、でもそこまではって」
せっせ「そう。根負けした」
せっせは本当はこういうことをされるのは大嫌いなのだけど、しげちゃんは病気だし、そうしたいならしたいようにさせといてあげようと思ってるようだ。どうせ字もはっきり書けないので、相手方も病気だと思って察してくださるだろう。

6月24日（日）

雨。のちくもり。風強し。

昼、しげちゃんが恒例のにぎり寿司《ずし》をもってやってきた。せっせは子どもたちとゲーム。

庭の木や草が茂りに茂って、早くどうにかしなくては。そうしないと、また去年のようにに枝がびょーんと伸び、細い枝が太くなり、太い枝はより太くなり、少なかった葉はどんどん多くなり、剪定《せんてい》が大変になり、伐《き》った枝葉が山のようになってしまう。とにかく、毎年毎年、その生長は加速度を増している。こんなに木の生長が速いなんて。恐い。おそろしい。……という話をする。せっせも同意見。せっせたちの家も、ものすごく木が茂っている。人にたのもうかと言うと、僕にはちょっと計画があるんだ、と言う。
後半、私もゲームに参加する。

『6月29日（金）「珊瑚《さんご》の島で千鳥足」第30号
こちらでは、雨の日が続いています。時々日がさすのですが、快晴の日は、ほとんどありません。気温が高いので、とても蒸し暑いです。しげちゃんは元気ですが、ちょっと外に出て庭いじりとかすると、途端に汗だらけになってしまいます。
今日はテレビを8台、リサイクルに出しました。全部で3万と2千円程度かかりました。なんでうちにこんなにテレビがあるのかは謎です。そもそも、この他にうちにはテレビが7台あり、しげちゃんは液晶テレビを見ているので、全部合計すると16台のテレビがあったことになります。一部屋に2台でもまだお釣りがきます。どうしてこんなに沢山のテレビが必要だったのでしょう。リサイクル費用だけで一財産だと、うなりながら電気屋まで、出かけてきました。（写真29）
人間、せっぱつまると、何をしでかすか判りません。私は解体のために店から本家の方に引っ越したのですが、かなり、時間に追われていたせいか、とんでもない物まで持ってきたようです。（写真30）
これが何だか判りますか？私はこれを建物解体の時に無くなる建物の思い出にと持ってき

たようです。大きさはかなりのもので、鉄のため重さもすごく重いです。以前は映画館の屋根で換気扇として活躍していました。（写真31）しかし、裏庭のゴミをかたづけている時に思いました。こんな物、どうしようもありません。思い出としてとっておくには、あまりにも邪魔です。来週あたりにでも、ゴミとして出そうと思っています。幸いにも鉄製ですので、ゴミ屋さんが向こうから出向いて来てくれて、持っていってくれます。無料で。やっぱり思い出なんて邪気を出して、物を集めるのは駄目ですね。思い出の品なんて、二度と触りもしないのが多いです。蔵に仕舞われて、二度と日の目を見ない事もめずらしくありません。最近は思い出の品も、処理するときは処理費をとられるのですよ。とにかく一生懸命に、裏庭のゴミの山と喧嘩《けんか》してます。そして、負けつつあるようです。』

『7月1日（日）「珊瑚の島で千鳥足」第31号
それは、イチキおじさんの入院する病院からの電話で始まりました。イチキおじさんの弟夫婦（しげちゃんの弟でもある）に電話が通じないとのことでした。あの人たち、また逃げたのでしょうか？
とりあえず、何の用だか聞くと、イチキおじさんが時計を壊して、かなり情緒が不安定になっている。ついては新しく時計を買いたいのだが、その許可を求めている――のだそうです。情緒不安定は良くないので、私も弟夫婦に電話してみるのですが通じません。ほんとに夜逃げか？と不安になってきました。しかたないので、私がイチキおじさんに時計を買ってあげようか。なにしろ以前の本であれほどネタにしたのだから、安い時計ぐらい買ってあげても、ばちは当たるまい、と思いました。ミキに話すと、それは良いことだ、すこし高価な時計を買ってあげても良いのではないか。なにしろ本にずいぶんと登場してもらっているのだから。と言われてしまいました。私が想定していたのは数千円の安い時計です。最近の時計は値段にほとんど関係無く性能が良いですから、それでも良いのではないかとひとりで考えていました。

日曜日は良く晴れて、宮崎はとても暑かったです。私としげちゃんは朝早くに家を出て、病院に着きました。おじさんも相変わらず元気そうです。我々を迎えるために、椅子を持ってきたり、えらい騒ぎでした。私がわざわざここまでやって来た理由は、お見舞いついでに、おじさんの壊れた時計を見るためです。おじさんは時々、すごく頑固なことがあるので、以前の時計となるべく似たデザインの時計の方が受け入れやすいのではないかと想像したからです。おじさん自身は、時計は何でも良いと言っていたらしいですが、自分の好みと合わずに、拒絶されることもあるかもしれません。なにしろ、歳に似合わず、すごくダンディーな人ですから。

壊れたおじさんの時計を見せてもらいましょう。

おお、なかなか高級そうな時計じゃないですか。金メッキされた、シンプルだけど立派な

時計です。30年ぐらい前のもので、自動巻のようです。確かにこんな古い時計は、修理はきかないかもしれません。(写真32)

「おじさん、今どき、自動巻の時計は無いと思います。電池で動く時計で良いですか?なるべくこれと似た時計を探してきますから。」と尋ねたら。

「ああ、それは電池で動く時計ですよ。時計はどんなのでも良いですよ。」と、すこし理解の薄い返事でした。私の心配は(うわーこんな感じの時計を買えるほど、お金持ってきてないよ。まさか、こんな高級感のある時計だなんて思わなかったし、時計なんてどれでも良いって話だったから、2000円ぐらいの立派なやつでも買おうと思ってたんだから。)

とにかく、割と高級そうに見えて安い時計を探しに、町に出ました。頭はパニックです。「どうしよう、もっとお金持ってくれば良かった。どこに、高級そうな時計なんて売ってるんだ?」

そして、ついに見つけたんですよ。二軒目のお店で見つけた特売の時計。大きくて、押しが利いていて、金ピカで、針が沢山ついていて、いかにも機械好きが好みそうな、実用性の薄い時計。ひと目でピンと来てしまいました。これなら、おじさんも気に入ってくれるに違いない。この大きな金ピカがとても素敵だ。(写真33、34)

むろん、しげちゃんは私に賛同しかねる様子ですが(この辺、しげちゃんにもまだ理性が残っている証拠ですね)、私があまりに自身ありげに叫ぶので、とうとう賛成してくれました。

得意満面、いそいでおじさんに届けました。反応はどんなもんでしょう。おじさんはちらっと見て、ちょっと笑って、腕に巻いて「私、ほんとうは文字盤は白が良かったんですがね」

Σ(゜ロ゜川)ジマッター

文字盤の色までは気が回らなかった。

ごめんね、おじさん。でもさ、金色だし、高価そうだし、目立つし、それで我慢してよ。

とりあえず、いきなり私の買ってきた時計を投げ捨てるようなことはしなかったので、なんとか、受け入れてもらえたのではと思います。ちょっぴり嬉《うれ》しそうでさえありました。

時計を渡した後は、ろくに話もせずに帰りました。おじさんも食事の時間でしたし、私もできれば早く帰りたかったからです。おじさんは、さかんに窓から見える家を指差して、

「あれは私の家だから泊まっていけ」と勧めてくれました。(写真35)

とりあえず、これでおじさんの時計は解決しました。私が未《いま》だに心配しているのは、イチキおじさんのことではなくて、未《いま》だに連絡のつかないおじさんの弟夫婦のことです。ほんとうに**逃げた**のでしょうか?』


せっせが選んだという黒い時計、私も賛同しかねますね。前のに似た、シンプルで見や

すいのがよかったと思います。押しの強さも金ピカさもいらないと思います。前のと全然違うじゃん。重そうだし。邪魔そうだし。これ、趣味が悪い、というんじゃないか？

せっせへメールする。

『この時計、私もしげちゃんと同意見。まったく前のと似ていない。重くて使いづらそう。かわいそう、おじさん。』

7月2日（月）

おかずを届けに行ったら、せっせが、君はあの時計、気に入らないって？と言う。

「そうそう。だってあんなに重そうで、無駄な機能もついてて、使いづらそうだし」

「いやいや。おじさんは、見栄《みえ》っ張りだから、ああいうのがいいんだよ。人からも目立つしね」

「……せっせ、意地悪したんじゃないの？」

「ノー、ノー、めっそうもない。おじさんのことを考えて、あれがいちばんいいと思ったんだよ。金ピカだし。ほら、あの人、ダンディーでおしゃれさんだから」

「でも、おじさんって、わりと渋い趣味だったと思うよ。そんなに金ピカが好きそうじゃなかったよ」

「いやいや。あの人は着道楽で、そして見栄っ張りだった」

「う〜ん。そりゃ、私はよくは知らないから何とも言えないけどね」

「今週末に、一度電話して様子を聞いてみようと思ってるんだ」

『7月6日（金）「珊瑚《さんご》の島で千鳥足」第32号

さて、内外から批判集中の私の選択した時計の件ですが、あまりに皆が「あれはひどい時計だ」「わざとおじさんが苦しむような時計を選んだのでは？」などと噂するので、今日はついに病院に電話してみました。時計をプレゼントしてから一週間、はたしてイチキおじさんは時計をどう思っているでしょうか？むろんおじさんと直接話すつもりは無く、病棟の看護師のかたに様子を聞くつもりでした。

「おじさんは、時計を使ってますか？」

「ものすごく気に入ってらっしゃいますよ。僕が、良い時計だねーって誉めたら、とても嬉しそうにしてらっしゃいました。気分が不安定になることも無く、快適に過ごしてらっしゃるみたいです。」

ほんとに看護師の人が「ものすごく」という単語を強調して発音していたんですよ。私が大きく書いたわけではありません。私は思っていたんですよ。おそらくおじさんがあの時計を喜ぶかどうかは、他の患者や看護師があの時計に対してどういう反応をするかだろうと。もし、他の人が誉めてくれればイチキおじさんはとても時計を誇らしく思って、気に入ってくれるだろうと、そう思ってました。あの人には、現実に時間や日時を知らなければならないという必要は薄いような気がします。ずっと病院で過ごしているのですから。

そうであればちゃんと時間を示してくれて、かつ目立つ時計の方が評価は高いはず。自分が使って使用感が良いかよりも、他人にどう見えるかの方が重要なはず。そう踏んだ訳ですよ。

今回は私の読みが当たったと思います。なぜなら、私だけがあの病院に行って、どのような環境でおじさんが暮らしているのかを知っているから、そして、おじさんとしばらく一緒に暮らして、おじさんの思考回路の一部を知っているから。ほんとにおじさんが喜んでくれてよかったです。だって、皆があの時計に反対なんだもん。私も、間違った選択だったか？と自信を無くしかけていたところでした。でも時計を贈った時から決めていたのです。「一週間後、電話して様子を聞いてみよう。それまでは負けを認めまい」と。やはり、ちゃんとした様子がわかるには一週間程度の待ち時間はかかるだろうと思ってました。おもいきって奮発して買った贈り物が無駄にならなくて良かったです。できれば、これからもおじさんの贈り物に関しては、この路線で臨みたいと思っております。

しげちゃんが植えていたミニトマトに実が生《な》りました。とても美味《おい》しそうに熟したので、さっそくしげちゃんに食べてもらいました。無農薬で、ゆったりと育てたトマトです。（写真36）

しげちゃんは、皮が硬いけど、美味しいとのことでした。皮はどんな皮でも、しげちゃんには硬いらしいので、心配はいりません。ナスでも蕨《わらび》でも、しげちゃんは口に残るらしく、皮は出してしまいます。

すこしずつ熟れつつあるので、完熟したさきから食べてもらおうと思います。世話なんかほとんどしてなかったけど、順調にトマトがそだちました。トマトみたいに調理せずに食べられるのは良いのですが、ナスみたいなのはどうしようか、悩むところです。庭の畑には、しげちゃんの植えたナスが雑草の陰に生えてます。あれにもすでに実が生ってるはず。』

しげちゃんちに行ったら、せっせがにこにこ得意顔で、イチキおじが時計をすごく気にいっていたらしいという話。

「あの人はね、とにかく見栄っ張りなんだから、人から褒められることがうれしいんだよ」

「まあ、じゃあ、よかったじゃん。おじさんが気に入ってるならそれでいいんだから」

まだまだ話したそうだったけど、得意顔を見たくなかったので適当なところで去る。

『7月12日（木）「珊瑚の島で千鳥足」第33号

こちらは毎日雨が続いています。皆さんお元気ですか？

しげちゃんは雨の日でも、庭に出て土にまみれて遊びたがります。そんな日は一日に二度も洗濯しなくてはならないので、私はあまり喜びません。そんな雨の中の土いじりで、とうとう風呂《ふろ》場の遺跡（昔の風呂の跡）から降りる所で転んでしまったらしいです。頭から一回転するような形で転んで、足を打ったみたいです。とにかく足の打ち身がただ事では無いので、びっくりしてしまったのですが、本人はまったく痛がらないのです。骨にも異常は無さそうです。見た目からは想像もつかないほど運のいい転び方をしたらしいです。この青痣《あおあざ》を見たときは驚いて大変だと思ったのですが、しげちゃんがほとんど何も感じて無いふうなので、医者にもいかず、薬さえつけませんでした。

本人によると、「私は青痣ができやすい体質」なんだそうです。

しかし、見た目はものすごいので、これは虐待を疑われるかもなと思っていたら、やはりリハビリセンターで、職員にびっくりされて、私にも注意がきました。しげちゃんの場合は本人が青痣の理由を説明できるから助かりますが、これが痴呆《ちほう》の進んだ老人なんかだと、大変なことになる可能性もあります。

ころんで青痣程度でよかったです。もし、爪でも剝《は》がれたりしたら、私もそうとう追い込まれるかもしれなかったです。

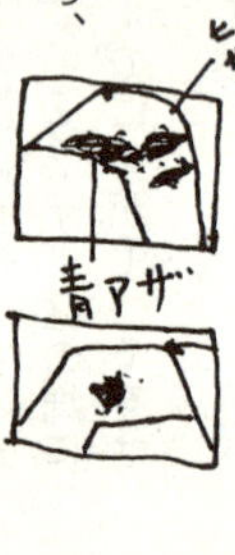

対策として、雨の日はなるべく土いじり禁止。それと風呂場の遺跡に張ってあるロープを一部張り替えて、しげちゃんが降りる時の支えになるようにしてみました。（写真37）

どんなにがんばっても、転ぶときは転ぶのですが、すこしでも予防できるなら、できるだけの事はやろうと思った、そんな梅雨の一日でした。』

そうそう。私もすごく青痣ができやすいです。体質ですね。これも遺伝でしょうね。しかも、ぶつけやすい。そういえばカーカもです。このしげちゃんの青痣、たしかにすごくひどい。職員の方が虐待と間違えたのもうなずける。気の毒なせっせ。まだ疑われてるかも。

7月13日（金）

『テルヒコです。

台風近づいてますが、実家、大丈夫でしょうか？

予想ルートだと、そちらの真上を明日14日の午後3時ごろに通過しそう。

台風の目もはっきりしているので、もしかしたら、その時間、青空が広がるかも！！！

私は台風の目に入った経験がないので、もし青空が見えるようなことがあれば、是非、入った後と、その後に暴風圏内に戻った時のイメージを送ってください。

実家がそれどころでなければ、もちろんそちらを優先で。では。』

台風の進路予想図付き。（写真38）

『7月13日（金）「珊瑚の島で千鳥足」第34号

長い、長い、長い間、雨で実行できなかった、土地の周りのブロック積みが、ようやく始まりました。（写真39）

ブロックは周りとの境界をはっきりさせるためにも、なにがなんでも積みたいと思っていた工事でした。うちの土地の周囲には、境界にうるさい人が多くて、とても難しい工事になりました。特にうるさい人が一人いて、そのために辺の一部がものすごく内側に入り込んでしまいました。測量をしたのですが、その線から25センチぐらいこちら側に入り込んでいます。まあ、いろいろ事情があったのですが、そのうち詳しく説明したいと思います。それ以外は境界に沿う形でブロックが積めそうなので、登記された境界との違いはそれほど大きくないと思います。多少、登記と比べて狭くなりましたが、これは買い手を探すときに、そう説明すれば良いことですから。無理に境界どおりブロックを積もうとすると、かなり真剣な喧嘩《けんか》を覚悟せねばならず、おそらくそうなると、きちんとした境界になる利益よりも、裁判とかなんとかそんな不利益の方が大きいという私の見立てです。ほんとはもっと早く積みたかったブロックですが、とうとう台風が来る時季までかかってしまいました。大きな台風がせまりつつあります。

今年はひとつ、とても楽なことがあります。それは、台風が接近してきた時に心配になる建物がひとつ少ないということです。今までは、お店としげちゃんのいる本家の方と両方を心配してはらはらしてました。ところが今年はもうお店はありません。それが心理的にこれほど楽だとは思いもしませんでした。昨年までは台風が来るたびに、いろいろ準備しなければならず、かならずどこか被害がでて、修理や復旧に時間をとられていたのですが、今年はそれが半分になってしまいました。ほんとに楽ですよ。もっと早く解体しとけばと思うぐらいです。お店も解体しましたが、それに加えて、去年、しげちゃんの病気に付け込んで、しげちゃんの芋焼き小屋も解体してしまいました。あれも台風のたびに被害をだして大変だったのですが、それもありません。今年は今までよりずっと楽です。あとは本家の方の屋根とかも少し良くなるか、小さくなれば完璧《かんぺき》ですが。それはこれからの課題でしょうか。解体の大きな利点が感じられて、私はとても嬉《うれ》しいです。

私の持っていた電子レンジが壊れてしまいました。ある日焦げ臭いにおいがして、動かなくなってしまったんです。修理するのは、新しいのを買うより高いと思って、いよいよ捨てる準備をして、何ヶ月も雨に晒《さら》していたのですが、なんとそれにリコールがかかりました。なんでもハンダづけの不良で、まれに煙が出るとのことです。無料で修理するか、同等品と交換してくれるとのこと。

古いレンジは、かなり傷んでいます。同等品ならと思い、交換を頼みました。ぴかぴかの新品がきました。でも、これ同等品じゃ無い。かなりクラスが落ちます。前のレンジはオーブンが付いていたのに、新しい方にはオーブンがありません。電子レンジの機能のみです。まあ、廃品となるはずの物が新品になったんだから良しとしますか。なにしろ、今のしげちゃんの食事は電子レンジ無しには成立しないのですから。オーブン機能が無いものでも十分に活躍できそうです。

連絡　テル君へ
台風の目を写真に撮れれば、撮ってみます。でもこちらでは台風が逸《そ》れてくれることを一生懸命願っているところです。すでに地元では避難所も設置され、みんな心配しながら準備中です。台風が来たら、順次連絡します。でも、停電になったらおしまいですが。』

7月14日（土）

台風なので家で退屈だったらしく、子どもたちはせっせを呼んでテレビゲームをずっとしている。しげちゃんは家で寝ているとのこと。
私「気圧のせいか、台風の時って、ずっと寝てられるよね。眠くなるよね」
一日中、ずっとゲームをしていた。トランプのゲーム。それぞれのゲーム機をそれぞれの場所で操作しながら。
私「それさあ、ふつうのトランプでするのと、どこか違うの？」
カーカ「同じだよ」
私「ふ〜ん。……配る手間がなくて楽なのかな……」
台風は進路を東にそれて、思ったほどの被害はなかった。でも心配したさくやカーカのおばあちゃんそれぞれから、大丈夫?という電話あり。

7月15日（日）

テルくんからのメール。

『テルヒコです。

不謹慎でした。ごめんなさい。

無事に通りすぎることをお祈りしてます。』

『7月15日（日）「珊瑚《さんご》の島で千鳥足」第35号

テル君へ、べつに台風の目の写真を頼むのは、不謹慎でも無いと思います。今回は、台風の目がこちらを通らなかったので写真は撮れませんでしたが、そのうち機会があったら目の写真を撮ってみます。でも、しげちゃんも言ってましたが、家から写真を撮って、それが台風の目だとわかるのはとても難しいと思います。普通の晴れの日の写真と変わらないと思いますので。

台風は家の周りには、被害をもたらさずに過ぎたようです。関東地方にはこれからららしいので、注意してください。しげちゃんは台風の間、リハビリも休みになり、ほとんど寝てました。

家が老朽化しているため、雨漏りはひどかったです。いつものことではあるのですが、今回は雨が沢山降ったので、普段雨漏りしない所からも、雨漏りが始まりました。あまりに沢山の所から、激しく雨漏りするので、「コラ、ぼろ家、いい気になって、沢山雨漏りすると、見切りをつけて解体するぞ」と脅してみたのですが、効果ありませんでした。恐喝には応じない姿勢はりっぱです。（写真40）

この家は古くて、家全体がそうとう傷んでいるし、かなりの部分にシロアリが巣くっています。修理といっても、どれぐらいのお金がかかるか、見当もつきません。私としげちゃんが住んでいるだけですし、無駄に広いだけで、快適な家ともいえません。これだけ重なれば、普通はまっすぐ解体の対象ではないでしょうか？

親戚《しんせき》には、この家を守れ、家の敷地は売るな、墓を守れとうるさい人がいます。でも、みなさんも薄々は判っていると思いますが、私は墓を守らなければいけないぐらいなら、キリスト教に改宗してもいいと思うほどの人間なので、この家もさっぱり解体してしまうかと考えています。しげちゃんが反対しているので、家には手をつけていませんが、しげちゃんを説得できれば、少なくとも家の一部は解体するかもしれません。

今日は鍬《くわ》を買いました。しげちゃんが「私の鍬をだれかが持っていった」とうるさいので、新しいのを買うことにしました。でも、鍬がみつからないのは、しげちゃんが庭のどこかに忘れているのだと思います。いままでも、そんなことが何度もありましたから。何度おなじ間違いを繰り返しても、相変わらず「泥棒だ、泥棒だ」とうるさいのは、たぶん脳梗《のうこう》塞《そく》の後遺症じゃなくて、別の病気です。(写真41)』

私からテルくんへ。

『テルくんへ
台風は右にそれて、こちらはあっけないほどでしたよ。

せっせとカーカとさくは一日中、ゲーム機でトランプなどやっていて、楽しそうでした。

31日のお昼に金沢に入ります。(5日まで) 楽しみにしています。　姉より』

テルくんより私へ。

『了解。よかったです。少しコースが南にずれたのがよかったかも。

こちらは、まったく影響なしでした。金沢でのキャンプ計画作成中。準備はすべてまかせて。2日だけでなく、1日から、2泊3日でキャンプしたいと思っています。

すっごく楽しい予定！では。』


私からテルくんへ。

『うおー！楽しそう～。子どもたちはまかせたよ。

持って行くもので、必要なものがあったら教えて下さい。

どの程度持って行ったらいいでしょうか？バスタオルとか、タオル類は？

着替えは、海や水に入るとしたら、Tシャツ、多めですよね。洗濯ができるなら、それを考慮しますが。』

31日から、以前より計画していた金沢旅行に行きます。

7月17日（火）

せっせ「テルくんから不謹慎でしたってメールがきたけど」
私「うん。せっせが真面目な返事を書いたからだよ。ダメだよ」
せっせ「うん。テルくんが不謹慎なことを書いてくれなくなったら、おもしろくないからな」
私「そう。こっちでおもしろがってること、気づいてないよね。テルくんには、のびのびしててもらわないと。見た？台風の進路予想図までついてたね」
せっせ「うん」
私「ずいぶん、わくわくしてたんじゃない？」

7月22日（日）

花火大会の日。しげちゃんも行きたいというので、連れて行くんだとせっせが言う。
うん、いいんじゃない？と言うと、
車椅子で行くと言う。しかも、しげちゃんの家から。

「どうして？車で私の家まで来て、そこから車椅子で行けば？なんのためにそこから出るの？時間やエネルギーの無駄だと思うけど。暑いし、疲れるし」

「う〜ん。でも大丈夫だと思うんだよ」

またでた、せっせの、自分は大丈夫だからって、他の人にも苦労を共にさせるところ。

「ここまで車で来た方が絶対にいいよ」

7月23日（月）

きょうはみんなで温泉へ一泊。半年に1回ぐらいは、こういう温泉宿泊をしようと思って。家から車で1時間たらずの、小さな宿「こまつ」へ。以前に1回、行ったことがある。迎えに行って車の中でせっせを待つあいだ、しげちゃんにきのうの花火大会はどうしたのか聞いてみたところ、やはり車椅子で家から出かけたと言う。

「どうしてここから？遠いのに」

「そうなのよ。車が前から来るとき、ぶつかりそうで恐くて、すれ違うたび、ひゃ〜って体を左に寄せたわ。電信柱にもぶつかりそうな気がしてね」

「私の家からだったら堤防だけだから、少なくとも町の中は通らずに済むのにね」

せっせが来たのでそう言うと、

「いや、距離的にもそう変わらないと思って……」などと言う。

すごく変わると思うけど、まあ、もう言ってもしょうがないので出発。

車の中ではいつもせっせがクイズを出題する。それに答えながら、いつも私はカーカとケンカ。ぎゃあぎゃあケンカしながらも、クイズの答えを考える。

旅館では、二部屋。しげちゃんとせっせ、私たち親子。それぞれの部屋に露天風呂《ぶろ》がついていて、静かで落ち着く。しげちゃんたちのは石でできた五右衛門《ごえもん》風呂みたいなの。私たちのはたまご形。そこから見上げた木の葉の緑がとてもきれいだった。

部屋までに階段があり、膝《ひざ》の悪いしげちゃんはおりるのがつらそうだった。みんなはしげちゃんの部屋でゲーム。私は外にある貸し切り露天風呂へ行ってみた。そこには木炭がたくさん、いろいろなところに埋めこまれていた。浴槽の底にも一面に。埋めこまれた木炭は真っ黒で丸くて放射状に割れていて、花のようにも見えてとてもかわいらしい。

しげちゃんは病気になる以前から膝が痛くて、手術をしたいとよく言っていた。それで、じゃあ近々一度、お医者さんに診察に行こうかという話をする。階段を上るのに、ものすごく時間がかかってる。

食事処《どころ》で食事しながら、せっせが急に、僕はしばらくしたらしげちゃんと海外旅行をしようかと思う、と言い出した。南の、ベトナムかどこかへと。

大丈夫だろうか。せっせって、大変なことをしている時しか生きている実感がわかない自虐的な人のようだから、非常に不安。きっとしげちゃんが無理をさせられるだろう。そしてしげちゃんも文句を言わない人なので、とても苦しいだろうな。ふたりとも。そこまでしなくてもいいっていうようなことを、だれも望まず、だれも強制していないようなことを、ひーひー言いながらやりそう。そして、そうしたのは自分なのに、大変だったんだよ大変だったんだよと言いそう。行かない方がいいと思うけど。せっせが現実を見ずに、願望だけでなにかを言い出したら、要注意。時々そういう発作が起こる。

食事はおいしく、器もすごくいい。私の好きな感じ。手作りの味のある陶器。ビールのカップも焼き物で、真っ白できめ細かい泡がたっていた。鮎《あゆ》の背ごしが出たが、ものすごく上品な盛りだった。4切れほど。いろいろなものがちょうどよく出てきて、しゃぶしゃぶ鍋《なべ》もあり、最後はおむすびとメザシで、それもよかった。

さくがおかずを食べ切れなかったので、せっせにあげれば？と言ったら、せっせが「僕はもうバカ食いはやめたんだ」などと言う。「バカ食いもバカ飲みも」と。

「それがいいよ。体に悪いから」

夕食後、カーカとさくがフトンにジャンプするところを写真に撮ったら、おもしろがったので何枚も撮った。低い位置から撮ると、すごく高く跳んでるように見える。

そのあと、しげちゃんが寝るので、せっせと、私たちの部屋でゲーム。せっせが、私としげちゃんがする時のためにDSのゲーム機を買っていたので、ちょっとだけやる。私がやらなかったら無駄になるのに、せっせってこういうところがある。昔、両親と共にせっせの住む遠くの町の部屋に一度だけ泊まりに行ったことがあったのだが、なんとその日のためだけに人数分の座椅子を買い揃えていた。別になくてもいいのに。そして次の日からは使わないのに。そういうところがある。私には無駄としか思えない。だれもそう喜ばないのに。性格だろう。
そして、夜は早めに寝て、朝までぐっすりだった。

『7月24日（火）「珊瑚《さんご》の島で千鳥足」第36号
ようやく梅雨も終わり、こちらでは暑くなってきました。しげちゃんも相変わらずです。足はとても痛そうな日と、そうでも無さそうな日が繰り返してます。体重は増加しているみたいで、ますます太ったように見えます。でも、脳梗塞《のうこうそく》の症状はだんだん回復してきたのが感じられるようになりました。たとえば、普通の本も、虫眼鏡で少しずつ読めるようになりました。以前は虫眼鏡で字を拡大しても、意味がわからなかったのに、最近は文の意味が通じるそうです。
以前、ミキからお土産にアイマスクを貰《もら》ったのですが、それを再発見したしげちゃん、えらくアイマスクが気に入って、このごろ、寝るときはずっと着けてます。とうとうリハビリセンターにも持って行くようになりました。なんでも、アイマスクがあると、とても良く眠れるそうです。時には灯りをつけっぱなしにして、アイマスクを着けて寝ています。センターで着けていると、当然周りの人から奇異の目で見られるわけで、「いったいそれは何か」と聞かれたりするらしいです。もしかしたら、脳梗塞で瞼《まぶた》が閉じにくくなったり

したのでしょうか？（写真42）

この町にも夏祭りがやってきて、花火大会が催されました。花火となると、どうしても出かけて、人ごみの中で見なくては承知しないしげちゃんですから、夜になってから川まで車椅子で行ってみました。夜店も出て、人も沢山いて、普段の町からは想像できない賑《にぎ》やかさです。ちょっと月が邪魔でしたが、花火もきれいに見えました。とうもろこしも買ってもらって、しげちゃんも楽しそうです。

しげちゃんは、いつも自分は歩けるという前提で話をするので、今回も会場まで車椅子を押して歩くと言ったのですが、公道を歩くのは危険だと判断して、今回は私が押して会場までやってきました。しげちゃんに、歩くのは危険で、とても体力が必要で、今のしげちゃんの状態では、ちょっと無理だという自覚があれば、少ししげちゃんに歩いてもらってもいいのですが、びっくりするほど自分の状態を過信してるふうなので、まだ長い距離を歩いてもらうのは無理だなと思ってます。

そのうち鹿児島の、しげちゃんが行きたいという病院に連れて行って、膝の診察をやってみようかと思ってます。でも、膝の手術となると悩みます。かなりの時間と手間がかかりますから、こちらも準備を整えてからでなくては、手術は無理でしょう。しげちゃんによると、その病院はこちら出身の人がやっている、有名な病院で、奇跡のように痛い膝がなおるらしいですが、私はそんなすごい話を信じてはいませんので、ご安心ください。』

『7月25日(水)「珊瑚の島で千鳥足」第37号

みんなで霧島の温泉にいきました。この前は興奮したのか、しげちゃんが事前に体調を崩し、えらい無理をした旅行になってしまいましたが、今回はそのような事も無く、しげちゃんも楽しそうです。体重が気になるのですが、沢山の料理も全て食べていました。それぞれの部屋に温泉が付いていて、いつでも好きな時に入浴できます。ミキがしげちゃんの事を考えて、部屋に温泉が付いている温泉旅館を選んだそうです。しげちゃんは殆《ほとん》ど介護無しにお風呂に入れるのですが、やはり、多少手助けした方が良いので、部屋で温泉に入れると便利です。

それにしても、こんなに寝相の悪い人だったでしょうか? 布団からほとんどはみ出して寝ています。顔にはいつものアイマスク。しかも、時々いびきをかきます。温泉に入って疲れたのか、とてもぐっすり眠れたそうです。

あとはお土産を買って帰ってきました。リハビリセンターの職員や、そこで会う仲間のためのお土産が、どうしても必要らしく、いろいろ悩みながら買ってました。旅行に行く度にお土産を買っていく必要は無いと思うのですが、ごくたまの事ですし、ある種の必要経費ということでしょうか。下手にお土産なんか渡すと、お返しにと野菜をもらってきたりします。お返しをもらわなくてすむなら、こちらからお土産をさしあげても良いのですが。

さて今日もくだんの鹿児島の足の病院の噂を仕込んできました。この辺の人はほんとにその病院が好きみたいで、関節に障害がある人は、ほぼ全員がそこに行って、手術してもらっているようです。ただ、関節を入れ替えるのは、うまくいくかどうか、当たり外れが大きいらしいです。』

7月28日（土）

さくの髪の毛を切りに行った床屋さんで、「あの土地が売れたそうですね～」と言われ、売れてないですと言ったら、びっくりしていた。という話をせっせにしたら、そういう噂が確かにあるらしい。と、せっせも苦笑いだった。「売地」の看板を立てたら？と言ったら、なんだか嫌がってる。それがいちばんいいのに。通りがかった人が見るのが一番の宣伝なのに、「恥ずかしいから」とかなんとか妙なことを言う。

『7月29日（日）「珊瑚の島で千鳥足」第38号しげちゃんが体調を崩すほど暑い日が続いています。皆様お元気でしょうか？今日は選挙の投票日です。朝から投票に行ってきました。しげちゃんはお姉さんに頼まれたといって公明党の候補者に投票しようとしていました。そう聞いたらどうしても突っ込まずにはいられません。

「しげちゃん、あなたは死んだ父親があなたに『今度の選挙は○○さんに投票せんとうちの陣営が負けるかもしれん、頼むぞ』って言った時に、どうしてあんな怖い顔して『選挙権は国民すべてに与えられた大切な権利だから、たとえ夫婦といえど強制は許されない』みたいな事を言って父親を怒らせたの？別に他に投票したい候補者がいた訳でもない。ただ父親に強制されたのが嫌だったから、目を吊《つ》り上げて反発したんでしょ。確かにあなたの言ってた事は正しかったけど、父親は悲しそうに怒ってたよ。夫婦なんだから、とりあえず話を合わせて、ハイハイって言っておいて、もし他に投票したい候補者がいるなら、投票所でその人の名前を書けばいいだけじゃない？あなたたち二人の喧嘩《けんか》を見てて、俺はまだ小学校低学年だったけど、子供ながらに思ったよ、

(；、ー｀)ゞ┗~~

(親父、完全に結婚に失敗したな)

(注：タバコはイメージです)

しげちゃんはあははと笑うだけでした。

しげちゃんの投票にも付き合ったのですが、しげちゃんは誰に投票するのか良く判らなかったみたいです。なぜなら、ポスターには公明党の名を出している人がいなかったからです。自民党と公明党は連立しているので、おそらく自民党を支持すればいいのでしょうが、自民党の議員のポスターには公明党の名前がありませんでした。そのため、しげちゃんは

混乱したらしく、ちらりと見えた投票用紙には大きく名前が書いてあり、それを鉛筆で数回乱暴に消して、横に小さく他の名前が書いてありました。はたしてこれで有効なのでしょうか？　政党名に投票する方はちゃんと公明党と書いたようです。』

『8月9日（木）「珊瑚の島で千鳥足」第39号　〈副題　大自然の脅威〉

暑い夏がやってきました。そしてこの古い家にも大自然の脅威がぼちぼち迫ってきました。私の家の電話が、いつも話し中だと言われるのです。電話は変わりなく使えていたので、なにかの間違いだろうと思っていたのですが、あまりにいろいろな所から苦情が出るので調べてみました。外からの電話線が屋内に入る部品に問題があるみたいです。はしごを使って部品を開けてみました。

きや――――

蟻さんです。大量の蟻さんが飛び出してきました。中身までびっしり蟻にたかられています。このおかげで外からの電話が話し中になっていたみたいです。発見が遅れたのは、ADSLの方はちゃんと使えていたからです。そのため、この異常がわかりませんでした。（写真43）

夜になると、家の中を何かが飛んでいます。蛾《が》ではありません。そんなに小さなものではないです。ツバメみたいなやつです。そう、夜飛んでいるツバメみたいなやつとなると、あれしかいません。コウモリです。
どうもコウモリに好かれたみたいで、家の中をひらひら飛んでいます。どうせどこからか迷い込んだコウモリで、そのうち去っていくだろうと思っていたら、次の日も、その次の日もひらひら飛んでいます。なにも害が無いのなら、ずっとこのままこの家に居てもらってかまわないのですが、コウモリがそこらじゅうで糞《ふん》をするんです。
やはり野生の動物は家で飼うことはできませんね。糞の始末が大変だったので、なんとか出て行ってもらうことにしました。とりあえず、部屋の障子や襖《ふすま》を立てて、部屋に入れなくしたら、姿を見なくなったみたいです。(写真44)
長い一日も終わり、ようやく寝ようかというころ、今度はメキメキ、ガラガラとものすごい音が響き渡りました。隣の部屋の床が抜けた音でした。(写真45)
あまりにめちゃくちゃなので、どこから手をつけてよいか判らずこの日はこのまま寝てしまいました。
荷物をよけてみると、確かに床が抜けています。この家は床下が高いので、ものすごい落差で抜けてしまってます。(写真46、47)
しかし、どうしてこれが大自然の脅威でしょう。むろん、このすごい崩壊は白蟻のせいだからです。この家が白蟻の巣だらけなのは以前から良く判っていたのですが、とうとう現実の崩壊が迫ってきたようです。芯から白蟻にやられているので、この家を修理するなんて、おそらく不可能じゃないでしょうか？もうここも解体してしまいましょうか？でもそれでは住む所が無くなってしまいます。そのうえしげちゃんは家の解体には反対で、このぼろ家を「最新式」とまで言って擁護しています。

大自然は、このぼろ家にとって脅威ですが、それは台風や水害だけではなくて、むしろ蟻やコウモリやシロアリなどが絶え間なく襲ってくることでした。もう、この家を捨てて、出て行きたいです。もうしばらく、小手先の修理で誤魔化して、なんとか出て行く機会を探そうと思います。ほんとに大自然は恐ろしいですよ。人間のつまらない英知なんて笑い飛ばしてくれるだけです。

ちなみにしげちゃんの住んでいる離れは、こちらより少し新しいので、しげちゃんが寝ている間に家が崩壊して、大変なことになるなどということは無いと思います。その点は安心してください。』

この家が崩れ落ちるのも時間の問題だと思う。早くいい方法を考えればいいのに。小さい家を造るとか。でも、そういうことをなかなかしたがらないふたりは、たぶんぼろぼろになるまであの家に住んで、なにかのきっかけで一挙に崩壊してから、初めて出て行くのだろう。シロアリは前からいたけど、こうもりが棲《す》んでいたなんて。そしてあの床。次はどこの部屋が崩れ落ちるのだろう。

ひょっとすると、屋根かも。

屋根がせっせの頭上に落ちてこなければいいのだけど。せっせが死んだら、大変。

8月12日（日）

せっせとしげちゃんが遊びに来た。というかさくがせっせをゲームの相手に呼んだ。床が抜けた話を聞く。夜中、ガラガラという大きな音が1分ぐらい続いて、最後にカラーン……という何かが落ちる音が小さく響いたのだそう。見に行って、驚き、これはもうダメだと絶望的な気持ちになったそう。しげちゃんに聞いたら、しげちゃんは今は夜だし行ってもしょうがないから朝になったら行こうと、そのまままた寝たらしい。

あの家……、壊した方がいいと思うけど、しげちゃんは直しながら住めばいいわと言う。テーブルにあったお菓子の袋をあけて、そっと、ひとつずつ食べているしげちゃん。

せっせの結婚相手を探そうと、知人に2回も手紙を書いているけど返事がないらしい。せっせは結婚したくないって言ってるんだから、返事がない人に手紙を出すのはやめたらとしげちゃんに話す。しげちゃんは私にも、私が20代の頃、勝手に結婚サークルみたいなのに高いお金を出して入会して、私に、とある男性の写真が送られてきたことがあり、こっぴどく叱ったことがある。

しげ「みき子さんにもね……」

私「そう、昔、結婚サークルに入ってたよね」

しげ「昔じゃないの、1〜2年前。親戚《しんせき》のおばさんに、みき子さんの再婚相手にいいんじゃないかしらって、ある人のこと、話したんだけど」
私「ええっ!なんて?」ここで私はブチ切れた。「頼みもしてないのにそんなこと画策されるなんてどんなに嫌か!だったらしげちゃん、しげちゃんの再婚相手を探すよ!おじいさんを連れてくるよ!今、老人でそういう人多いから。老後の話し相手に伴侶《はんりょ》を探すっていうの。しげちゃんにも再婚相手を探すからね!」
しげ「いえいえ、いいわ」とぶるぶる首を振る。
私「探すよ!どんなに嫌な気持ちがするか。同じなんだよ!うれしい?頼みもしないのに勝手に結婚相手を探されて」
しげ、ぶるぶるぶるぶる首を振る。
私「探すよ!しげちゃんの結婚相手。80いくつのおじいさんを連れてくるよ!一緒に住むんだよ!うれしい?しげちゃんと一緒に暮らすじいさんを探すよ!」
しげ「もう言わないわ。嫌がるとわかってたから今まで言わなかったのよ」
ぶるぶるぶるぶる。
私「じゃあ、もう二度とその話をしないで。いい?今後、またその話をしたら、……しげちゃんを殺すよ!!!」
しげ「言わないわ」
私「せっせが嫌なのも、同じなんだよ。どうして人が嫌がることをするの!」
そこへせっせが向こうからやってきた。

私「しげちゃんがあんまり腹立つから、今度言ったら殺すって言ってたの」

せっせ「聞こえてた」

私「腹が立たない？」

せっせ「この人は、いくら言ってもきかないんだよ。いい？しげちゃん、馬を川までひっぱってきても、無理に水を飲ますことはできないんだよ」

私「一人称でガーンといったら？そんな馬のたとえなんて悠長なこと言ってないで」

せっせ「もうずっと何度も言ってるんだよ。でもこの人は、なにを言ってもきかないんだよ。なにしろすごく頑固だから」

私「ホント、腹立つ」

せっせ「僕なんか、写真まで送られたんだよ。一緒に写ってるカンちゃんが小1ぐらいの、10年ぐらいも昔の写真。とにかく、全然結婚なんかしたくないのに、したがってるかのように相手に思われるのが嫌なんだよ」

私「ホントホント」

せっせ「まるでどうしてもしたいですって土下座して頼んでるかのように」

しげちゃん、大人しくきまり悪そうに立ち上がり、「これがおいしかったから、もらっていいかしら」と言って、味見した3種類のお菓子の中からひとつつかんで帰って行った。こんなに人を腹立たせるようになったということは、相当、しげちゃんは回復したということなのだろうけど。昔の、人をムカつかせる感じがそのまま復活している。うう〜、嫌だ。しげちゃんを筆頭に、せっせも私も結婚には向いてないいんだよ。

8月13日（月）

夕方おかずを持っていった時に、抜けた床をみせてもらう。せっせが途中まで修理していた。床下に新しく木を立てて、それを支えにして床板を張っている。けど、隣の床の梁《はり》もシロアリでぼろぼろになっているのが見える。いたるところの雨漏り。コウモリ。時間の問題だ。とにかく最低限の部分を修理しながら暮らすと言う。いつかどのようにしてか、バンと壊れそうな気がする。台風か地震か。

8月14日（火）

だれかが私の仕事部屋にやってきてベッドに寝ころんだ。声がしたので、「ぼん？」とさくのあだ名を言ってふりむいたら、カーカだった。

カーカ「ぼんだとおもったでしょ？」

私「うん」

カーカ「真似したの。……もしさくだったらどうしてた？」

私「…………」行って抱っこしようと思ったけど、黙っとく。

午後、しげちゃんとせっせが遊びに来た。せっせとカーカとさくはテレビゲームをしている。せっせの「クリスタルクロニクル」。
対戦中、協力して戦う場面になったようで、
カーカ「みんな！カーカのところに集まって！いい？一緒にやるよ！」
みんな「せーの！」と、大声で叫びながら一丸となってやってる。
私「うちってみんな血液型O型だよね？」
しげ「そうよ」
私「全員O型だ。せっせもほかの兄弟も。で、カーカもO型で、さくはA型だよね」
さく「え？僕だけ違う血が流れてるのかな？」
私「子どもは、親の血が半分半分くるんだよ。パパとママの」

「8月16日（木）「珊瑚《さんご》の島で千鳥足」第40号
暑い、ほんとうに暑い日が続いていますが、皆様お元気でしょうか？こちらは元気で暮らしています。ここ数日、なんとか落ちた床を修理しようとがんばっていたのですが、やっと修理が終わりました。後は荷物の整理があります。（写真48、49、50）
ちょっと頼りないですが、なんとか部屋として使う分には問題ないでしょう。テレビとかの重量物も載せられると思います。
折れた床の材木はひどくシロアリに食われていました。（写真51）

これに箪笥《たんす》やテレビの重量が加わって折れたようです。シロアリはすでに周りの材木にも広がっているのでどうしようもないと思います。たとえシロアリを駆除したとしても、すでに食われた材木が元に戻るわけではないので、駆除は無駄な気がします。修理にあまりお金をかけず、だましだまし使っていくしか無いでしょう。

お盆のお墓参りに行ってきました。しげちゃんは草むしりをやらなくてはいけないと一生懸命なので、草むしりの準備をして行きました。

夜はお盆の迎え火の為に私だけ出かけました。私は出かけるつもりはなかったのですが、おじさんが「でかけるぞ」と大きな声で言うので、ついつい断れずに夜の墓場に向かいました。

親戚《しんせき》の家は総出で来ていて、賑《にぎ》やかな墓参りです。ビールなんかを飲んでしばらく話し合う習慣だそうです。それにしても、私はどうしてこんなにおじさんに抵抗できないのでしょうか。私は別に迎え火に行きたくも無いし、親戚に非難されてもどうでもいいのですが、どういうわけかおじさんが大きな声で「～するぞ」と押し付けるように言うと、それに従ってしまうのです。やはり多少は親戚に恥ずかしいとかいう思いがあるのかもしれません。

しげちゃんは親戚付き合いは大事だと思っているようで、なるべく節目の行事や法事なんかには参加したいと言うのですが、親戚からのお呼びはかからなくなってしまいました。病気で付き合いが無くなったからだと思います。参加したいしげちゃんにはお呼びがかからなくて、参加したくない私は強制されるという具合です。』

8月17日（金）

しげちゃんちにおかずを持って行く。急激な円高と株安。どうするの？とせっせに聞いたら、「しばらく塩漬け」「私も」

テーブルの上にファンデーションが置いてあり、どうしたの？と聞くと、せっせに買ってもらったのだそう。お化粧をする気持ちになったなんて、元気な証拠だと思っていたら、帰りがけ、庭でせっせが、今日しげちゃんはケアセンターで血圧が高くなって具合が悪くなったらしいと言う。

う〜ん。最近、ずいぶんよくなったかのように見えたけど、やっぱり楽観はできないねとせっせと言い合う。いつどうなるかわからないから、心構えだけはしておこうねと。

私「しげちゃんを殺す！ってこのあいだ言ったから、今死んだら、後味悪いよね〜。今はやめてほしいな。でも、寿命ってあるからね」

せっせ「うん」

家に帰ったらカーカが「せっせって、仕事してるんだってよ」

私「へえー、ホント？」

カーカ「ほんとに知らないんだね」

私「だってなんにも言わないんだもん。どんな仕事なんだろう」

『8月21日（火）「珊瑚の島で千鳥足」第41号
こちらでは、毎日暑い日が続いています。特にこの家では蚊がものすごく多くて、一日55回ぐらい蚊に刺されながら生活しなくてはいけません。辛《つら》いです。
しげちゃんが庭に珍しい彼岸花が咲いていたというので、花瓶にさしました。たまに白い彼岸花も咲くそうです。しげちゃんはこの珍しい花がえらく気に入って、よせばいいのに鉢に移植しようとしたそうです。でも、しげちゃんの細かい仕事のできない手では、そんな難しい作業は無理だったようで、根元からぽきりと折ってしまいました。残念がっていますが、私にいわせれば自業自得です。（写真52）
最近、しげちゃんは字が上手に書けるようになりました。読む方もある程度小さな字まで読めるみたいです。あとは、字を書く時に、も少し位置を考えられるようになると完璧《かんぺき》です。仏前と名前、とても良く書けているのですが、なぜか中央に書いていません。しかも本人はこれでおかしいと思わないみたいです。ここが中央に見えているのでしょうか？（写真53）
郵便番号もちゃんと調べて書くのですが、升がひとつずれてしまっては、書かないほうがよいのでは？と思ったりします。しげちゃんは「大丈夫よ、郵便局の人だもん。ずれてるくらいは判断してくれるよ。」と言ってゆずりません。郵便番号は機械で読むからそれは無理だろうと思うんです。（写真54）

しげちゃんとスーパーに行ったら、化粧品を買ってくれと頼まれました。化粧品に興味が出てきたのなら、とてもよい事だと思います。病気で倒れて以来、化粧はほとんどしていませんん。髪を染めるために美容院に行ったぐらいです。しかし、買っただけで、このファンデーションは使用していません。正直言ってこのまま飾っておくだけのほうが問題は少ないと思います。このファンデーションを落とすための化粧落としがありません。だから、一度つけてしまうと、つけたままで寝ないといけなくなります。きっと肌にも悪いことだろうと思います。しげちゃんが寝る前に化粧を落としたり、肌の手入れを忘れずにやるほどマメだとは思えません。化粧するのは楽しいので、ぐりぐり塗りたくるかもしれませんが、それ以降の手入れはやらないだろうから、むしろ化粧しないほうが良いだろうと思います。

金曜日にしげちゃんがリハビリセンターで気分が悪くなり、医者の検診を受けたそうです。原因は血圧が高くなったことだそうです。そのため、昨日病院に行って血液検査をやってきました。結果は幸いなことに以前より改善していました。

血中コレステロールの量など、未《いま》だ高い水準ですが、以前より改善していたそうです。これからもコレステロール値を下げるような食事を続けるようにとの事でした。相変わらず太りすぎで血圧も高いのですが、あの歳なので、ある程度の悪い数値はしょうがないでしょう。なるべく状態が悪化しないように注意していくつもりです。』

8月27日（月）

子どもたちが東京に遊びに行ってていないので、自由。しげちゃんちに夕方のおかずを持って行ってしばらくしゃべる。方言川柳を「おもしろいわ〜」なんて言いながら見ていた。

しげ「さくちゃんが夏休みの宿題をやってなくて元気がなかったそうだから、帰ってきたら手伝ってあげようかしら」

私「なにができるの？」

しげ「夏休みの友みたいなのがあるんでしょ？それを、わかるところを教えてあげようかしら」

私「ふうん。……今、子どもたちがいないから、不規則な生活ができてて、気分がいいよ。せっせも一人暮らしのときは、そうだった？」

せっせ「でも一人でもだんだんとリズムができてたよ」

私「子どもがいると、食事の時間が決まってるからね」

せっせ「僕も、今はこの人がいるから、わりと時間に縛られてるけど」

私「しげちゃんが死んだら、せっせ、どうするの？もうここにいなくてもいいでしょう？」

せっせ「そうなんだよ。だから、ここにいる必要はないから、どこかへ引っ越してもいいし、ここに拠点を置いていろんなところに旅行に行ってもいいし」
私「私も。カーカが来年、もし寮にはいったら、手が離れるし、さくは……まあ小学校はここにいたとしても、中学校になったらどこかに引っ越してもいいし、私も動けるようになるかも。とにかく自分には放浪の気質があるから、ひとつのところに縛りつけられてると苦しくなるんだよね〜、ホント。あ、しげちゃんがかなしそうな顔して笑ってる」
せっせ「ほんと？」とのぞく。
しげ「私は百まで生きるつもりなのよ」
私「うん。まあ、しげちゃんに関係なく、私はそうするかも。……でもたとえ今死んでも、78歳だったら、早すぎて気の毒とは言われないよね」
せっせ「僕の予想よりもずっと長く生きてる」
しげ「ほほほ」
せっせ「僕はもう、この人が死んでも涙は出ないと思うよ」
私「そんなことはないだろうけどさ（ものすごく悲しむと思うよ！）。……また温泉に行こうね。季節ごとに。そこまで生きた目盛りのように。次は秋か冬のはじめに温泉」
しげ「うん」
私「たのしいでしょ？ 旅行」
しげ「ええ」

私「あんまり旅行好きじゃなかったっけ？」
せっせ「この人は好きだよ」
私「そうだよね。途中から好きになったんだよね。昔は行きたがらなかったけどね。昔は行く前になって急にやっぱり行かないわなんて言い出してやめてたし」
しげ「うん」
私「とにかく、家のがらくたを片付けないとね。それからこの庭の木。風も通らないじゃん。切ったら？」
せっせ「切ろうと思ってるんだけど、なかなかそこまでまだ手が回らなくて。がらくたも、すこしずつ減ってはきてるんだけど」
私「どんどん奥からでてきてて、ちっとも減ってるように見えないね」
せっせ「君の家も、木が伸びたね」
私「そうなんだよ。もう大変。この冬に、短く刈り込んでもらおうと思って。もう春から夏にかけての伸びに私では追いつかないから、冬にばっさりと。この家は、崩れそうだけど、大丈夫？屋根が崩れたら、この部屋も壊れるんじゃない？」
せっせ「この部屋は大丈夫だとは思うんだけどね」
私「とにかく頑張ろうね」
せっせ「うん」
私「しげちゃん、体重は減ったの？」

しげ「ええ。200グラム」
私「減ってるように見えないね」
せっせ「減ってないよ」
私「……みつまめ、もってきたから。食後にね」
と、そこにピンポーンとだれか。
「はい」とせっせが玄関にでた。「いえ、家には子どもはいません」と言ってる。
私「なんだったの？」
せっせ「子どもの教材の販売」
私「なんでここに来たんだろう」
せっせ「しらみつぶしに当たってるみたい」
私「うちもさ、訪問販売、セールスお断りって、2枚も貼ってるのに、それでも味噌《みそ》とかふとんとか、何で来るんだろう」
せっせ「そうは言ってもって思うんだよ」
私「2枚も貼ってるのに」
せっせ「これは販売じゃないとか、勝手に理屈つけて」
私「3枚貼ろうかな。何枚貼っても一緒かな。……最近、おばさんたち（しげちゃんの姉たち）来ないね。本、読んだのかな」
せっせ「おばさんからハガキが来てたよ」

イチキ氏からおばさんにハガキが来て、前回のはちょっとは意味がわかったけど、今回のはちっとも意味がわかりませんでした、と書いてある。
私「またなんとかX光線ビームとか、書いたのかな」
せっせ「ふふ」
しげ「電話でしゃべったのよ。お姉さんと。本が出たのよ、まだ読んでないけどって言ったら、あなた、怒ったらだめよって言われたわ」
私「しげちゃんが私を怒る？どうして？そんな怒るようなこと書いてないよ」
しげ「ほら、前にきゅうりパックのこと書いて、それを怒ってたから」
私「ああ、おばさんが？」戦時中、物資が不足していた時にこのお姉さんたちがきゅうりでパックしていたというおしゃれさんエピソードを私が以前に書いたこと。
しげ「そう。あのきゅうりは悪くなってて捨てるようなきゅうりだったって」
私「ふうん。そんなこと言ってたの。あれは別にね、冗談みたいなものなのに」
せっせ「うん」
私「本を読んで、来るの遠慮してるのかな」
せっせ「どうだろう」
私「でも、親戚《しんせき》からはだれも反応がないよね。読んでないんだよ」
せっせ「そうかな」
私「本、読む感じじゃないしね」

せっせ「うん」
私「でも、読んでもだからって何か言われても困るよね。本当の気持ちなんだから。今まで言ってないからみんな知らないんだよ。私たちがどう思ってるかなんてこと」
せっせ「でも僕は、これからは自分の思うことをすこしずつ言っていこうと思ってる」
私「そうした方がいいと思うよ。言わないとわかんないよ。言っても聞いてくれない気もするけどね」

昔から料理や掃除、洗濯などの家事が大嫌いだったしげちゃん。病気以降、せっせや私がやってくれて、料理を作らない、家事もしない生活。それは、しげちゃんにとっての夢だった。
私「たまには料理、作ったら?もう作れるんじゃない?」
せっせ「作れると思うんだけどね」
私「よかったね、料理を作らない暮らしができて」
しげ「病気になる直前ぐらいに、お惣菜《そうざい》だってお店で売ってるし、もう料理作らなくていいわ。もう作るのやめようかしらって思ってたのよ」
私「ちょうどよかったね」
しげ「そうなのよ」
私「夢が叶《かな》ったんじゃない?上げ膳《ぜん》据え膳、掃除も洗濯もひとまかせ」

せっせ「足も……、もし足が悪くなかったら、きっとなにか面倒を引き起こしてるんじゃないかと思うんだよ。あっちこっち行って」
私「そうだね。そう思うと、病気して救われてるのかもね」
せっせ「うん」

8月31日（金）

今日は車を点検にだしているので、夕食は取りに来てもらった。
その時にせっせが「とあるところに、すごく安い民家を見つけたから、そこまだありますかって問い合わせたら、やめた方がいいですよって言われた。その土地で人が殺されたんだって」
私「へえ〜。どこ？」
せっせ「とあるところ」
私「島？」
せっせ「島じゃないけど。それほど遠くない」
私「いくらだったの？」
せっせ「土地が70坪で、ボロボロの家が建ってて、相場の3割ぐらい」
私「ふうん。……だいたい相場よりもすごく安い物件って、絶対に理由があるからね」
せっせ「うん。……やっぱりそこはやめた方がいいかな」

私「……そうだねえ」

9月1日（土）

今日も車検で車を昼間使えなかったので、夕食はみんなで外食にした。しげちゃんが注文したうなぎ重がなかなか来なくて、みんなが食べ終わる頃、ひとりだけすごく遅れて出てきた。けど、昔からいつもしげちゃんはこうだった。決めるのも迷うけど、いつもとびきり時間のかかるものを注文してしまう。猫舌なので熱いものは食べられないし、食べるのは遅いし、外食に向いてない人だ。が、外食は好き。本人は満足そうに食べていた。

せっせと話したのだけど、しげちゃんが病気になったおかげで、イチキおじが無事に病院に再入院でき、せっせは長い間苦しめられた家からの引っ越し・解体ができ、よかったんじゃないかと。いろいろと考えてみると……。人は、起こらずにすんだ悪いことは考えないけど、それを考えると本当に、かえってよかったのだと思う。しげちゃんの車の運転の危険度も高かったし。長い目で、あるいは別の角度から見ると、ものごとはいろいろなとらえ方ができる。

9月2日（日）

日曜日なのでいつものように、お昼を買ってしげちゃんがやってきた。せっせと子どもたちはゲーム。最初はせっせとさくだけでやっていた。それはみんなで一緒に敵と戦うゲームだったらしく、ダメだ、お金がないから買えない、なんて言ってる。聞くと、お金を集めるのはカーカの役目なので、お金はカーカしか持っていないというのだ。

「なんで、カーカしかお金を持ってないの？」

「だって、カンチン、恐いんだもん」とせっせ。

わかる。カーカはここでも仕切ってるんだ。外ではどうか知らないけど、家では威張ってるカーカ。

9月5日（水）

出張帰りにお寿司《すし》を買ってきたのでしげちゃんちに届ける。ぼうぼうに草木が生い茂った庭の中で花の苗を植えていたらしく、声だけが聞こえる。お寿司を置いて帰る時に、その生い茂った木の中からばさばさとでてきた。

「お寿司とぶどうの生菓子を置いといたよ」

「ええ」

生い茂った木をバックに写真を撮る。

夜、カーカと話す。

カーカ「せっせね、仕事してるんだって」

私「ふうん。何の？」

カーカ「コンピューター関係って」
私「それって、収入があるのかな？」
カーカ「だからカーカも聞いたの、時給っていうか、月給はいくら？って。そしたら、自営業だからって。自営業って何？」
私「自分でやってるからお給料はもらってないってことだよね。でも、いったい何をやってるんだろう」
カーカ「けっこう教えてくれたよ」
私「でも……、それも本当はどうだろう。自分のことを言いたがらないからね、いつも」
カーカ「DVDのダビング、もうやりたくないって……ちょっと怒ってた」
私「頼みすぎだよ」
カーカ「しばらく忙しくて疲れてるんだって」
私「もうやめたら？毎日のようにダビングたのむの。あれって大変なんだよ、けっこう。ママが言おうかな、もういいよって」
カーカ「言わないで」
私「せっせってね、どんなにいやでも、ものすごく我慢するから、我慢して我慢して、そして最後に爆発するんだよ。だから、今、ずいぶん我慢してると思うよ。こないだまで住んでた家でも、まわりの変わった住民たちからものすごく嫌な気持ちにさせられてたけど、10年ぐらい我慢してたんだって。そしてついに引っ越して、解体できて、よかったみたいだけど。もうダビングしてもらうの、本当にやめた方がいいと思うけどね。せっせは苦しいと思うよ。嫌でも断れないから、性格的に」

9月9日（日）

日曜日なので、いつものようにせっせとしげちゃんがやってきた。しげちゃんはお寿司を買って来て食べ、せっせはさくとゲーム。しげちゃんがお寿司をすこし残し、それをせっせが帰りに持って帰る時、おしょう油が点々と私の家の床の木に落ちた。それであわててせっせがティッシュで拭《ふ》いたのだが、紙でただしょう油を拭いたら、それは木に浸み込んでしょう油の成分は残ったままだから、ちゃんと濡《ぬ》らした紙や布で拭かないと、と言って怒ったら、しゅんとして、あとであやまってきた。雑巾《ぞうきん》で拭いたからもういいよと言う。

9月12日（水）

おかずを持っていったら、すもうを見ていたしげちゃんが、今日の安倍《あべ》首相の辞意表明に驚いたと言っていた。

しげちゃんちのテレビはつけっぱなしを防ぐために夜10時になると切れるように、せっせがタイマーをセットしたそうだが、先日『天国と地獄』をおもしろく見ていたら10時になってプチッと切れて、残念だったそう。どうにかならないの？とせっせに言ったけど、どうにもしなさそう。

9月15日（土）

明日はカーカの中学校の運動会。が、台風がどんどん近づいてきている！

去年は台風直撃の日に運動会を断行して、校長先生が非難ごうごう浴びた。せまりくる強風の中でテントを立てて、豪雨の中を走った生徒たち。あまりのすさまじさに途中で中止になった。なにしろ直撃だったもの。その日に運動会を開催する予定だった学校は多かったけど、延期しなかった学校は宮崎県ではカーカたちの学校だけだったそうだ。そのせいで校長先生が今年、どこか遠くに飛ばされたという噂が……。

そして明日。暴風雨圏は西の方を北上しつつあり、直撃はないようだけど、雨は降りそう。雨でもやるか、あさっての平日に延期するか、どうなるのだろう。朝の連絡待ち。そのお弁当のことでせっせと話した。

私「しげちゃんが見に来るよね。だから、4人分のお弁当用意するね」

せっせ「その4人って、だれ？」

私「しげちゃんと家の3人。せっせはいつも食べないもんね」

せっせ「……食べてたよ」

私「そうだっけ？食べてなかった印象があるけど」

せっせ「食べてた……」

私「ふうん。どうする?どっちでもいいけど」
せっせ「……一緒にいて、ひとりだけ食べないと場が沈むんじゃない?」
私「ううん。そんなことは全然ないよ」
せっせ「……じゃあ、いいよ、僕は」
私「そう」
で、帰って来てカーカたちに、
私「せっせってさ、運動会でお昼一緒に食べてたっけ」
カーカ・さく「食べてたよ」
私「あれ?そうだっけ」
で、さっきの会話を教えたら、
カーカ「かわいそう、せっせ。きっと食べたかったんだよ」
私「そうだね。でも4人分と5人分だと作る手間が違うんだよ。ハンバーグだって、8個と10個だし」
カーカ「そんなの〜」
私「じゃあ、一緒に食べようって言うわ」
カーカ「そうだよ」
昼間に買い物に行って、夕食はうなぎにすることにした。

しげちゃんちに持って行く。
私「今日は、あそこのうなぎだよ。ほら、お父ちゃんが好きで、いつも買ってきてくれてた」
しげ「ああ〜。あそこのね」とおいしそうに食べ始める。
私「せっせ。カーカたちに聞いたら、せっせも一緒に食べてたって言うから、運動会、一緒に食べよう。勘違いしてた」
せっせ「いや。僕は食べないつもりにしていたけど……」
私「カーカも中学校最後だし、その方が喜ぶかも」

という会話を帰ってからカーカに伝える。
カーカ「で、なんて？」
私「何も言わなかったけど、じゃあ一緒に食べようと思ったと思うよ」
カーカ「ふうん。よかった」
私「それよりもね、このうなぎ、せっせにも持って行ってあげればよかった。お父ちゃんの思い出のうなぎ」
カーカ「そうだよ」
私「だってせっせ、夜、食べないから……」
カーカ「家族の思い出っていうところが」

私「そうなんだよ。せっせにも思い出なのに。お父ちゃんが好きでいつも買ってきてくれて、みんなで食べたところのうなぎだからさ。思い出の店のうなぎ」
カーカ「せっせ、かわいそう、いつも」
私「次の時に持っていこう。2ヶ月後ぐらいにまたうなぎにした時。うなぎってみんな食べないかと思ったら、さくもおいしいおいしいって言ってさっき食べたし、これから時々うなぎにするから。今まであんまり作ったことなかったよね、うち。うなぎ丼。今度の時、せっせに持って行く」
カーカ「そうして」

9月16日（日）

運動会は決行された。台風が近くを通過するので雨は降るけど、まだどうにかできるのではないかとの判断。確かに雨は降ったけど、みんなびしょぬれだったけど、楽しそうだった。雨でやらなかった種目もあり、お昼抜きで早めに終えようと、短縮バージョンでやっていた。で、終わってから家でお弁当。せっせとしげちゃんも家にきて食べた。

食べ終わるとせっせは、ちょっと帰ってくると言って帰っていった。いつものハミガキ。（ハミガキにいつも1時間以上かけるので。）でもこういう時はショートバージョンで30分ぐらいで早めに済ませてくる。

それからせっせが新しいゲームを買ってくれたので、それをカーカとさくと3人でやっていた。すごく夢中になって。しげちゃんは昼寝しながら、テレビで相撲。

『9月19日（水）「珊瑚《さんご》の島で千鳥足」第42号

早いもので、昨年しげちゃんの介護度が決まってから一年の月日が流れてしまいました。しげちゃんの介護度が見直しされる時がやってきたのです。最近、財政難から被介護者の介護度がより軽く見直されて、今までの介護が使えなくなったという話をよく聞くので、とても心配していました。

私も前日に「なるべく介護度が下げられないように、考えて行動しよう」といったのですが、しげちゃんは実は今より少しセンターに行かない日が増えた方が良いと考えているらしく、ちょっと介護度が下がった方が良いみたいな事を言いました。でも、私を含めた周りが、介護度が下がったら大変と考えていることも判ってるらしく、どちらの希望も考慮して「私はもう黙っておくわ」との話です。

いよいよ一年ぶりに審査員がやってきます。さっそく部屋をかたづけ始めたのですが、ちょっと待ってください。むしろ部屋が乱雑な方が、独身の私が母親を抱えて苦労している雰囲気が出て良いのでは？そこでもうかたづけは止めました。わざと散らかすことまではしませんでしたが、お茶だけいれて審査員を待つことにしました。

審査員の人は人当たりの柔らかい中年の女性で、しげちゃんが帰ってくる前にうちにやって来て、いろいろ質問してきます。むろん嘘はつきませんでしたが、しげちゃんの状態をちょっと重めに申告しておきました。そうこうするうちに、しげちゃんが帰ってきました。さあ、ちゃんと行動できるでしょうか。しげちゃんはにこにこして帰ってきました。知らない人がうちにいてびっくりしたみたいですが、すぐに丁寧に挨拶《あいさつ》してぺらぺらしゃべり始めました。自分の状態を少しなりとも悪く見せなければならない事など、**まったく**忘れてしまってます。「私は黙っておくわ」どころじゃありません。息継ぎもせずにしゃべってます。必死で背筋を伸ばして杖《つえ》を使わなくてもこんなに立派に歩けるんだという事をしめそうと一生懸命です。これじゃ実態よりもずっと状態が良いと誤解を与えてしまいそうです。私は審査員の見えない所で苦々しい顔をしていたのですが、しげちゃんはそれに気づく人ではありません。文字なんか、ろくに読めもしないのに、読めるようなことを言ってみたり、歩くことも不自由なのに、歩いて買い物もできるような事を言ってみたり。私はますます苦い顔です。

審査員も柔らかい物腰で、フレンドリーに話をするので、しげちゃんも先生に誉めてもらおうとする小学生みたいに生き生きと質問に答えて、できない事までできると言います。まるで、昔からの友達のように二人は楽しげに話しています。

審査員がカレンダーを隠して「今日は何月何日ですか？」

しげちゃんはしばらくもごもご言っていたのですが、「八月十七日か十八日」とはっきり発言しました。

しげちゃん

(*＾ー゜)b グッドジョブ!!

審査員は「日にちだけはバッチリですね」と言いました。さすが少しでも良いところを探す姿勢ですね。でも、月を間違えたのはある程度の印象を与えたはずです。とりあえずちょっとでもおかしいところがあってよかったです。それにこれはお芝居ではありません。しげちゃんは必死で、真面目に考えた末での言葉です。

この間違いは良かったのですが、そのあと昨日の言葉もなんのその、しげちゃんはさかんに「私はも少し休みが欲しい」「せめて、週にもう一日でも、センターに行かない日があればその間庭仕事ができてうれしい」と訴えています。私は日曜日が休みなだけでも、いろいろ大変なのに困った発言だと思いました。このままでは、介護度が下げられてしまう。下手すると介護保険から外れてしまうかもしれないという危機感を抱いて「家族としては、なるべくセンターに行って欲しい。」とは付け加えておきました。やはりセンターでお風《ふ》呂《ろ》に入っているのが大きいです。もしセンターに行かないことになると、お昼ご飯もですが、それよりお風呂をどうするかが問題になりそうです。最低でも今の介護度2が介護度ーに下がるぐらいで留《とど》まってくれれば良いのですが。それぐらいの変化なら、リハビリセンターに行く日数を半分程度に減らせば対応できると思うんです。風呂も二日に一度となりますが、それなら許せる範囲かなと思います。大変なのは介護から外れた時で、そうなったらもうデイケアを受けられなくなってしまいます。おそらくそこまではならないと思うのですが、とにかく新しい介護度の決定を待つしかありません。決定はかなり先です。前回は11月まで待たされました。

この前、中学校の運動会がありました。今回は前回の反省から、かなり早い時間に出かけて、敬老席に座ることに成功しました。去年と同じように雨の中の運動会となりましたが、今年はずっと快適な環境で見学です。

しげちゃんの水とお菓子（落雁《らくがん》）を準備してあげました。まるでお地蔵様にでもお供えするみたいに。（写真55）』

このお菓子、小さすぎないかな。なんか不憫《ふびん》なほど小さく見えるけど……。もうちょっとあげてもいいのに。

今年の初めに庭でしげちゃんと一緒に写真を撮って、その時にせっせとしげちゃんの写真も撮ったのだが、その写真のせっせのおでこをひと目見たしげちゃんが、

「ひがしこくばる……」とすかさず小声でつぶやいたのを私は聞き逃さなかった。こういうところは昔から変わらない。そして、その血は私にも流れている。

きのう、小学校の運動会の予行演習があって近くだったので誘われて見に行った。たくさんのかわいらしい子どもたちを見ながら、

「あの子、ガッツ石松に似てるね」「あの西郷隆盛みたいな子？」などと次々と言ってた

ら、隣にいたふたりがワーワー笑って「毒舌！」と言う。私はちっとも毒舌のつもりはなく、ただ似ているから似ているといっただけでバカにしたわけではない。ガッツ石松は好きだし、西郷隆盛に似た女の子もただ似ていると思っただけだ。なので、その「毒舌！」のひとことで私は深く思いに沈んだ。いつのまにか毒舌と言われるほど辛らつになっていたのか……。悪口言ったと思われたら心外だ。表現の目盛りをマイルド方向に調整するべきだろうか？

9月20日（木）

しげちゃんちの庭の、普段見ない方を見てみたら、ものすごく草ぼうぼうになっていた。で、写真に撮る。せっせが住んでいる方だ。ガラクタは相変わらず多いが、これでもだいぶ少なくなったのだそう。かつての玄関の前も草ぼうぼうだ。去年の秋はまだこれほどではなかった。なにもしないと年々すごくなっていくのだろう。

前、ゴミが山積みだったところはせっせが一生懸命捨てて、ずいぶんなくなったけど、そこに草が生い茂っている。ちょっと踏み込んだらとたんに蚊に20箇所ほども刺されてしまった。しげちゃんちの敷地すべての草も木も伸び放題に伸びて、これは、このままでは大変だ。せっせも、「分かっている、僕も真剣に考えているんだ。だけどなかなか」と。米を作っていない田んぼをトラクターで掘り起こしたりもしなければならず、せっせも大変忙しい。このままでは、この家は外から押しつぶされ、内から侵食され、やがて崩れ落ちるだろう。せめて人がいない時に崩れることを祈るばかり。
外の敵……草、木の繁殖。地震、台風。
内の敵……シロアリ、雨漏りによる腐敗、コウモリ。
現在の生存者、２名。

9月21日（金）

家の前の梅畑の草がまた茂ってきたのでシルバー人材センターの人に刈ってもらう。せっせが「本当に早く売ろうか」と言うので「うん。売れたらいいけどね」と答える。なにもしなくても維持費だけがかかる。使わない土地というのは本当に管理が大変なだけだ。利用価値もなく、買い手もない。だれか買ってくれないかな。先日解体した土地もまだ売れないし。ずっとこのまま管理の手間だけかかるのもなあ。本当に土地って嫌だね、邪魔だねと、いつものようにせっせと語り合う。

9月22日（土）

高齢者虐待の37パーセントが息子からというニュース記事を見た。前、しげちゃんが庭仕事をしていてころんで青あざができた時、ケアセンターの人から、「どうしたんですか？」と聞かれたって言ってたな。あと、お迎えの人が来た時、ぐずぐずしているしげちゃんをせっせが「早く早く」とひっぱってせかしたので、しげちゃんが冗談で「虐待よ

〜」と言ったら、それは冗談として通じない感じで気まずかったそう。その時のせっせの気持ちがしのばれる。

9月23日（日）

さくの小学校の運動会。晴天。楽しみつつ観戦。

プログラムの中に自由参加の高齢者の競技があった。ふとグラウンドを見ると、しげちゃんが杖をつきながら参加しようとしているではないか！どんな競技かと見ていると、ふたり一組になってボールをころがし、間に置いてある一升ビンを倒すというもの。歩くこともおぼつかないのに競技とは。しげちゃんたちの番になり、しげちゃんがボールを投げた。当たらない。ころがっていくボールを向こう側にいた相手の人が受け取って、またビンに狙いをつけてボールをころがした。ビンに当たらずころがっていく。それをしげちゃんはつかまなくてはいけないのに、すぐに足が動かないから見送るだけ。ボールは遠くにころがっていく。見ていた他の参加者の方がボールを拾って一緒に手伝ってくださった。何度目かで成功。

参加賞のティッシュ1箱をもらい、満足げなしげちゃん。

お昼は、せっせも含む5人でお弁当。先週はちょっと量が少なかったように感じたので、今日は多めに。ちょっと残った。昼食後、しげちゃんは敬老席へ、さくは競技、カーカは友達と遊び、せっせはいったん家に帰り、私は広げたシートの上で推理小説を読みながらうとうとと昼寝。

9月24日（月）

おかずを持っていったら、しげちゃんが「きょう、おにいちゃんが具合が悪かったらしいのよ」と言う。え?とせっせにきいてみたら、どうも体から疲労感がぬけないと言う。「もしおにいちゃんが倒れたら、しげちゃんも私も困るからね。しげちゃんを看る人いないよ〜。無理する人って危ないっていうから、疲れたらちょっと休んだ方がいいよ!休んだら?」と真剣に訴える。

「体だけは丈夫だと思っていたけど」とせっせもうなずいている。今、せっせが死んだら大変だ。

きのうの高齢者競技のことをしげちゃんに言う。

私「ボールをとれもしないのに、よく出たね」

しげ「そう。まわりの人が協力してくれたわ。なにするのかもわからなかったのだけどね」とにっこり。

せっせはこのことを聞いてちょっと驚いていた。せっせがいたら止められていただろう。

カーカのおばあちゃん、オーママから緑色の梨《なし》が届く。「ちょっと黄みがかってきた頃が甘みがのるよ」とのこと。しげちゃんちと半分に分けていただく。カーカとさくにはおばあちゃんが3人。おじいちゃんは全滅!やはり、女の方が長生きなんだ。

『9月25日（火）「珊瑚《さんご》の島で千鳥足」第43号

この前の日曜日は小学校の運動会でした。この前の中学校と違って、とても良い天気でした。天気の良い日でも悪い日でも、テントの下が一番観戦しやすいので、この日も朝早くから出かけて、しげちゃんを敬老席に安置しました。朝早くてまだ誰も来ていません。一人で敬老席の一番前に座ってご機嫌なしげちゃんです。一番前の席が一番見やすいだろうと思っていたのですが、これが大変な事になろうとは、私も考えが及ばなかったです。しげちゃんを置いて、私は帰ってきました。一時間半ぐらいはもつだろうと思っていました。さてそろそろ様子でも見てくるか、日干しになって死んだりしてると困るからな、と思って出かけてみたら、ミキがいました。「お兄ちゃん、見た？しげちゃんが競技に出たよ」

Σ(ﾟДﾟ≡) ジマッタ━

あの人がまさかそんなことを。ろくに歩けもしないくせにゲームに出たらしいのです。やはり一番前に座らせたのがまずかったか？ぼろぼろの動きだったらしいです。そりゃ目も足も頭も困難な状況なんだからそうでしょう。本人は記念品のティッシュを貰《もら》ってうれしそうにしてます。まさか運動会に参加するとは思いもしませんでした。一番前に座らせたのが敗因だったようです。（写真56）

お昼はミキの作ったお弁当をご馳走《ちそう》になりました。普段はいろいろ食べられる物にえてふえてがあるしげちゃんですが、この日は文句も言わず、たくさん食べていました。ずいぶんと回復してきた印象です。ただ、最近朝晩が冷えるようになってきて、ちょっと油断すると、すぐ風邪気味になります。あまり安心してもいられません。

エミの家の写真を見せたら、ずいぶん工事が進んだと驚いていました。いつか、家を見学に行きたいそうです。でも、完成はまだまだ先の事になりそうだと私は言っておきました。』

9月25日（火）

夕方行ったら、しげちゃん着替え中。庭仕事をしたあとにいつも着替えるのだそう。裸になってて、せっせがパンツをはかせていた。せっせ、えらいね！
私が「しげちゃん、ちょっとやせたんじゃない？」とぽっこりでたおなかを見てわざと言うと、「1キロやせたのよ」と答えていた。
運動会の競技の話になり、
せっせ「だれかに誘われたんだって」
しげ「ちがうわよ。私が誘ったのよ」
せっせ「そうだったの？」
私「人がしげちゃんを誘うわけないじゃん」

せっせ「そうだね」

『9月26日（水）「珊瑚の島で千鳥足」第44号
今日は大変な日でした。朝、電話がかかってきて、山の境界の決定に出て来いと呼び出されました。そういえばそんな手紙がきていたのですが、すっかり忘れていました。大急ぎで準備していると、しげちゃんも行くと言います。しげちゃんの足では山なんて無理だろうから、リハビリセンターに行ったほうが良いと言ったのですが、どうしても行きたいと粘ります。以前から、山の境界の事ではいろいろしげちゃんが不満を訴えていたので、連れて行くだけ行ってみるかと思い、センターには「遅れて行きます。お昼ご飯には間に合うようにします。」と電話を入れて、山に行きました。
この山は以前からしげちゃんが「境界が違っている」「せきこまれている」とうるさかった山です。周りの地権者に談判に行ったり、手紙を書いたりして、喧嘩《けんか》していました。とても簡単に話がまとまる見込みも無く、憂鬱《ゆううつ》な気分です。現場では、隣の地権者がいろいろ言ってきました。「おまえの母親（しげちゃん）が境界に木を植えた。枝がしげって畑の作業に支障がでる。以前、この木でトラクターが壊れたりしたら弁償だと言ったが、ぜんぜん反省してない。」とかいう話でした。しげちゃんはその地権者の畑が、しげちゃんの山に入り込んでいると主張して、いろいろ文句を言ってたらしいです。初めは私もどう判断して良いのか迷ったのですが、これはもう相手（隣接している地権者）の言うことを呑《の》むしかないかなと思った次第です。多少おかしな所があっても、それを主張して山の面積が増えても、こちらにはほとんどメリットがありません。それどころか税金が増えるのが関の山です。頼みのしげちゃんは「あうあう」言うばかりで役にはたたないし。図面はあるのですが、今回の境界決定はその図面を現状に合わせようという測量なので、そもそも図面自体を書き直すという話なんです。図面と違いが沢山出てきたのですが、とりあえず現状追認という感じで決断してきました。しげちゃんは以前あれほどいろいろ言っていたのですが、病気のせいでしょうか、あまりしゃべりません。たまにしゃべったかと思うと、少しでも自分の土地を広げようとがっついている相手に有利な話をするぐらいです。何も理解して無いみたいなんです。

私は引きとめたのですが、しげちゃんはどうしても山の上まで登ると言います。山の境界はしげちゃんにとっては人の業のようなものがあるようです。長い月日と労力をつぎ込んで、土地の隣接地の人達に文句を言いつづけ、一円にもならない下草刈りをして、貴重な汗とお金を浪費し続けてきました。境界を決定するためなら、もう死んでも本望という顔で登って行きます。普段なら絶対登れないような急傾斜でも、体の底から沸きあがる怨念《おんねん》に突き動かされて、萎《な》えた足で登っていきます。足元はすべり、藪蚊《やぶか》は襲ってくるし、地獄のような登山となりました。（写真57、58）

山頂までとうとう登りつめ、境界の岩を確認して、帰ってきました。帰りの半分は、私があの人を背負って下りました。石臼《いしうす》かとまごうばかりの重さでした。おそらくしげちゃんにとっては、最後の本当に厳しい登山になったのではないでしょうか？二人とも半死半生でようやく車までたどり着き、家で服を全部替えて、お昼ご飯に間に合うようにリハビリセンターに行きました。よくあんな無謀なことができたなと、今でも信じられない思いです。

山なんて持つものではありませんね。ほとんど何の利益にもならないのに、管理しなくちゃいけないし、境界がどうだこうだで揉《も》めたりすると大変だし。隣の畑の人が、うちに伸びすぎた木の枝を刈れと言うのですが、とんでもない量の枝なんですよ。向こうが払いたいなら、どうぞご自由にと言っておきました。むろん、こちらはお金をださないという条件で。その人が「刈れ」だの「トラクター壊したら」だの言ってるのは写真の薄く赤く色の付いた部分です。（写真59）

こんなの全部刈って、手入れするなんて、とても不可能だと思いませんか？大変な量の枝が出てきますよ。ほんとに山なんてなくもがなと思いました。このうちほど土地の使い道の下手な家もめずらしいと思います。沢山土地をもっているのですが、ろくに活用もできずに、負担にばかり苦しんでいる感じです。土地が沢山あるという事は、財産があるというよりは、負担が沢山あるという意味合いが強いと思います。私はほんとに土地で苦労しています。住むなら狭い家、狭い土地。農地だの山林だのは極力避けるという生活を送りたいものです。』

9月28日（金）

しげちゃんちに行ったら、玄関前の草ぼうぼうのところが一部、草が刈ってあった。草を刈ったの？と聞いたら、しげちゃんがカマで刈ったのだそう。

私「危なくない？もし、刈ってる最中にころんだりしたら、カマの刃が心臓を突き刺すかもよ」

せっせ「それどころか、草刈り機を使いたいなんて言うんだよ」

私「ええっ！足を切ったらどうするの」

しげ「だいじょうぶよ。刃は先のほうだから」

私「ふうむ。動けなくてよかったかも。もし、もっと動けてたら、なにをするかわからないね」

せっせ「うん」

『9月29日（土）「珊瑚の島で千鳥足」第45号

皆さんは、お父さんが昔ゴルフの練習場をやっていたのを覚えていますか？そこを飛行場にして、飛行クラブを立ち上げ、自分もウルトラライト飛行機を操縦して、墜落して亡くなってしまいました。あの土地は地主が多数いる特殊な土地で、お父さんは、その管理代表者から土地を借りていた訳です。ゴルフの練習場のために、小さなプレハブの小屋を建てて、さらに飛行機のためにその横に管制塔を建てました。この建物の所有者がお父さんだったために、しげちゃんがそれらを相続している事になってます。
そのため、しげちゃんは現在、地主から土地を借りて、そこに建物を建て、それを飛行クラブが使用しているという形になってます。（写真60、61）
これが、長年の私の困りごとのひとつでした。今まで、建物の管理のような事は何もしていません。飛行クラブは現在でもあの土地と建物を利用して、その代金を地主に払っているようです。しかし、こちらにはまったく支払いはありません。うちは建物分の固定資産税を払っており、またうちは建物分の賃料のようなものを地主には払っておりません。つまり、うちはもうあの建物とはほとんど縁が切れていて、他人が勝手に貸して、使って、払ってとやっているのに、登録だけがうちになっていて、固定資産税だけがやってくるような状態です。とうぜん、もししげちゃんにもしもの事があったら、相続の、そして相続税の対象となります。飛行クラブが使用を止めたら、解体の必要に迫られるかもしれません。いつかはなんとかけりをつけなくてはと思っておりました。道を走ると、道路から建物が見えます。見えるたびに気持ちが沈んでしまいます。「あの建物が火事でも出したら、うちにとばっちりが来るんだろうか？」「解体するとしたら、いくらぐらいかかるのだろうか？」とか、あまり良い方向に想像が広がりません。
考えられる解決は、まず誰かに押し付けること。飛行クラブか地主かに登録を移してしまえば、うちには関係なくなります。無料か、あるていど手間賃をこちらが払えば、相手も話に乗ってくるかもしれません。なぜなら、とりあえずまだ使用している建物が手に入る訳ですから。うちはほとんど関係が切れているので、所有も当事者に移した方がほんとうでしょう。あるいは、飛行クラブも活動を止めるとかいう場合は、こちらで解体するか。ちょっとお金は掛かりますが、解体してしまえばもう固定資産税はかかってこなくなります。それに、もううちとはなんの関係も無くなります。しかし、建物は意外と大きく、もし解体となれば相当の出費となるかもしれません。

まず、土地の管理者に話をしてみました。この人は親戚《しんせき》の親戚で、その縁で父親がこの人の父親から土地を借りて建物を建てたようです。この土地は区画整理の余りを寄せた土地らしく、地権者が沢山いて、登記もはっきりしていません。そのため、何もしないでおくと国に没収されるかもしれないということで、父親がゴルフの練習場を始めたようです。その時、練習場に使う為に鉄骨の小屋を建てました。

その管理者は、この土地の代表者のような事をしているらしく、飛行クラブに土地を貸す窓口になっています。この人は今の状態（飛行クラブの賃料はすべて自分が受け取り、建物の所有権と税金はしげちゃんもち）が一番儲《もう》かる訳ですから、登記を移すなどという事には消極的でした。「現状でなんか不都合があるけぇ？」と能天気な返事をしました。ちょっといい加減な人で、うちが一方的に貧乏籤《くじ》をひかされていることを判っているのかいないのか、逃げてばかりでした。

以前から調子のいいやつだと思い、私はこの人が苦手でした。建物の事で何回か話をしたのですが、いつも誤魔化されて、税金だけを払いつづけてきたのです。

ところがです。なんと川内《せんだい》川が大きな洪水をおこしたので、その治水工事にからんで、あの飛行場に堤防を築く事になったらしいです。（写真62）

現在の飛行場の周辺部に大きな堤防を築いて、川の氾濫《はんらん》を食い止める工事だそうです。川内川の治水の為に、特別な予算が組まれて、川内川全体の大工事が始まるのですが、その一部がこの築堤工事だそうです。（写真63）

そして、その工事予定地図によると、現在の建物は完全に堤防の下に埋まる計画です。建物は市に買収されるそうです。これは考えもしなかった大逆転。いままで、倉庫で眠っていてどうやって処分するかに悩み、不法投棄まで考えた石臼が、突然希代の名工――石工太郎兵衛《たろべえ》の作であったと判明するようなものではないでしょうか。解体するお金がかかると思っていたのに、補償金が出ることになりそうなんです。額はたいしたこと無さそうですが、そんなことは問題になりません。だって、マイナスだと思っていたのがプラスになったんですよ。法的にもうちから完全に消去できるわけで、責任は何も無くなります。今まで、私があの建物を押し付けようとした親戚は涙目ですよ。本当に両方ともお前の母親の登記になっているのか？登記もれは無いかとしつこく聞いてきました。おそらく、漏れている部分があれば、自分の所有権を主張するつもりなんでしょう。

「おまえが今まで、私の申し出を断り続けてきた報いがきたんだ。いい気味だ。（゜∀゜）アヒャヒャヒャヒャ／／」

という手紙を書いて送ろうかと思ったんですが、大人気ないと気づいてやめました。これから飛行クラブとの話し合いを持ちたいと思います。も少し面倒な話があるかもしれません。飛行クラブは建物をどう思っているのか、自分たちの権利をどう思っているのか不明ですから。でも、大筋のところは私の長年の悩みが解消される方向で流れているように思います。ということで、私はいま、非常に気分が良いです。』

せっせは、家の処分をするために生まれてきたのかも。

『10月2日（火）「珊瑚《さんご》の島で千鳥足」第46号
きょうはしげちゃんの眼鏡を作りに眼鏡屋までやってきました。
以前からしげちゃんは眼鏡が欲しいと言っていたのですが、はたしてどの程度役に立つのか、今まで眼鏡なんて一度も使ってなかったしげちゃんがどんな活用をするか、不安があったので延び延びになってました。作る眼鏡は本を読んだりするための老眼鏡です。遠近両用眼鏡は、使用方法がちょっと難しいので、まずは読書用の眼鏡を作ろうと思います。最初の眼鏡なので、あまり高価なものを作っても無駄かもしれないと思い、安いランクの物にしました。どうせ落としたり、置き忘れたりしますから。かなり視力が悪くて、極端に度の強い眼鏡を作ることになりました。それでも、あまり視力は戻らないらしいです。視力低下の原因が、目というよりも脳ですから、眼鏡で矯正は難しいということでしょう。すごく出目金の眼鏡ができそうです。この人は飽きっぽいので、はたしてどうなるでしょうか。すぐにできるかと思ったのですが、なんと一週間もかかるそうです。ずいぶんとかかること、残念です。

今朝、しげちゃんに朝の着替えをさせているとき、しげちゃんがテレビを熱心に見つめて、着替えがうまくいきません。私が怒って、「テレビばっかり見ないで、もっと真面目に着替えせんね。」と言うと、しげちゃんは真面目に「だって、時間を有効に活用せんといかんと思ってね。」だそうです。足はなえなえ、トイレも時々失敗するような人なのに、そのうえ着替えさせて貰《もら》っている状況で、時間を有効に活用なんて、ふざけた話じゃないでしょうか。でも、そういえば、この人は昔からそんなこと言ってましたね。やたらと、もっと効率的に仕事を終わろうと言って、変な機械を作り出したり、家事を手荒にかたづけようとしたりしていました。皿洗いが嫌いだから、皿を全部かごに浸《つ》けて水の中で振り回し、それで皿洗いが終わりました、だそうです。家の皿はみんなふちが欠けていましたよ。一番いいのは、着替えをなるべくしげちゃんにやらせる事なのですが、そうするとやたらと時間がかかり、手を止めてテレビを眺めて固まっていたりするんです。

リハビリセンターで、しげちゃんも友達が沢山できました。みんなフラフラの老人ばかりです。その一人が農家らしく、時々野菜を貰ってます。でも、うちで使えるような野菜でない場合が多いので、正直ありがた迷惑です。今回はとうもろこしを貰ってきました。どうも干してあるらしく、かなり硬いです。いやとんでもなく硬いです。しげちゃんは歯が悪いので、硬い物は食べられないのですが、向こうはそんなこと斟酌《しんしゃく》しません。長く炊けば美味《おい》しくなるからと言われたそうです。ミキに茹《ゆ》でてもらったのですが、やはり硬くて、しげちゃんも食べられません。数日冷蔵庫に隠れていたのですが、とうとう決心して捨てました。だって、ほんとに食べられないほど硬かったんです。それでもしげちゃんはお礼をしなきゃいけないと言います。たしかに貰いっぱなしでは礼を欠くかもしれません。この前の休みに甘納豆を買って、お礼にしました。案の定、向こうは喜んでまた野菜ができたら持ってくるそうです。こんなにありがたい迷惑も珍しいです。野菜を持ってこないように頼むためにまた贈り物でもすることでしょうか？デイケアのリハビリセンターあたりでさえ、こんな面倒な付き合いがあるんですよ。ちょっと意地悪して、しげちゃんに「はっきり要らないって言ってよ」というと、しげちゃんは困った顔して「そんなこと、言わりょうか」といいます。そんな、意地悪を時々やってます。（写真64）』

10月4日（木）

しげちゃんちに行って、庭の木を伐《き》る。せっせも伐ってくれていたのでその続き。それでも蔓《つる》が絡み、竹がのび、やぶ蚊がたくさん飛んでいて、顔を刺された。バッサバッサと伐っていく。しげちゃんが帰ってきて、庭にでてきてなにか作業してる。

しげ「おにいちゃんが就職しようかなって言うから、大きな会社に勤めてる親戚に世話してくださいって手紙を書いたら、その方も脳梗塞《のうこうそく》で、奥さんも看病で具合が悪くて力になれませんって」

私「ふう〜ん……」どういうことなんだろう。

せっせが来たので聞いてみた。すると、怒りながら、

せっせ「勝手にそんな手紙をだして！」

私「就職しようかなって言ったの？」

せっせ「言ったけど、人に相談するなんて。しかもその人、15年も前に退職してるそうだし、息子さんの年齢では難しいでしょうって書いてあったらしいけど、そういう世間知らずなことを僕が頼みこんだみたいですごく嫌だ」

私「ねえ〜、そんなこと頼んだりしないよね。しげちゃん！せっせに関係することはせっせに承諾を得てから行動しないと。今度から、せっせに関係する手紙はせっせに見せて、承諾を得てからだすようにね」

しげ、笑って「はいはい」と、いつも返事だけ。

せっせ「本当に不愉快だ」

私「せっせもどうしてしげちゃんの手紙を野放しにしてるの？手紙は検閲した方がいい

んじゃない？ しげちゃんのプライバシーを守るというよりも、自分のプライバシーを守るという意味で」
せっせ「う〜ん」
私「でも、まあ受け取った方も気にしてないよ」
せっせ「でも、君だって自分の時は嫌な気持ちになるだろう？ あの結婚相手の話」
私「そうそう！ あの時は、次にまたやったら、しげちゃんを殺す！ って叫んだからね」
せっせ「ね」
私「うん。本当に腹立つよね。そういうところ、全然変わらないよね」
せっせ「変わらない」
私「また腹立ってきた」
せっせ「ね」
むかむかしつつ、帰る。剪定《せんてい》の続きはまた明日。

10月6日（土）

今日から子どもたちは秋休み。といっても、カレンダー以外の休みは1日だけ。短い秋休みだ。剪定の続きをしにしげちゃんちに行く。このあいだやった時にやぶ蚊がすごかったので、どうにかいい手はないかと、昨夜布団の中で考えて、いいアイデアが浮かんだので、それを実行する。蚊対策として、いちばんいいのは蜂蜜《はちみつ》業者のおじさんたちがかぶってる帽子に網がさがっているあれじゃないかと思い、あんなふうなのないかなと考え、思いついたのが洗濯ネット。あれを帽子の上からかぶれば蚊にさされないだろう。外も見えるし。

　それをかぶったら、いいんだけど、外の見えが悪かった。そして長さが足りなくて、首から入ってくる。タオルも忘れたし。でも、ないよりはましだと思い、それでやったら少しは効果があったような気がする。

　そして今日も、バッサバッサと伐りまくる。今まで伐ったことのないゾーンにも容赦なく踏み込んだ。そのつつじなどの一角、数10年ぶりに伐られたはず。すると中から墓石みたいに細長い形の庭石が現れた。ふたつも。からみついた葉を剝《は》いであげる。

　あまりにも茂りすぎた木々。竹や檜《ひのき》、もみじに南天。そして一番のつわものが蔦《つた》だ。からまってからまって。

　さて、またしげちゃんを温泉に連れて行ってあげようかと思い、みんなに聞いたら、カーカは友達と遊ぶ、さくは家にいたい、ということで子どもたちは消極的。私とせっせとしげちゃんは温泉に行きたい。じゃあ3人だけで行ってもいい？と聞くと、いいと言う。というか、さくなんか自分から、行きたくないから3人だけで行って来てと言う。それで、7月に行って気に入った「こまつ」にまた予約をした。大人3人で、またよもやま話をじっくりしようっと。

『10月7日（日）「珊瑚《さんご》の島で千鳥足」第47号
やっとしげちゃんの眼鏡ができました。近くを見るための眼鏡なので、どれぐらい見えるか本を読んでみてもらいました。なかなか具合が良いそうです。かなり小さい字も良く見えるそうです。ほんとに作って良かったと思います。（写真65）

試しに、文庫本を読んでもらいましたが、こちらもなんとか読めるそうです。文庫本まで読めるなら、かなり読める本の範囲が広がりますので、とても便利だと思います。しばらく使っていたら、ちょっと目が疲れたと言ってましたが、だんだん慣れていくと思います。もし、いつまでも問題が残るようなら、また眼鏡屋か医者に連れて行こうと思ってます。しげちゃんは物をなくしたり、壊したりするのが得意なんで、はたして眼鏡がどれぐらいもつか心配です。まず、袋を買ってきて、首から提げるようにしてみました。なるべくなくさないように使ってもらおうと工夫しています。
しげちゃんは、はじめ眼鏡を作るのに反対でした。眼鏡をかけると容姿が変わってしまうからだそうです。でも、かなりの高齢なので、顔の心配するより、本を読める機能をとったほうが良いんじゃないかと説得して、ようやく眼鏡を作るところまでたどり着きました。』

今日もしげちゃんちの庭の木の伐採に行ってきた。右手が疲れてます。大きいバナナ4

本も切った。バナナは木ではなく植物らしいが、確かに、ざくざくと野菜を切るような感触でよく切れた。水のつまった巨大な茎だった。かなりの大胆さで伐りまくったので、すっきりとなり、よかった。しげちゃんが泥棒に盗まれたと言っていた鍬《くわ》もサビだらけになってちんまりと庭の草の中に横たわっているのを発見した。

しげちゃんが今朝、なかなかトイレからでてこないからどうしたのかなとせっせが思ってたら、トイレの窓から見晴らしのよくなった庭をじっと見ていたのだそう。今まで木にかくれて見えなかった全貌《ぜんぼう》が見えたので。

張り出した梅の木にバラが絡みついている。バラをもっとぐるぐるに梅に絡みつかせて「バラと梅」という題をつけようかしらと言うので、それは梅が弱りそうだからちょっとバラを切るよと言って、刈り込む。すっきりとした状態をこれからもできるだけ維持して、この庭を活用するようにしたらいいんじゃないかと提案する。もう一方の側の庭はますますジャングル状態で、そちらは見るのが怖い。見ないようにしたい。行くと虫に刺されそうだし。庭って放っとくと大変なことになるな。

10月9日（火）

3人で温泉旅館に泊まりに行ってきました。

行きの車中、またまたせっせがしげちゃんを海外旅行に連れて行きたいという無謀な話。

私は、しげちゃんが行きたいと言うならいいけど、そうじゃなかったら反対という意見を述べる。しげちゃんは一歩あるくにも数秒ほどかかり、「イチ・ニ」なんて掛け声をかけなければいけないほどなのに。外国なんて、出入国の手続きや移動など、問題は山積している。せっせはしげちゃんが無理しないように負担のかからない方法を考えるというけど、普段の生活でイライラしながらしげちゃんをせかしている様子をみると、とても無理しないようにできる気がしない。せっせは「この人は、行ったら行ったで、楽しむんだから」といつも言うけど、それは病気以前のことだし、文句言ってもしょうがないから楽しそうにしているだけだ。せっかく連れて来てくれたんだからと、せっせに気も遣うだろうし。

せっせは「楽しい思い出を作ってあげたい」とさかんに言う。

しげちゃんが「行きたくないわけじゃないけど、そう行きたいとも思わないわ」ってはっきり言ってるのに。無謀な海外旅行。3泊4日ぐらいでだって！

また、時々訪れる、せっせの偏執狂的な波がきた！

せっせは、苦しいことをわざわざ計画し、ヒーヒー言いながらそれを完遂することを自らに課すようなところがある。ひとりでやるんならいいけど、他の人にまでそれを強要するのはどうかと思う。しかも、その苦しさが尋常ではない。とても大変な無理なことなのだ。せっせも、ちょっと頭がおかしいところがあると私は思っているのだが、こういうところに極端に表れる。こういうふうに思い込んだ時のせっせは、人の言うことはきかない。

それで、私も今はあまりつっこまずに成り行きをうかがうことにする。

露天風呂《ぶろ》でしげちゃんに、「嫌だったら、ちゃんと言った方がいいよ。せっせは無謀なところがあるから」「うん」「知ってるでしょ？」「うん。あるわね」「しげちゃんは外国旅行をしたいの？」「特に行きたいとは思わないけど……」

しげちゃんがはっきりと否定すればいいけど、せっせに気を遣って言えないようだ。私がせっせに、「しげちゃんは行きたがってないじゃん」と言ったら、「行きたくないの？行きたくないの？」と詰問していた。それを聞くとしげちゃんもはっきりとは答えられなくなって、言いよどむ。だってせっせがとても行きたそうにしているから。私がしげちゃんをみておくから、せっせひとりだけ行ってきたら？と言っても、そんなことはしない。しげちゃんの思い出作りだからと言う。

「タイもいいよね。でも辛いからなあ〜。あんたは辛いのダメだよね」なんてしげちゃんにうれしそうに聞いている。

「辛いのはね」としげちゃん。

「トムヤンクン、辛かったな〜」と昔に行った時のことを思いだして、楽しそうなせっせ。歩けないしげちゃんをひっぱって、暑い中、どんどんどんどん無理にひっぱって移動させ、街中の小さな食堂に連れて行き、タイ料理を注文するせっせが想像できる。ホテルはもちろん安ホテルだろう。格安航空券のツアーかもしれない。しげちゃんをどんなに無理させせるか、普段の暮らしから推し量れる。すぐにいらいらしてパニクるせっせだから。

夕食。おいしくいただく。前菜の栗のイガを真似たお芋のお菓子がおいしかった。いつも食べきれないからと、今日はせっせはタッパーを持参。最後の黒豚のしゃぶしゃぶがすこし鍋《なべ》の中に残っているのを、かき集めてタッパーに入れている。そんな少しの持って帰らなくても……、いつ食べるの？「明日の朝」と言う。朝もおいしい食事がでるのに、そんなの食べるかな。そこに酸っぱいたれもいれている。しげちゃんがごはんを残したので、それも入れてる。酸っぱいたれでふやけて、まるで……と笑ったら、せっせもそう思ったようでだんだん機嫌が悪くなっていた。

「おとな3人で来ても、そうたいしておもしろくないね。話すことは、いつもちょこちょこ話してるしね」と私はつぶやく。

夜は、みんな本好きなので、テレビなど点《つ》けず思い思いに読書。本当にしげちゃんも私も活字中毒。

朝食。私が「きのうのタッパーは？食べないの？」と聞いたら、「その話だけはしないでくれ」と怒ったように言うせっせ。

部屋に帰って、洗面所で帰り支度をしていたら、部屋から「こらっ！どいて、どいて！バカバカバカバカ」という声が聞こえ、見るとせっせがしげちゃんのおしりをぺしっと叩《たた》いている。靴下を履こうとテーブルに腰を下ろそうとしたしげちゃんのちょうどおしりの下に作ったばかりのメガネがあって、その上にまさに座ろうとしていたらしい。「そんな、叩かなくてもいいじゃない。バカバカバカなんて言って」と言ったら、「だって……」となにか言い訳していたが、海外旅行もこれで想像できる。せっせが感情的になっている場面。せっせという人は、本当に心の静けさというものがない。いつも何かにカーッと向かっている。黙っている時も、頭の中はカーッと何かに向かっているような感じ。そういう落ち着きのなさ、常にびくびくしているところが私は苦手。人に対しても、気が弱いせいか、見知らぬ人を常に敵のように見ている。あれは、変わらないだろう。生きているあいだずっと、心が静まることはないと思う。

人はいいのだが。

帰りの車の中で、カーカがさくをいじめる話から、私が昔小さい弟や妹を意地悪くいじめていた話になり、それからしげちゃんも子どもの頃しげちゃんの弟をいじめていたという話になった。つまり、因果は巡るだ。しかも私のそのいじめ方が、我ながら底意地が悪い。小学生の頃だったと思うけど、5歳下の弟（テル）と7歳下の妹（エミ）に、たとえば欲しいものがあったら、自分のもっている安いものをすご～くいいもののように自慢して、相手のもっているいいものを価値がないように言って、もったいないけど交換してあげようか？みたいな感じ。すると喜びいさんで交換してくれるんだよね、小さい弟や妹たち。ハハハハハ。するとそれを聞いて、しげちゃんも「同じようないじめ方をしていたわ」と言う。う～ん。血は争えない。

……カーカがわがままでなにも手伝ってくれなくて、文句ばっかりいってるのも、私が子どもの頃、しげちゃんに対してそうだったからだなと、実は思う。自分がされたことを、やがてされるのだ。カーカもそれが子どもを産んだらわかるだろうなと、にんまりとする私。

しげちゃんが結婚後、いろんな店でツケで品物を買い続けたり、金銭感覚がなくて1ヶ月分の食費を1週間で使い切ったりしていたのは、お金の使い方がわからなかったからしい（それで父は、1週間ごとに1週間分の食費を渡すようにした。それでも食費よりもやりたいことの元手などにお金を使って、いったい子育てはどうなっているのか、父もたまに事実を知るたびに頭を抱えていた）。三つ子の魂百までというが、今でもやりくりということができない。なにも教えこまれずに育った大きな商家のわがままな末娘だったのだ。いや、それだけじゃない。他にもなにか原因があるのだろう。あまりにも世間知らずすぎる。生活が下手すぎる。世の中との関係性がよくわかっていないのかもしれない。あるいはもっと根本的な問題かもしれない。

10月13日（土）

晴れのち雨。夕方、しげちゃんにおかずを持って行く。今日は根をつめて仕事をしたので、どうしても一杯飲みたくなって、いつもより1時間も早めの、4時半ごろ持って行った。これさえ済めばもう今日は車を運転しないから、お酒を飲めるのだ。

行くと、せっせが庭の石を移動しようとしていたらしく、大きな門柱ほどの石が横たわっていた。聞くと、ようやく1メートルぐらい移動できたとのこと。人力で。人に頼んで機械でやってもらった方がいいんじゃないかとは、私も言った。でも、こういうことにヒーヒー言ってるあいだは、しげちゃんを海外旅行に連れて行かないだろうから、ガス抜きになっていいかもしれない。

そういえば、せっせがなにか無謀なことを言い出したら、あまり反応せずに放っとくのがいいんだった。具体的に考え始めた時に、やっと自分でも大変さがわかってくる。それでも行くと言ったら、行かせればいい。とにかく最初の感情が盛り上がっている時に、何を言ってもダメだ。かえって火に油を注ぎかねない。ここは静観。(実はこれは私にもあてはまる。よく似ているので恥ずかしい。これもしげちゃんゆずりかもしれない。)

また指にトゲが刺さったといいながら、一生懸命抜こうとしていた。

『10月14日(日)「珊瑚《さんご》の島で千鳥足」第48号

しげちゃんが最近、歯が痛いと言い出しました。もしかしたら、昔の虫歯がまた悪くなって、痛み出したのかもしれないとの事です。そのせいで、少しでも硬い食物はぜんぜん食べられなくなりました。牛蒡《ごぼう》も、ほうれん草も、きゅうりもだめになって、このままでは食材をみんなミキサーで一度すりつぶしてからでないとだめだというところまできました。ところが、私が歯医者に行こうと言うと、とても嫌がります。

「歯医者に行けば、虫歯の治療になるだろうから、とても痛い思いをしなくてはいけなくなる。行きたくない。」と抵抗します。せめて二、三日待ってくれないかと哀願していました。私は心を鬼にして、引きずるように歯医者につれていきました。予約もなかったので、かなり時間がかかりましたが、治療を終えたしげちゃんはニコニコしています。看護師によると、入れ歯が歯茎に当たっていたので削ったらしいです。虫歯では無かったので、虫歯の治療などにはならなかったようです。それからは、またいつものように食事ができるようになりました。硬い物や繊維の多い物はだめですが、なんでもかんでも出してしまうことは無くなりました。

歯医者が嫌いで怖いなんて子供のようですが、人間は歳をとるとだんだん考えが幼くなってしまうようです。なんとか食事はできるようになりましたが、硬い物は苦手なので、芋とか大根とかトマトとか、食べやすい物中心の食事をしています。甘いものは依然として中毒みたいに欲しがるのですが、なるべく少しだけにして、それも必ず食事の後に出しています。先に出すと、まずデザートから無くなります。ほんと子供だなと思います。

先週、またミキと一緒に霧島の旅館に一泊しました。子供達は他に楽しいことがあるらしく、今回はついてきませんでした。しげちゃんは露天風呂《ぶろ》に長く入っていました。温泉は気持ちよさそうです。旅館に行く度にタオルを持って帰ってくるので、家にタオルが溜《た》まってきています。しげちゃんはタダに弱いので、櫛《くし》でも髭剃《ひげそ》りでも、使い捨てのやつをみんな持って帰ってきて、最後には私に捨てられています。

今年はどうしても時間の都合がつかなくて、お米は作らない事にしました。でも、休耕したから何もしなくてよいという事はなくて、草を刈ったり、耕したり、結構大変でした。ほんと田んぼを持っているということも考えものだなと感じています。しげちゃんは、毎年の事だから、今年も皆に米を送ろうと言ってます。うちは今年休んだよと言うと、買って送ろうといいます。つまり、今年は普通の農家が作った米を送る事になるので、普段よりまともかもしれません。新米を買った場合、玄米で買って精米して送る事になります。玄米がよければ玄米で送りますが、どちらが良いですか？』

日曜日。さくが遊ぼうと思っていた友だちが遊べなくなったので、せっせを呼んでゲームをすることにしたらしい。すると他の友だちが遊びに来て、結局せっせと小3男3人の4人でゲームをすることになった。私は遅い昼を食べるために台所を行ったり来たりしていて、遊ぶ声が聞こえたのだが、せっせがすごく楽しそうに「ああ〜！ダメだ〜！」とか「ねえねえねえ、次、これしない？」とか「メモリーがないと、全員でできないんだ〜、メモリー、ないー、ないー、ないーー！」などと、だれよりもせっせの声が大きく響いていた。あとで聞いたら、せっせがいちばん下手だったらしい。

カーカが先日「せっせって、本当に何してるの？ママ、本当になにも知らないんだね」と言ってたのを思い出した。「だって、せっせって本当に何にも話さないんだって、自分のこと」

しげちゃんが、学校から参加をたのまれた講演会を聴きに代わりに行ってくれた。冗談が多く、けっこうおもしろかったそうだ。へえ〜、よかった〜。

このあいだ温泉の露天風呂でしげちゃんとしゃべってて、思った。生まれてからずっと植えつけられた常識みたいなものが先入観になっていて、もうそれが頭の中の思考を作り上げてしまっていて、考え方はなかなか変わらないんだなと。変えることなんてできない。というのも、人は結婚しなければいけないと思い込んでいて、せっせの結婚を頑固に願っているようなところ。せっせの性格や考え方や希望なんかもちろんおかまいなし。とにかく結婚させなければ気がすまない。それはもう、人間＝結婚と思い込んでいるかのよう。その他にもいろいろ、これに関してはこれ、あれに関してはあれ、というように、もう固定観念ができてる。それは私がいくら人それぞれだからとか、そういうわけでもないと言っても、まったく変えさせることはできない。もうそのような考え方に子どもの頃からなじんできたのだから、それを変えるということはすべてを否定することになるのだ。考え方を変えるというレベルではない。自分の思考や人生を作ってきた一部を否定することは、じぶんを壊すことになる。外国で宗教がそこに暮らす人々の生活や人生の一部のようになっている国などもそれだろう。血となり肉となっているから、引き剝《は》がせない。しげちゃんが思い込んでいるたくさんのこの世代の人々に共通の常識や考え方は、もう変えられないなあと、露天風呂でしゃべりながら、ぼんやりと思った。そしてそれは世代ごとにそれそれにあったりするんだろうな。私はできるだけ、それがあるとしても、それに気づいていきたい。私にもそういうのが今もたくさんあるはずで、それにできるだけすこしずつ、毎日気づいていきたい。気づいた時に、それから自由になると思うから。たとえ考え方は変わらなくても、これは固定観念だと意識できたら、それに縛られることはなくなるから。それを認めて理解して、それと共に歩めれば、気持ちがらくになるから。

10月15日（月）

しげちゃんちにおかずを持って行き、庭をちょっと鍬《くわ》ですく。つる性の植物がすごい。土を掘るとすぐに頑丈な根につきあたる。う〜ん、これは大変。10分ほどやって、あきらめる。奥のもっとも蚊の多そうな薄暗い一角には、なかなか行く気になれない。遠くからぼうっと眺める。

最近、しげちゃんのお姉さま方は、とんとご無沙汰《ぶさた》だ。もしかして本を読んだのかもねとせっせと話す。でもせっせはらくでいいと言う。

お姉さま方は、いい人たちだ。人間は別に嫌いではない。かわいいし。でも、どうにも苦手だと思うのは、子どもの頃からの長〜い深〜い私たちの歴史があるからだ。信仰心に厚く、働き者の彼女たちは、たまに家にくるたびに朝から晩まで一生懸命に掃除や片づけをしてくれて、本当に頭が下がる思いがした。けれど、必ずお説教が始まり、長く窮屈な宗教臭い話をこんこんと聞かせられ、とても嫌だった。そして、いつも、「あんなにきれいでかわいかったしげちゃんがこんなにみすぼらしくなったのはキイチさん（私たちの父）のせいだわ」となる。キイチさんがしげちゃんを大切にしてくれないからこんなになったのだと。でもそれは違った。どっちもどっちなのだった。しげちゃんという人は、家のことがなにもうまくできなかった。好きじゃなかった。掃除、洗濯、料理、片付けなど。そのかわりいろいろと商売を考えついては深く考えもせずにやってしまうような浅はかで爆発的な人だった。貸本屋、ニワトリの飼育、手工芸の内職、その他さまざま。で、もちろん生活費なんて自分の夢につぎ込むためのものだ。そして私たちにまで迷惑をかけ、たび重なるそれらの事実によって、生活費はぎりぎり、そして1週間ごとに1週間分だけきっちり。それ以外のお金はそのつどもらう、ということになった。というかそれが父が考えた苦肉の策だった。暴れ盛りの子どもたちは4人もいたし、いつも家の中は散らかり放題。私たちは自由気ままでよかったけど、恥ずかしいこともあったとはいえおおむね楽しかったけど、お姉さま方がやってくると、「かわいそうな、しげちゃん。こんなに苦労して」となる。もちろん父にも欠点はたくさんあったが、それを上回ることをしげちゃんはやってた。苦労してるのは父の方で、かわいそうなのは父の方で、しげちゃんは言うことをきかずに非常識なことばかりを次から次としでかして、その後始末をぜんぶ父がやってきて、責任感の強い父はものすごく自尊心を傷つけられていて、被害者は父だと思っていたけど、そんなことは言えず、それを黙って聞かされる私たちはすごく悲しかった。お姉さま方は完璧《かんぺき》かもしれない。働き者で親切だ。なんでも上手にできて、きれいでしっかりしている。でもでも、その完璧な世界はすごく狭いよ。その外側にいる私たちを傷つけているんだよ、と思ってた。

……そういう、子ども時代だったから、ただ黙って聞いているしかなかった長い長い月日の果ての今だから、私たちがお姉さま方を苦手に思うのを悪いとも思わず、ただ話が通じないのだという静かなあきらめの気持ちでクールに見てしまう自分を、私はしょうがないと思う。酷《ひど》い人じゃない、悪人でもない、働き者の善意の人だ、でも、人の気持ちがわからない人たちだ。世の中に、そういう人たちは多い。ものすごく多い。いなくならないだろう。でも、離れられるなら、離れてもいいでしょうと思う。

あ、今は別に私はお姉さま方がしげちゃんちに遊びに来ることを嫌とはぜんぜん思ってないです。私の家ではないし。自由に来たらいいと思ってますよ。ホントに。いつもお元気な姿を遠くから見かけると、かわいらしく、会話もおもしろく、ほほえましい気持ちになります。本当に元気でおもしろいお姉さまたちなので。

「10月19日（金）「珊瑚《さんご》の島で千鳥足」第49号
皆様お元気でしょうか？こちらは朝晩が寒くなり、そろそろ暖房が欲しくなる季節となりました。しげちゃんもちょっと体調を崩し、お腹が痛いと言ってました。病院に行ったのですが、原因ははっきりせず、もらった薬を飲んでいたら治りました。

どうも寝冷えしたのではないかと思います。年寄りは特に気候の変化に敏感ですから。そこで、電気毛布を出し、布団を増やし、靴下を暖かいのに替えました。今のところ、しげちゃんの体調は良いようです。

裏のごみを片づけていたら、やたらと掃除機が出てきました。どうしてこんなに掃除機があるのでしょう?もしかしたらこの家は昔から掃除が苦手で、ちゃんと掃除したいという願望がこんなに沢山の掃除機の購入に結びついたのでしょうか?

最低でも10台以上はあります。今回は古い7台を処分する事にしましたが、それでも4、5台の掃除機が残ります。しげちゃんもほんとに掃除が嫌いな人でした。いつも四角い部屋を丸く掃くと父親に言われていたのを思い出します。しげちゃんはいつも「掃除より大事な事がある」という姿勢で掃除のようなつまらない、重要で無い事は徹底的に手を抜く人だったように思います。(写真66)

この前、しげちゃんの介護度を決める調査がありましたが、あの時、しげちゃんが9月を8月と間違ったのが幸いしたのか、新しい介護度が以前と同じと決まりました。大変に幸運だったと思います。介護予算の削減の為に、介護度が更新される人はみな介護度が下げられているみたいだからです。リハビリセンターの職員も「皆さん、介護度が下がって、苦労されています」とこぼしていました。

この前の調査の時、しげちゃんがやたらと「休みが欲しい」と言っていたので、私はとても心配していました。ほんとに介護度が以前と同じ「2」ということで安心しました。これで、以前と同じスケジュールでリハビリセンターに通えます。もし介護度が下げられていたら、通所の回数を減らさなくてはいけないところでした。そうなると家で食事やお風《ふ》呂《ろ》をなんとかしないといけなくなるかもしれません。特にお風呂は難問です。この新しい介護度は一年間有効なので、次の更新は一年後です。すくなくともあと一年は今の生活でやれるという事です。あと何年続くかわかりませんが、やれるところまで介護を続けるしかありませんね。しげちゃんも体の自由がだんだん怪しくなってはきましたが、まだ死んでしまうほどではありません。当分生きそうですから。』

あさって、市の選挙がある。演説の車がうるさい。しげちゃんが「そこのコウちゃんが、○○さんにいれてくださいね、って。あんたの娘さんにも言っといてと言われたわ」と言う。

私「パーティ会場では、政治と宗教の話はするなって言うよ。この場もパーティだと思ってよ。そんな野暮な話はしないで」

せっせ「あんた（しげちゃん）は、昔おとうちゃんが選挙の時、○○にいれるといいって言った時、選挙は国民の自由な権利よ！って言って食ってかかってたけど、そのあんたが今はそういうこと言うの？」

私「ああいう気持ちはどうなったの？」
しげ「知らん。でね、……」と他のことを話し始めた。昔の鼻息荒い、何にでも反発していたしげちゃんはどこに行ったのだろう。あの頃、今のようだったら暮らしやすかったろうに。

10月21日（日）

おかずを持って行った。今日は、買ってきたものとかありあわせで。着いたら庭にしげちゃんとせっせがいて、しげちゃんが「今、せっせがこの鍬《くわ》で私をたたきたい気持ちだって言ってたとこよ」

聞くと、しげちゃんの動作がものすごくのろい時があって、そういう時はどうしてもいらいらしてしまうとせっせが言う。

「そうだろうね。しょうがないよ。みんなそう思うらしいよ」

介護って、する人は本当に大変だと思う。で、今日は、ちょっとボケがはいったとかで施設に入院した知人がいたらしく、月10万円で入れたんですってと、しげちゃんが言ったそうで、せっせもちょっと調べてみようかと思うと言う。今はまだだけど、将来……と言うので、そうだねと言っとく。どういうふうになっていくとしても、それが私たちの人生。私はどんな成り行きも、悲しまない。感謝して受けとめる。

『10月24日（水）「珊瑚の島で千鳥足」第50号

今日はとても良いお天気でした。

先日、市議会議員選挙があったので、あの人をつれて投票に行ってきました。しげちゃんはすでに投票する人が決まっていて、すんなり名前を書いていました。投票所を出るとき、いきなりしげちゃんがガタガタとふらつきました。私はまた脳梗塞《のうこうそく》の発作が始まったのかと驚きましたが、しげちゃんは平然と歩いています。どうしたのと聞くと、「いつも病院で膝《ひざ》を曲げないで歩けと指導されているので、ちょっと膝を伸ばして歩いてみたのよ。」きっと、投票所で沢山の人にじろじろ見られて、少ししゃんとしたところを見せたかったのでしょうが、こちらは心臓が飛び上がるほど驚きましたよ。介助している老人がいきなり泡吹いて倒れたりしたら、皆だってあわてるでしょう。そんな思いでした。

しげちゃんは元気になったのですが、膝だけはだめです。だんだん悪くなっているような感じもします。とにかくまともに歩く事ができません。ふらふら、よたよたと心もとない限りです。これは膝が悪いだけでなくて、脳梗塞で運動の能力もかなり壊れてしまったせいなのでしょう。ほんとうに膝の病院につれて行こうと思ってます。介護度も決まったことですし、今後の計画も立てやすくなりました。膝の手術をやっても、どんどん歩いたりは無理だと思いますが、今よりましになるかもしれません。

今度の日曜日、10月28日はコカ・コーラの工場でお祭りがあります。そう、去年も出かけて行ったあのお祭りです。またあの（花ちゃん）にあえるでしょうか？そう、私が思わず（どろぼう）と口走ってしまった、あの花ちゃんですよ。あの人ともすっかりご無沙汰《ぶさた》です。しげちゃんは、あの人に仕事を依頼する事も無くなりました。あの人も忙しいのでしょう。しげこさんからはもうお金になるような仕事の依頼は来ないと見限ったのだろうと思います。
しげちゃんが、リハビリセンターで陶芸をやったようです。ずいぶん不思議な皿（？）を作ってきました。「変わった模様だね」と言ったら、「土に空気が入って、膨らんでしまった」そうです。このでこぼこは模様じゃなかったんだ。それにしてもこの皿（？）も変わってます。ちょっと使い方が想像できませんでした。形としては四角ではなくて、半月のような感じです。使うときに方向が限定されそうです。
ちなみにこれもむろん後日材料費の**請求**があるそうです。（写真67、68）』
『10月26日（金）
テルヒコです。
おふくろの膝についてですが、この膝サポータがもしかしたら、効果があるかもしれないので、使ってみてください。近くにお店があるので、この週末に送ります。
悪いのは、片方の膝だけだったでしょうか？一番小さいものでもMサイズなので、おふくろには大きいかもしれませんが。

チタン系の素材がふくまれていて、これが血流を整えて、乳酸がたまりにくくなり、疲れにくいといわれています。ほんとかどうかは不明です。人により効果の違いもあるようです。最近、スポーツ選手がつけているネックレスはこの系統です。おふくろの膝に向いている商品じゃないかもしれないです。でも、もしかしたら効き目あるかもしれないので、送っておきます。私もネックレスとチタンテープを使っていますが、ネックレスは効果がよくわかりません。チタンテープの方は、スポーツした後の筋肉痛が軽くなっているように思えます。（感覚的なもので、なんとも）。では。』

どんなものだろうか。楽しみ。

10月27日（土）

気持ちのいい午後、ベッドで本を読んでいたらうとうととしてきたので昼寝することにした。雄大でおだやかな海原をゆったりと進む船のような気持ちだ。これが幸福というものかも……。

するとそこへ、電話がきた。急いで出ると、テルくんの妻であるなごさんからだった。

「ちょっと困ったことが……。テルくんが……」と切り出された。私は、最悪のことを考える。病気？失業？お金のトラブル？なに？

すると、こういうことだった。しげちゃんに贈ろうとしているチタンサポーターがいいので、他のみんな、私やせっせやカンちゃんさくちゃんにもネックレスを贈りたいとテルくんが言い出したが、どうしようかという話。なごさんも勧められてつけたけど、かえってそれをつけたことで肩がこった気がしたらしい。

「ハハハ。私はいらないよ。じゃあ、どうしたらいい？　いらないって言ってたよって言ってもらえばいいの？」

「今、ここにいるから、かわるね」

「もしもし。テルくん？　お姉ちゃんはいらないから。たぶん、お兄ちゃんもいらないと思うよ」

テル「うん。そう……、カンちゃんとさくちゃんは？」

「ハハ。それ以前の問題で、そういうのを身につけないよ、子どもだし」

テル「わかった……」と残念そう。

「そういうものは気休めみたいなものだから、こんなに人に勧めようとするなんて頭おかしいんじゃないの？って思う」なんてなごさんも首をかしげてるふうだった。

電話を切って、眠気もふっとび、外の気持ちのいい秋晴れの景色を眺め、しみじみとする。いろんな人が生きてて、あれこれそれぞれにすったもんだしながら、この地球上で暮らしてるんだなあと思う。

夕方、しげちゃんちに行った時、この話を詳しく語る。

せっせ「僕はそういうものは、霊感商法の壺《つぼ》と同じにしか思えないけどね」
私「テルくんは、野球選手とかゴルファーがつけてるっていうイメージらしいよ。いい方が野球選手、悪くて霊感商法だね、イメージで言うと」
せっせ「でもテルくんがそういうのを勧めるなんて信じられないな」
しげ「みんなに親切で言ってるのよね。よかったからって」
私「うん。あるよね。そういうこと。そういえば私も昔、友だちに髪の毛のトリートメントをあげたことがある。よかったから。でもビンに入った重いやつで、しかも面倒くさいの。タオルで蒸さなきゃいけないの」
せっせ「僕は本をあげたことがあるんだ。本なんて人の好みなのに！なんであんなこと……」
私「でも、その時はいいと思って勧めたんだからしょうがないよ。若さもあるし。私は今はもう、よっぽど親しい人じゃないとあげたりしないけどね。嫌だったらいらないって言ってくれるような人にしか。……でも、自分にとっていいものは、自分の方法でめぐり合うんだよね、それぞれ」
せっせ「う〜ん。テルくんがチタンのネックレスをねえ……」とまだ信じられないふう。
私「案外、そういう入り込むところがあるのかもね。ちょっと熱中するところあるし」
せっせ「他の3人（兄弟）はそういうことはないよね。みんな現実的だから。がめついから」

私「がめつい？クールとか、物の見方がひねくれてるとかっていうんじゃないの？」
せっせ「そういうことにお金をださないってこと」
私「でも私は昔、英語の高い教材を買わされたことがある。狭い部屋に閉じ込められて洗脳されて」
せっせ「あれはね、どんなに冷静な人でもダメらしいよ。いったんそこに入れられたら、どんな人でも無理だって言ってた。ラジオで」
私「うん。犯罪に近いよね。催眠術みたいなものだよね。隔離されて。だからその部屋に入らないようにするしかないんだよね」
せっせ「そう100メートル以内には近づかないようにして遠巻きに」
私「そういえばこのあいだどこかの宗教の人が道をお経みたいなのを唱えながら歩いてたよ。気になって塀の上からこっそり覗《のぞ》いたら、3人の男の人が大きな声で唱えてた。あれも嫌だよね」
せっせ「嫌だよ」
私「うるさいし」
せっせ「それが目的だからね」
私「ああいう人たちって、いいことをしてるって思い込んで、迷惑をかけてるって思わない傲慢《ごうまん》さが嫌だ」
せっせ「宗教は傲慢だよ」

私「人を殺したりするところがあるじゃん。宗教の名の下に」
しげ「そういうのは邪教っていうのよね」
せっせ「頭がおかしいんだよ」
私「そうだよね。人を殺すなんておかしいよね」
それから何か袋を持ち上げて、私に見せた。
せっせ「これ、とっといたから」
私「なに？」
せっせ「ゆず」
緑色のゆずが30個ほどもはいってる。
私「……どうして？まだ緑じゃん。黄色になってからとらないと」
せっせ「いい匂いだよ、ほら」
私「まだだよ。もったいない、こんな未熟なの」
せっせ「熟れると皮が黒くなったりするから」
私「それはしょうがないんだよ。手入れしてないから。とにかく黄色になってからとらないと」と、何度も言ったら、ちょっとしゅんとしていた。5個だけ持って帰る。黄色いのが1個だけあって、あとは緑色。しぼってジュースにしてみるとかなんとか言ってたので、「じゃあ、おいしかったら教えてよ。すっぱいと思うけど」

家に帰ってそこまでのすべてをカーカに語る。テルくんがみんなにも送りたいと言ったと言うと、
カーカ「へえ〜、いいね〜、たのしみ」
私「でもいらないって言っといた。どうせ使わないし」
カーカ「そうだね。でも送ってくれるっていうのが、うれしいじゃん」
私「こんど、お菓子送ってって言ってみようかな。……でもなんでそんなのいいと思うんだろうね」
カーカ「純粋なんだよ」
私「なごさんは全然信じないって首かしげてたよ」
カーカ「じゃあ、いいコンビだね」
私「まあ、そうだね。……このゆず、見て。せっせがとったの。まだ青いのに」
カーカ「かぼすと思ったのかな」
私「そうだって。テレビでかぼすを見て、そうそうゆずをとらなきゃって思ったんだって。でも。ゆずは黄色いものだって思わなかったのかな？去年、あんなに見てたはずなのに。もったいない、大量の青いゆず」

『10月28日（日）「珊瑚《さんご》の島で千鳥足」第51号
今日はとても良いお天気でした。朝は寒かったのですが、昼頃にはとても暖かくなり、つ

いに汗ばむほどの暑さです。去年と同じように、コカ・コーラの工場で行われる観光祭りに行ってきました。しげちゃんは今までリハビリセンターの車で何度もコスモスを見にやってきたのですが、中には入れず、堤防の上の車の中から眺めただけだったらしいです。たしかにコスモスはとても広い所に見渡す限り咲いていて見事ですが、残念ながら広すぎて、足の悪いしげちゃんではせいぜい端っこで何本かじっくり眺めるだけです。ちょっと歩いただけで、しげちゃんはすぐに疲れて椅子に座りたいと言い出します。餡饅頭《あんまんじゅう》を与えて休ませました。

しげちゃんは空をモーターグライダーが飛んでいると、必ず手を振ります。お父さんを思い出すのでしょうか?あるいはお父さんの知り合いが飛ばしているかも?と思っているのでしょうか。そして、そのモーターグライダーから落としてくれる飴《あめ》を拾おうと必死になります。でも、沢山の人が落ちてくる飴を待っていて、落ちてきた瞬間にまるでアリのように一斉にたかるので、とてもしげちゃんに拾える目はありません。特に子供がものすごい速さで拾い集めるので、亀なみのスピードのしげちゃんには無理な話です。その上、落としてくれる飴というのが、ごく普通の、それほどすごくもない飴なんですよ。私はなぜ沢山の人々が、特にかなりの年齢の大人まであんなに一生懸命なのか理解できません。

しげちゃんは、ほんの15メートルも歩くと、疲れた座りたいと大変です。以前はこれほどすぐに座りたいと言わなかったような記憶があります。運動不足でしょうか、体力が落ちてきているのでしょうか。一度体力が落ちると、回復が難しいだろうから、心配しています。減量と運動が必要でしょう。

それにしても普段から口だけは強気で、「郵便局まで歩く、そして手紙を出してくる」と強硬です。「あなたはふらふらしているから、とても郵便局まで一人で歩いていくのは無理だ」と私が諭しても聞いてくれません。あれぐらいの運動は以前は簡単だったので、今でも平気という思いがあるようです。でも、現実には直ぐ疲れて座りたがります。祭りの会場を少しだけ歩いて早めに帰ってきたのですが、すぐにベッドで寝てしまいました。言うだけならなんでもできるんですがね。

今年もこのお祭りに来た最大の理由は、例の「花ちゃん」に会えるかもしれないと思ったからです。でも、今年は残念ながら遭遇しませんでした。出会ったのは、うちの土地の隣の人です。そう看板がどんどんうちに突き出してきていた人です。しげちゃんとは以前からの知り合いなので、「元気だったね？」と挨拶《あいさつ》してました。むろん元気で無い事は見ただけで判ると思いましたがね。この人は、道で会うといつも私に「お母さんの面倒を良く見て感心だ」と誉めてくれます。

私はいつも曖昧《あいまい》に笑いながら「ハア」と答えているのですが、その人の真意がどの辺にあるのか疑問だったりします。以前から時々衝突していたせいで率直に相手の言葉をとらえる事ができません。

連絡　エミさんへ

あの陶芸はリハビリセンターの職員の個人的な趣味にしげちゃんが乗せてもらったということらしいです。その人も初めてで、素人どうしの勉強会だったそうです。そのため相手はこちらに材料費などの請求をためらっているらしいとのこと。それならばあの出来栄えもちょっと理解できますね。しげちゃんはまた作りたいと言ってるのですが、私は「この皿?はどうするの」と言ってしげちゃんをいじめているところです。』

11月3日（土）

しげちゃんにおかずを持って行って帰ろうとする時に台所にどんぶりが見えた。どんぶりの上にこんもりと食べ物がまるく山のようになっている。

これはなんだろうと思い、近づいて見てみた。

じいっと見た。

どうやら、おかず……らしい

もっとよく見ようと、もっと近づいて見た。

だまってじーっと見た。

私「このトマトの下には何がはいってるの?」

せっせ「ん?ごはんだけど……」

ごはんの上にトマトの乱切り、その上に赤いかまぼこ、その上に買ってきたかき揚げと天ぷら、その上にとろろ昆布、そのうえにひき肉のそぼろがかかっている。
ふ〜む。せっせって、以前、おでんを作っているのを見た時、中にウィンナーやシューマイやギョーザが入っていて、これは……と思ったものだが。
私「これさあ、写真に撮ったら？」
せっせ「どうして」
私「写真に撮りたいなあ……、撮りたい……」
こんな不思議などんぶり、見たことない。う〜む、と思いながら車に乗って帰る。帰るみちみち運転しながら、せっせって味オンチなんだろうかと思う。なんでもおいしいおいしいと言ってよく食べているが、さっきのあれもおいしいのだろうな。

『11月4日（日）「珊瑚の島で千鳥足」第52号
テルヒコさん、いろいろ送っていただいてありがとうございました。
しげちゃんはとても喜んでいました。ほんとにいろいろ入っていて、写真を見たり、お菓子を食べたりして、はしゃいでおりました。タイちゃんも大きくなったとびっくりしておりました。話にあったサポーター。かなり大きい物で、ちょっとびっくりしました。さっそくしげちゃんに着けさせてみます。（写真69）
どうも少しきついようです。それともサポーターだからきつめな方が良いのでしょうか？
しげちゃんは痛くは無いし、きつくも無いと言ってます。

その効果のほどはどうでしょう？歩く姿はとてもぎこちないです。膝《ひざ》が曲がらないので人形のようなガクッガクッとした動きになってます。しげちゃんは「なんだか腰が伸びるような気がする。着けた方が姿勢が良くなるかもしれない。」とのことです。しかし、膝の痛みは変化無いそうです。

しばらく着けた後、はずしてみました。クッキリとあとが残ってなんだか痛々しいです。やはり少しサイズが小さいのでしょうか？サイズの事をテルヒコ君に相談してみようか、悩んでしまいました。サポーターというのだからこんなものなのかもしれないし。しげちゃんはリハビリセンターに持って行って、物理療法士に見せてみると言います。とにかく一度リハビリセンターに相談することにしました。この時点では、私の印象は、サイズが合ってないみたいだし、歩き方は変になるし、はたしてどんなもんだろうか？という感じでした。

ところが、リハビリセンターから帰ってきたしげちゃんは、「これを着けていると、なんだか歩きやすい気がする。心なしか痛みも和らぐようだ。」とのことです。えらく気に入って、寝るときも着けて寝るそうです。やはり少し小さいのではないかと言われたらしいですが、しばらく使っていたら、だんだんはきやすくなってきたみたいで、サイズもこれでいけるかもしれません。しばらく使ってみて、また感想を送ります。とりあえずしげちゃんはとても気に入ったみたいです。サイズもおそらくこれで大丈夫でしょう。

畑作業の前に、美味《おい》しそうにもらったおせんべいを食べていました。えびの香りがして、とても美味しいそうです。でも、もし甘いお菓子を贈りたければ、送ってもらってかまいません。しげちゃんが食べる量を私が加減しますから。テルヒコ君が、なるべく甘くないお菓子を探したのかなと推察したものですから。』

このサポーター、たぶんもう、100パー使ってませんね。

『11月6日（火）「珊瑚の島で千鳥足」第53号

だんだんと寒さも厳しくなってきましたが、皆様いかがお過ごしでしょうか？しげちゃんには新しいコタツを買いました。去年までは私が机の周りに毛布を下げて、しげちゃん用のコタツを作っていたのですが、今年は市販のテーブル風コタツを買いました。市販品の方が暖かそうです。しげちゃんはこのコタツがとても気に入っているみたいで良かったです。

購入以前は、しげちゃんは普通のコタツを使いたいと言っていたのですが、やはり普通のコタツでは立ったり座ったりが大変そうだったので、テーブル風のコタツにしました。しげちゃんもこちらの方が楽そうです。

ずいぶん前に、しげちゃんに楽しい葉書が届きました。ところがこの葉書、誰から来たのかわかりません。おそらく孫のだれかだと思うのですが、名前が無いのではっきりしません。お礼をいいたいけど、返事のしようが無いです。どこかに手がかりは無いでしょう

か？海の近くの岩井とは？あまり聞いたことの無い地名です。（写真70）

えっ！！Σ（ﾟДﾟ；）おじいさん？？

おばさんは良いとして、おじいさん？もしかして私はおじいさんと思われているのでしょうか？サクちゃんも以前から私としげちゃんは夫婦だと思っていたらしいですし、どうもしげちゃんの孫たちには、私はしげちゃんとペアだと思われているようです。私はしげちゃんの子供ですので、そこのところよろしくお伝えください。

しげちゃんの為にいろいろ出費を重ねてきましたが、家電の部門の次の目標は「マッサージチェア」だそうです。リハビリセンターにあるマッサージチェアがお気に入りで、あれが家にあればかなり長く使いたいとの事でした。同僚の患者さんが家に持っているらしく「50万円ぐらいする」と言っていたそうです。しかし、私にはオークションという便利な手段があるので、電動ベッドの時のように安く手に入れようと思ってます。中古なら安くで入手できるのではないでしょうか？問題はむしろ置く場所かな。マッサージチェアにもいろいろ種類があるので、一度リハビリセンターに見学に行こうと思ってます。』

冬休みにさくとカーカと3人でドバイに旅行に行く予定で、予約したホテルから確認のメールが来た。英語がわからないのでせっせに返信を頼んだ。無事着いたようで、今日予約確認の最終メールが届いた。旅行、ちょっと気が重い。英語がわからないのに、砂漠の中のホテルに1週間もいるなんて大丈夫かな。食事とか。

しげちゃんのお姉さまから明太子が届いたというので、うちにもおすそ分けをいただく。

カーカのパパのお母さん（オーママ）からまた梨《なし》が届いたというので、それもちょっといただく。

11月11日（日）

カーカの友だちが午後遊びに来ることになったので、さくはせっせの家に行ってゲームをすることになったらしい。いってきますと言って出て行った。
私「せっせのとこって、ゲームするようなところがあるの？」
カーカ「あるよ、小さいテレビだけど」
私「どこ？前にしげちゃんが住んでた居間のとなりの部屋？」
カーカ「そうそう。暗くて恐いんだよ。薄暗くて、中に四角く囲った場所があって、ドアがあって、その中にパソコンとかがいっぱいあって蛍光灯がチカチカしてて」
私「へえーっ。それ、前に住んでた家でも、冬寒いから部屋の中に小さい3畳ぐらいの部屋をベニヤ板で作って暖房してたけど、ああいうの？」
カーカ「わかんない」
私「天井、あった？」
カーカ「わかんないよ。よく見なかったから」

私「ものは?たくさんあるの?」
カーカ「わかんない」
私「服なんかどこにあるの?」
カーカ「知らないよ。見せてもらえば?身内なんだから」
私「だって興味本位で見るのって悪いじゃない。せっせは自分でいいと思ってやってるのに、へーっ、へーっ!なんて驚いたら」
カーカ「そうだね」

さくが帰ってきた。ゲームのあとにせっせとサンポしたら体が冷えたそうで、鼻水が止まらなくなっている。しげちゃんからの手紙を預かってきたと、紙を渡される。見ると、「タキイの花のカタログ、古いのでいいから見せて下さい」と書いてある。
おかずを持って行った時に、「カタログ、もう持ってない。今、本屋を探してみたけどなかった。ホームページを見たら12月になったらカタログ無料プレゼントの受け付けをするということだから、せっせにやってもらえばいいよ」と伝える。

11月13日(火)

お米を送ったところからお礼にハムが送られてきたからと、せっせが持ってきた。あとでおかずを届ける時に行くのに、せっかちなせっせだ。3分の1もらう。

3/26 清流荘(ここから私のとった写

朝ぶろで リラックス

パンではありませ

ぼんちゃん

大浴場

みんな赤目だった

ふとんを並べて

3/27　草のはえた部屋

4/29 庭のガラクタ見学

これだけの大量のものが忘れられて
(大切に)しまわれていた…

ぐるぐるぐるぐる…

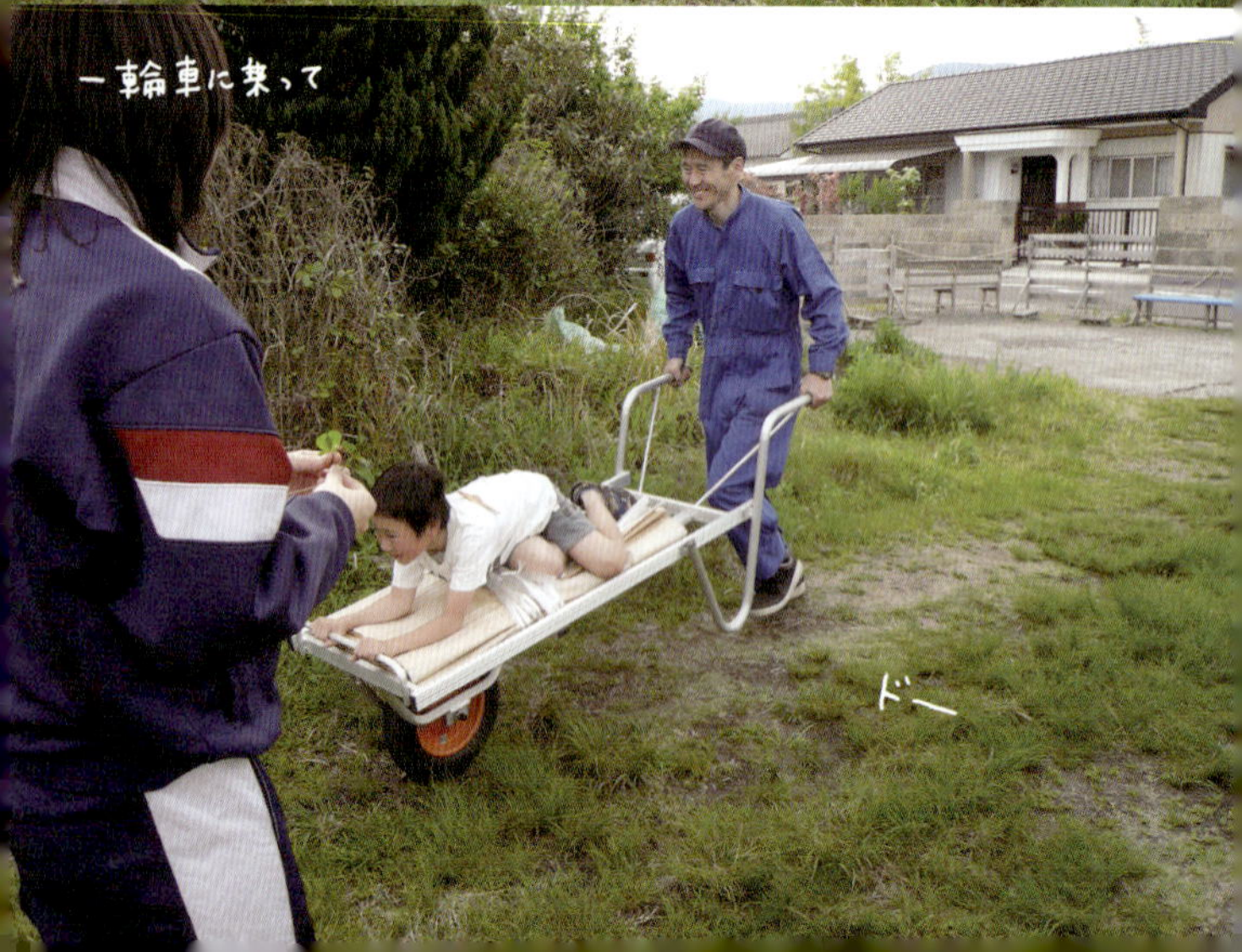
一輪車に乗って
ドー

ゲーム中

2ショット

5/3
ビンゴゲームの賞品

5/12
いげちゃんの畑

みんなで何かやってる
せっせが何か言ってる

カーカも何か言ってる

さくがロープで遊んでる

6/7 草ぼうぼうの梅畑で梅ちぎり

6/24 (ゲーム)

6/23 (オムレツ)
しげ

7/23 ろてんブロ

6/28 せん定後の梅畑

そこからみあげた緑

こっちも

夕食

リラックス

ろてんブロにうめこまれた炭

アユの背ごし　上品

ビール

最後　おむすびとメザシ

旅館でダイブ
ボゲッ

キャァァアアアアアアアアアア
FUNKY
SWEETS

えいっ！
FUNNKY SWEETS

ぬ〜

8/18 梅畑 草がのびてきた

9/19 ガラクタ

9/5 草ぼうぼうの庭

9/23 運動会でボールを投げる

草ぼうぼう

10/8 旅館で読書

10/7 9/5と同じ場所

2/18 倉庫のガラクタ

庭のガラクタ

3/8 人吉 おひなさま

木工品

夕食 上品

夜

3/12
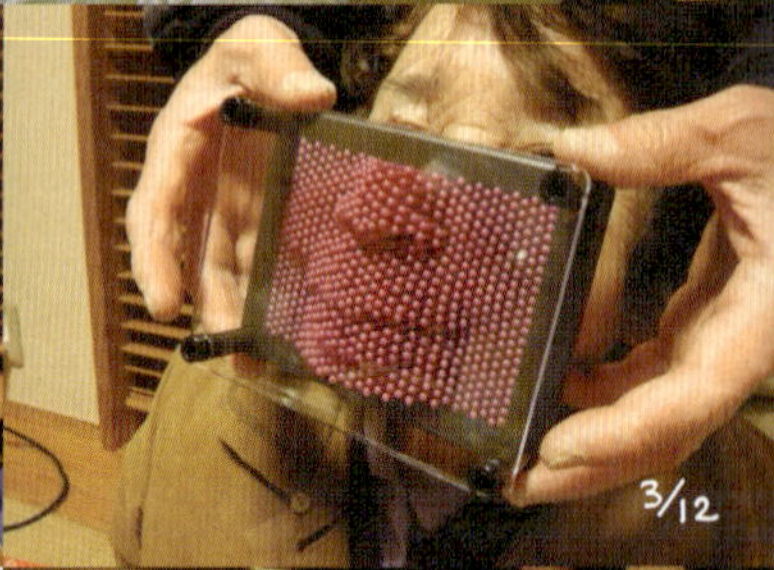
3/12

5/6
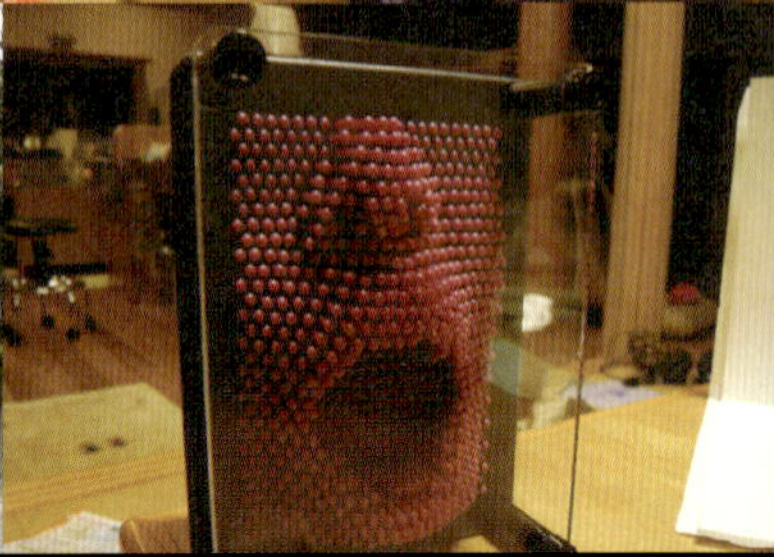

半分でもいいよなんて言ってる。

さて、せっせは、しげちゃんもだが、ものすごく物を粗末にできない性分だ。食べ物は特にもったいながる。それはいいと思うのだけど、そこまでしなくてもと思うことが時々ある。先日、炊きたてのごはんをちゃわんによそっているのをみたら、なんだか色が黄色というか茶色というか黒ずんでる感じだったので、「玄米？なにか混ぜてるの？」と聞いたら、それは古古米か古古古米なのだと言う。巨大な米びつの底に残っていたのを食べているところだと。そこまで古いのは無理して食べなくてもういいと思うけどと言うと、そう思うんだけどももったいなくてね、と。保存状態がよければ古古古米でもそれほどマズくはないだろうと思うけど、それは虫が発生したり、くもの巣がはっていたりと、かなり劣悪な環境下にあったものだ。よく見るとぽそぽそしてる。相当、マズそう。でも、彼らがそうしたいと言うのだから。

11月16日（金）

日が暮れるのも早くなり、おかずを持って行く時間にはもう真っ暗。ちょっと前まではきれいな夕陽が見えていたのだけど。

相撲が始まったので、しげちゃんはテレビに釘付《くぎづ》け。私たちとしゃべってる途中も、手をさっと上げて、勝敗を占っている。最近欲しがっているというマッサージ機について話す。また太ったように見える。まるくなったねとよく言われるそうだ。冬になると庭仕事もしなくなるし、動かなくなるのでまずいんじゃないだろうか。ちょっとは足を動かした方がいいよと言っとく。でも、そういうのって本人がしようとしなければしないし。まわりもどこまでさせたらいいのかわかんないねとせっせと語り合う。しげちゃんに、
「なにか食べたいもの、リクエストある？」
しげ「ううん。柿むいてって言って、よくむいてもらってるし」
私「ああ〜。庭の柿ね。あれ、こないだもらって、おいしかったよ。甘くて」
せっせ「あ、そう？」
家に帰ってカーカに、
私「でもさあ、ママってあんまり親孝行じゃないけど、今こうやっておかずを持って行ってることとって、すごく親孝行かもね」
カーカ「どうしたの、急に」
私「すくなくとも毎日会ってるわけでしょ。短時間でも」
カーカ「うん」
私「それっていちばん親孝行じゃない？」
カーカ「どうしたの、急に」
私「よかったよ。こういう期間があって」

『11月17日（土）「珊瑚《さんご》の島で千鳥足」第54号

寒さも増してきました。みなさんお元気でしょうか。しげちゃんも私も寒さに震えながら、風邪ひとつひかず元気です。いや、しげちゃんは時々風邪気味になったりしますが、とりあえず元気にやってます。インフルエンザの予防接種もやりました。

最近の株の下落で、私は大きく損をしてしまい、少ない資産のおよそ半分を吹っ飛ばしてしまいました。もう株から足を洗うつもりです。その後始末に追われて、通信も書く暇がありませんでした。

私が台所で洗い物をしていると、テレビからこんな質問が流れてきました。

「あなたは現状に満足してますか？」

今まで静かにテレビを見ていたしげちゃんが小声でつぶやきました。

「満足してるわけ無いでしょう」

悪口や噂みたいなのは、どんな小声でもよく聞こえるのはなぜでしょう。わたしはさっそく台所から出て行って尋ねました。

・。・(つД`)・。・「しげちゃん。現状に満足して無いの？やっぱり私が不満なんだね？」

しげちゃんはとてもあわてて、「ちがうのよ、病気になったからそのことに不満だっていう事よ。今の生活に不満は無いのよ」としどろもどろで答えてくれました。まあ、私がちょっと意地悪してみたんですがね。しげちゃんも今の生活はいろいろ不満があると思いますよ。なにしろ、今までやってきた事がすべてできなくなったんですから。でもまあ、生きてるだけでも幸運だと思って、今の生活を耐えてもらうしかないですね。人はいつかは死ぬんですから。

しげちゃんと八百屋に行った時、私が目を離した隙に彼女が店の奥の壺《つぼ》が置いてある場所にはいりこみました。それを見た私は「しげちゃん、そこ動かないで！」と叫んでしまいました。あんな所でふらついて、倒れでもしたら、大変な事になると思ったんです。しげちゃんの歩みもかなり安定してきて、めったにふらついたりはしないのですが、さすがに値段の張りそうな壺だのガラスだのの近くでは緊張してしまいます。

「しげちゃん、何やってるの？あぶないでしょ」

「壺があったから値段を見にきたのよ。梅を漬けるのによさそうなのが無いかと思って」

（写真71）

買い物に出かけると、かならずしげちゃんは花の苗や種を買ってくれと要求します。でも、しげちゃんの一番好きな花はちょっと違います。しげちゃんが欲しがるのは、店の棚の裏で売れ残って枯れかけている鉢です。そんな鉢は店員に話すと無料か非常に安い値段でゆずってくれるからです。その花がどんな花か、時季を外れているかなんて事は関係ありません。とにかく枯れかけて、安くで買えれば満足らしいです。花屋でもまず裏を見て枯れた鉢植えを探して、「お店の人に聞いてみよう」と言い出すので、ちょっと恥ずかしいです。この前は、お店の人が「それはもう時期が終わりですから、今から植えてもだめですよ」と言ってるのに、売れ売れとうるさかったです。

私はちょっと離れて、他人のふりをしてました。

そんなしげちゃんが気に入って買ってくれと言い出した観葉植物です。ひとケースで200円という値段に引かれたようです。（写真72）

どうせ買っても、ろくに水をやらず枯らしてしまうのですが、今回は買ってあげる事にしました。私がしげちゃんの要求するままに植物を買いたくないのは、しげちゃんが世話をしないので、私が水をやる事になるからです。』

せっせが水をやってるとも思えない。

『11月18日（日）「珊瑚の島で千鳥足」第55号

今日は本当に寒い日でした。そんな中、例年のように今年も田の神様祭に行ってきました。JA主催のお祭で、屋台や芸能ショーなどがあります。いわゆる収穫祭というやつでしょうか。問題はしげちゃんがショーの間、トイレを我慢できるか？ですが、まあなんとかなるでしょう。去年も大丈夫でしたから。それにもしかしたら、またあの花ちゃんに会えるかもしれません。去年は歌謡ショーの後でちょっと話をしたんでした。まずしげちゃんをステージの前に座らせて、お弁当とお茶とおやつの胡麻《ごま》団子を与えて、私は外で立って見る事にしました。私がちょっと離れたら、さっそくしげちゃんはお弁当を食べ始めました。まだお昼には時間があるのに気が早い話です。

フラダンスとかマジックショーとか、いろいろ出し物があったのですが、なんといっても目玉は角川博の歌謡ショーです。だんだんと人も増えてきて、いよいよ角川博のバスが着きました。このわりと名の知れた歌手を見た私の最初の言葉は、

ち、ちっちぇーー!!!

とにかく背がひくいです。まるでテレビの印象と違います。(写真73)

ステージに立った彼を見た私の印象は、

あ、足みじかぁーー!!!

私の抱いていた歌手の印象がぼろぼろと崩れていきました。テレビの力は偉大ですね。実物の角川博はテレビで見るのとまるで別人でした。いや、顔だけはテレビで見たのと同じでしたけどね。でも、歌謡ショー自体は意外と面白かったです。(写真74)

それよりも、立ち見の私は、あまりの寒さに参ってしまいました。まるで、雪でも降るんじゃないかと思うような天気の中でショーが続きます。とうとう角川自身も鼻水が出てきました。強い寒いからっ風が吹きまくります。ほんとに厳しかったです。

しげちゃんの身が心配だったんですが、しげちゃんは着膨れていた上に群衆の中で座っていたので、それほど寒《さむ》くは無かったようです。（写真75）

今年も記念品を貰《もら》えました。しげちゃんは「ハンドソースっていうのを貰ったよ。醤油《しょうゆ》やソースを入れておく醤油さしみたいだね。」と言って醤油をかけるしぐさでソープをかけそうになりました。あわてて止めました。しげちゃんがフライにかけたりしないように、これは私の部屋に持っていこうと思います。（写真76）

結局今年は花ちゃんに会えませんでした。知り合いにはほとんど会えませんでした。ちょっと残念です。』

夕方、しげちゃんちに行ったら嬉々《きき》として、

しげ「親戚《しんせき》の○○さんの息子さんが蒸発したって」

私「ええっ！ホント？」

せっせ「いや〜、そうじゃないよ」

詳しく聞いたら、しげちゃんが○○さんと話をしていて、「息子さんお元気？」と聞いたら「どこへいったかわからないのよ」と言うので、さては蒸発？と思ったが、黙っていたのよ、と。

せっせ「そんな蒸発なんていうのじゃないよ。僕だってあなたと長い間連絡取ってなかった時期があったでしょう」

しげ「うん」
私「もともとまめな人じゃなかったしね。ただ連絡くれないっていうことだよ」
せっせ「そうそう。この人のいつもの大げさな想像」
私「いつもこうだから困る」
しげちゃんのこういう不正確で妄想がかったところは大嫌い。何事も正確に表現してほしいし、正確な情報がない時は、想像で話さないでほしい。昔から勝手な想像でしゃべってて、私が子どもの頃はそれが本当だと信じてたから、ひどく迷惑をこうむったものだ。

『11月25日（日）「珊瑚《さんご》の島で千鳥足」第56号
しげちゃんが暗い顔をして言いました。「私は最近、また車を運転するのはやめたほうがいいかなと思いはじめたのよ。」

Σ(ﾟДﾟ)ハァ? あんたまだ、車の運転なんて考えてたのかよ！などと突っ込んではかわいそう。私は喜んだ表情で言いました。

「そうそう、もうあんたもいろいろ障害が出たから、運転はもうやめたほうがいいね。」

「最近まで、も少し体が治ったらまた自動車学校に行って、運転できるようになろうと思ってたのよ。でも、なかなか体が元のようにならないから、運転するのはあきらめようかと思って。」

しげちゃんもずいぶん進歩したものです。昔は頑固一徹で思い込んだら絶対に曲げなかったのですが、とうとう運転を自分からあきらめようとしているのですから。ここは素直に誉めてあげたいですね。

「でもね、車はだめだけど、**トラクター**なら何とかなるんじゃないかと思うのよ。あれなら、スピードでないし。」

ちょ、ちょっと待ってよ。トラクターはちょっとスピードだすとどこに行くかわからないほど運転が難しいし、大きくてとりまわしが難しい乗り物だよ。やっぱりこの人はあぶないわ。変なもの運転しないように監視しておかなくては。

トラクターといえば、昨日はトラクターで田んぼを耕してみました。たとえ米をつくらなくても、田んぼは手入れしないと荒れてしまいます。定期的に耕しておかないといけません。ところが、田んぼの真ん中でタイヤがホイールから外れてしまいました。なんとかタイヤを外して、近くのガソリンスタンドで修理してもらったのですが、ほんとに大変でした。タイヤが外れれば、普通は誰か人をよびますよ。私はなるべくお金を使いたく無いから、一人で無理やり直してみました。（写真77）

田んぼなんて持ってると、ろくなこと無いです。お米作ってもたいして儲《もう》からないし、どうしても手入れしないといけないし、定期的に税金だの水利費だの取られるし。なにもしなければ荒れてしまいます。荒れるだけならいいけれど、耕作放棄地だと思われると、だんだん土地がくいこまれるんですよ。昔なら田んぼは財産だったかもしれないけれど、今ではただの錘《おもり》のようだと感じています。財産だといわれて税金をとられるけど、お金と労力を食うばかりだし、そのくせ売ってもいくらにもならないし、ほんと広すぎる土地なんて持つもんでは無いと思いますね。』

11月26日（月）

せっせってやっぱり変わってるわ。
さっき銀行に記帳しに行った時に見えたんだけど、古い建物を壊して整地したあの土地のまわりにぐるりとブロックの塀ができていた。まあ、周囲との境目をきっちりとつけたいという気持ちはわかるけど、ふつう道に面した部分には塀は作らないよね。これから売ろうとしている更地なんだから。なのに、25メートルほどある開口部の5メートルほどをのこして、あとの20メートルにも塀を作っている途中だった。そこまで囲ったら、売りにくくなりそう。買う方も買いにくいんじゃないか？道路沿いまで塀で囲まれた土地なんて。もちろんすぐに壊せるのだろうけど、閉鎖的な感じが、妙だった。（その理由は後日判明。）

『11月27日（火）「珊瑚の島で千鳥足」第57号
どうもしげちゃんの様子がおかしいです。まず、この前の夜、突然饒舌《じょうぜつ》になった事がありました。まるで、壊れたラジオみたいに知り合いの老人の話をします。ず——っと話し続けるのです。まるで、何かに憑《つ》かれたみたいな感じでした。目も据わってしまって、はたして自分がどこにいるのかわかっているのか？あやしいぐらいでした。

そして昨日。なんと介護の資格が取れる定時制の高校に行きたいと言い出しました。そして、3年で資格を取って、故郷の施設に雇ってもらうそうです。それで、すこしでもふるさとに恩返しができればとのことでした。しげちゃんは本気でそう言っているみたいです。昨日から「市の教育委員会に連れて行け」とうるさいです。そこで、市にある定時制の高校を教えてもらって、介護の勉強を始めるのだそうです。いよいよボケがしげちゃんの脳にも本格的に襲ってきたのでしょうか？日常生活は今までと同じようにやれていますし、特別おかしい行動が始まったわけでは無いのですが。

私は聞いてみました。「でも、故郷の施設であんたを雇ってくれるだろうか？」

「そこは自信があるの。施設の先生が私の同級生なの、だから、きっと雇ってくれるわ。」

「でも、その先生も、もう引退してるかもよ。」

「だいじょうぶよ。」

しげちゃんの寝相がびっくりするほど悪いです。毎朝布団をすべて蹴飛《けと》ばして、寒い寒いとうなりながら寝ています。これでは風邪をひいてしまうと思って、数枚の掛け布団をセットにしてくくってみました。とても良い効果があり、朝になってもあまり布団を蹴飛ばさなくなりました。最近布団が暖かくなって良かったとの事です。以前からこんなに寝相が悪かったでしょうか？前はもっと大人しく寝ていたような記憶があるのですが。（写真78）

明日の28日（水曜日）に、お隣さんの班で荒神祭の寄り合いがあります。毎年ある年に一度の集会で、忘年会のようなものらしいです。私はまだ一度も参加した事はないのですが、しげちゃんは毎年参加していました。前回はうちはお休みしたのですが、今回はしげちゃんを参加させようかと思います。しげちゃんもたまには昔の人達と食事したら面白かろうと思ってね。夜の六時半から竹尾《たけお》旅館の別館でだそうです。私が送り届けて、終わったころを見計らって迎えにいきます。しげちゃんは食事は自分でできるし、周りは知り合いばかりだし、まあ、問題はないでしょう。』

高校とは……。これは、しげちゃん本来の性格がでてきたということだ。とっぴょうしもないことを考えついて、状況もわきまえずにつっぱしろうとするところ。病気がよくなったというべきか、でも考えつくことはとんでもないことだし、どっちに転んでも……。でも、この人はこういう人だった。昔からそうだった。

しかも介護って！介護って！自分が介護されてるのに？まずはそこから直すべきじゃないだろうか？歩く練習すれば？簡単な食事を作るとか、掃除洗濯など、今ぜんぶ人にやってもらってることをお忘れじゃ？

さて、おかずを届けに行って、そのことを聞いてみました。

しげ「そう。調べてもらおうと思って」

せっせ「この人は本気なんだよ。本気で就職するって。そして、この家には人がいなきゃいけないから僕がここに残って、ひとりで行くって」

私「人の介護よりまず、自分のことをやったら？掃除も洗濯もなにもしてないくせに。なにが人の世話？その施設に就職じゃなくて、自分が入ったらいいんじゃない？」

などと盛り上がる。

私「こんなこと言いだすなんて、もとの性格がもどってきたんだね。治ってきたんだね」

せっせ「そうだろうか」

私「うん。だって、前と同じ路線だもん。もしボケてくるとしたら、今までと違うことを言いだした時だよ。これはまったく前と同じ」

『11月29日（木）「珊瑚の島で千鳥足」第58号

しげちゃんが相撲ばかり見ていて運動不足だと思うので、今日はしげちゃんを田んぼの草焼きに連れ出しました。大きく火が出ると、いつもしげちゃんが心配そうな声で、

「おにいちゃん、もういいが、もっと小さく燃やすが。そんなに大きく火をつけなくても

良いじゃない。」と私に頼むので、それが面白くて時々野焼きに連れ出します。どういう訳か、年寄りは野焼きが大好きです。炎に不思議な魅力があるのでしょうか？火をつけるのは楽なのに、非常に効果的に田んぼをきれいにしてくれるからでしょうか？それとも昔からずっとやってきた習慣を思い出すのでしょうか？

野焼きにいこうというと、いつも喜んでついてきます。そして、私を手伝うというのですが、現実には「もういいが、もういいが」と呟《つぶや》いて私の足をひっぱります。（写真79）火が出ると、やはり心配そうに、でも魅せられたように眺めてました。私が枯れ草を投げ込むたびに、「もういいが、もういいが」と言います。実は私もちょっと心配でした。最近は野焼きに対する監視が厳しいので、ちょっと大きくやると、すぐ消防が飛んできたり、警察に通報されたりするらしいです。でも、枯れ草で覆われた田んぼは野焼きするしかどうしようもないのです。かなり大々的に燃やしたのですが、他の家からすこし距離があったせいか、周りの人に怒られずにすみました。（写真80）

夜はしげちゃんを荒神祭の宴会につれていきました。しげちゃんは私を出席させようと必死に説得していたのですが、私がしげちゃんを引っ張ってつれて行ったら、あっというまに近所の昔からの知り合いに捕まって、楽しい時間を過ごしたみたいです。

一時間半も宴会が続いて、はたして大丈夫だろうかと心配したのですが、とても楽しい宴会になったらしくて、いろいろ近所の噂なんかを仕入れられたと喜んでいました。

なんとほんの少しお酒まで飲んで、料理の残りをお土産にして、飲み屋帰りのおやじみたいに上機嫌でご帰還なさいました。やはりたまには普段と違う楽しみがあった方がいいなと思いました。特に昔の付き合いは、しげちゃんも懐かしいところでしょう。

一番の収穫は、しげちゃんが建てていた焼き芋売りの小屋の近くの人が、誰にも言わず逃げるように町を抜け出し、今となりの市に住んでいるという事がわかったことだそうです。そこの住所は親戚《しんせき》でも判らないらしいと、興味深そうに話してました。しげちゃんもなにか利害関係があの人達とあったのでしょうか？私はあの人達にはあまり良い印象は無いです。あそこのおばさんはしげちゃんにヤカンを売りつけたのですが、値段が3万円とか、そんな感じだったです。そのヤカンで水を沸かすと、健康に良くて、いつまでも水が腐らない。その水を植物にやると生長がちがう。

その水はなんとかパワー水だとか話してました。詐欺ですよね。そのうえ、そのヤカンの売りつけ方が気に入りません。しばらくしげちゃんに使ってみてと押し付けて、その後で「あのヤカンの代金を」と請求が来たそうです。典型的な手口だと思いました。どうも怪しいマルチみたいな事をやってた人みたいです。そんな人だから、町から逃げ出すのも納得いく話だと思います。』

『12月2日（日）「珊瑚《さんご》の島で千鳥足」第59号

しげちゃんは運動不足です。どんどん太ってきて、このままでは大好きなお相撲さんと同じになってしまいそうです。今日は幸いなことに天気も良いので、外出してみることにしました。まず白鳥神社に行ってみます。白鳥神社にはしげちゃんは以前から頻繁に来ていたそうです。でも、病気になってから行けなくなったんだそうです。白鳥神社の鳥居の前に階段があるので、ちょっとした運動にもなるはずです。(写真81)

久しぶりに神社に来られて、しげちゃんは嬉《うれ》しそうでした。一年の思いをこめて長々とお祈りしてました。ここでの収穫は、なんとこの賽銭《さいせん》箱にうちのご先祖様の名前が刻んであるのがわかったことです。しげちゃんに指摘されるまで、まったく気づきませんでした。

確かに、賽銭箱にひいおじいさんの名前が。なんでも、日露戦争で勲章を貰《もら》ったご先祖様だそうです。

さらに、運動のためえびの高原に登ろうと、韓国岳《からくにだけ》のふもとまで足を延ばしました。少しでも痩《や》せる為、しげちゃんには頑張って登山をしてもらわねば。登山口の石段を登り始めてしばらくすると、もう「疲れた、休む、座る」とぐずりました。

(゜Д゜)ポカーン　えぇぇ！もう終わりなの？せっかく山までやってきて、天気も良いし、はりきって登ろうと言ってたのに、もう終わり？

それではしげちゃん。どれぐらいの登山をやったのでしょうか？

なんとあの矢印の岩の所まで、私に支えられて登って下りて、それで終わりです。高々数十段ですよ。それですでに息があがって大変そうでした。長い時間車にゆられて山に登って、結局これだけで終わりとは、情けない話です。ほんとにしげちゃんの体力は無くなってますね。しげちゃんと一緒に旅行とか、本格的な観光とかはまだすこし無理だなと感じた今日でした。（写真82）
最後に体を動かしてお腹がすいて、普段よりすこし多めのおやつを食べて、しげちゃんの登山は終わりました。多めにおやつを食べたら、瘦せるための運動にならないじゃん。
（写真83）』

『12月3日（月）「珊瑚の島で千鳥足」第60号
何とびっくり、しげちゃんの弟夫婦（Yおじさん）が突然訪ねてきました。てっきりこの人たちは失踪《しっそう》したものと思っていたので驚愕《きょうがく》です。この人たちに連絡がとれなかったのは引っ越しのせいだったそうです。いままで住んでいた鹿児島県の家を出て、新しく家を借りたそうです。しかも、引っ越した直後に二人とも病気にかかり、イチキおじさんの病院にすら連絡もできなかったそうです。そのために病院から私に電話がきて、私がイチキおじさんに時計を買ってやるはめになったのにですよ。家を引っ越す余裕があるなら、病院にぐらいは連絡しておけよと言いたかったですが、私は気弱なので言えませんでした。私はイチキおじさんに時計を買ってあげるのは別に苦痛ではありません。頭にくるのは、本来Yおじさんたちが払うべきお金を、音信が取れないという事で、私たちが払うことになったからです。Yおじさんたちは破産した時に私たちから私が知るだけでも260万円ぐらい毟《むし》っていったくせに、さらにこちらに負担をかけようというのが嫌なんです。引っ越しで一万円家賃が高くなったそうですが、おそらくそれはイチキおじさんの年金の残りではないかと疑っています。どうしてもこの人たちの行動に悪意の目を向けてしまうのは、私の心が狭いせいでしょうか？

ちなみに、イチキおじさんは時計をとても喜んでいて、「ヤマモトくんが買ってくれた」と見せびらかしていたそうです。

Yおじさんたちは、破産した時に店の在庫を大量に持ち出し、自分の家に山のように積み上げていたのですが、今回引っ越しに際して在庫を処分したそうです。いろいろな親戚、知り合いに配りまくったみたいで、その一部をうちにも持ってきました。ようやくこの人たちも諦《あきら》めがついたみたいですね。すでに十年近く眠らせていた在庫ですから、もうかなり劣化していて、使うのは難しい物も多いです。うちにもYおじさんたちは大量の在庫を積んでいて、私はそれを10キロー85円で美化センターで処理してもらっているのに、さらに在庫を持ってこられても……。

以前から強く思っていたのですが、Yおじさんとしげちゃんはとてもよく似ています。さすが肉親ですね。特にしげちゃんが入れ歯を外すとびっくりするほどよく似ています。しげちゃんがどうしてこの破産した弟を助けるのか不思議なのですが、家族の絆《きずな》というのは他人が推し量ることは難しいものなのでしょうか。実際、姉と弟として二人は仲が良かったらしいです。色々な思い出をしげちゃんから聞く事も多いです。私だって、Yおじさんが以前多重債務者で、破産の経験者などでなければもっとまともに付き合えると思うのですが。

Yおじさんたちが、再び夜逃げしたんじゃ無いとわかってほんとに良かったです。この人たちに逃げられるとイチキおじさんの事が問題になるかもしれませんから。Yおじさんたちの新しい住所と電話番号はちゃんと押さえたので、何かあればこんどはちゃんと連絡がつくと思うのですよ。』

12月13日（木）

きのう、おかずを持って行った時、しげちゃんの家の敷地の前のロープが閉まっていて、庭に入れなかった。聞けば、いつもはずしているのだけど、小学生が帰りにロープをかけていくのだという。それはちょうどそうしたくなるような位置にあるのだ。

今日は2回もそうされていて、もうロープ自体をはずしたのだという。

私「ごめんね。私のために。でもこれ、小学生にはおもしろいだろうしね」

せっせ「うん、いいよ。さくちゃんがやったと思えば許せる」

私「ハハハ。そうだね」

同じ小学生が無邪気にやったことなら、広い気持ちで許せる。そういうふうに考えたら、いろんなことが許せるなあと思った。なにか嫌なことされても、それを自分の身内がやったと思えば、そうひどいことでなければ、悪意のないことなら、けっこう許せそう。

せっせのおかずを、またも台所で目撃！またまた近づいて、じいっと見てしまった。きょうのは、あのどんぶりにごはん、その上にトマト、その上にさつまあげ、その上に、コロッケ2個と揚げ出し豆腐がのっかっている。

私「これは、上になにか味をつけるの？醤油《しょうゆ》とか、ソースとか」

せっせ「うん。なにをかけようかなって思ってるんだ」

私「ふうん」

『12月15日（土）「珊瑚の島で千鳥足」第61号

しげちゃんが、リハビリセンターから帰ってくるなり、「この前の蟹《かに》はまだのこってるけ？」と聞いてきました。センターの職員にお世話になった人がいるらしく、その人たちを家に呼んで、宴会を開きたいとの事でした。

「簡単よ。蟹は鍋《なべ》にでもすればいいし、後はお寿司《すし》を買ってくるのよ。ケーキも買ってくれば良いわ。このテーブルの周りに椅子を五つぐらい出してくれんけぇ。準備はなんもいらんわ。」

私はしげちゃんの脳天気さに呆《あき》れてしまいました。だいたい、日常生活は殆《ほとん》ど何もせず、洗濯やトイレの掃除まで人にやらせている人が、他人を呼ぼうなんてどういう事でしょう。私も私の生活があり、なかなか家の掃除まで手が回りません。自慢ではありませんが、ほんとに今は台所なんてゴミと買い物袋で足の踏み場も無いぐらいです。とても恥ずかしくて、親戚《しんせき》にまで「今うちに来るのは遠慮してください」などと頼んでいるのに、そこに人を呼びたいなんてとんでもない話です。「準備が大変だ」と言うと、涼しい顔をして「大丈夫よ、ちょっと作って、後は買ってくればいいんだから。私がやるわ。」と言います。「どこか食堂にでも招待すればいいんじゃないの」と言うと、苦い虫でも食べたような顔をして「食堂は寒い」とか「食堂は狭い」とか訳のわからない言い訳を並べて嫌がります。だんだんと腹が立ってきました。もっと自分の状態を考えてから、自分のできる範囲でお礼を考えればいいじゃない。なんでいきなり人を呼んで宴会になるかね。でも考えてみれば、昔からしげちゃんはこんな風でした。

まだ病気になる前、私たちにしげちゃんが「お正月をうちでするから、9時に来てよ。」と言った事がありました。9時に行ってみると、まだ何も準備できていません。寒い朝なのに暖房も入ってないのです。しげちゃんは台所であたふたしているのですが、いっかな何もでてきません。まだ小さいカンちゃんは寒さで唇が紫色になってました。それでもしげちゃんは平気です。

「あんたたちが、9時に来るとは思わなかったわ」などとぬかします。

「しげちゃんが9時に来いって言ったんでしょう!」とミキは怒ってます。

まるで時間どおりに来た我々が悪かったような態度。まるで進まない準備。それでも意に介せず楽しむ神経。そう、しげちゃんは昔からできもしないもてなしが大好きなんです。センターの職員を呼ぼうという話も、しげちゃんのもてなし好きが復活してきたという事でしょう。しげちゃんもいよいよ本格的に回復してきたのかもしれません。足はまったく駄目ですが、一時機能が低下してかなり大人しくなっていた脳の方は、だんだん回復してきたのかもしれません。昔の「ちょっと紙一重」みたいな鋭い、恐ろしい面が復活してきたような気がします。病気からの回復にも色々な面があるんだなと思った事でした。自分がやりたい事をやる時には、他人の迷惑はあまり気にしない。それがしげちゃん。でも、それは案外、一番幸せな生き方なのかもしれません。
ちなみにお世話になったセンターの職員には、なにか適当な贈り物でもするのが一番無難だと言っておきました。しげちゃんは苦い顔をしてましたが。

しげちゃんの回復は他の面でも見られます。（写真84）
この柿は渋柿ですが、しげちゃんが皮をむいたのですよ。柿の皮をむけるまでに回復してきたんですよ。もっとも、皮むきの時も大変でした。包丁が使えないから皮むき器を使い、皮をそこらじゅうに撒《ま》き散らしながらの皮むきでした。紐《ひも》を通すのも針金を使って穴を開けて、そこに紐を通すのですが、なかなかうまくいかなくていくつか柿がぼろぼろになってました。それでも、しげちゃんはすっかりこのできばえが気にいったみたいで「もっと柿をむいて干し柿にする」とはりきってます。』

後日談。この干し柿にはびっしりとカビが生えてしまい、真っ黒になったまましばらくはぶらさがっていたが、やがて捨てられた。

12月16日（日）

さくの小学校の発表会。しげちゃんたちも見に行ったようで、帰りに遊びに来た。いつものようにお寿司を買って食べている。そして私が、先週考えついたことだけど、もしかして引っ越すかもという話をする。せっせは驚いていたが、私の性格を知っているので、さもありなんという感じだった。「そういえば、君はこのあいだ、もうここには飽きたって言ってたな……」と、つぶやいている。せっせたちが今住んでいる家の老朽化が進み、浄化槽や水まわりを修理しなければいけないという事態に陥っていて、来週にでも修理を依頼しようかと思っていたそうで、もし私たちが引っ越したらこの家にきて住んでもいいよと言ったら、だったら修理の依頼はまだしないでおこうということだった。あさって東京にいくからその時に部屋を見て、よかったら決めるかもしれないので、数日中にはわかる。もし引っ越しても休みの時には帰ってくるからと。

とにかく、急なことなのでせっせもぼんやりしている。私もぼんやりだ。はたしてどうなるだろう。でも、私はいつも急だった。なにをするのでも。

せっせが「かんちゃんが言ってたように、南の島に住むって簡単じゃないと思い始めてた」と言う。「この人（しげちゃん）がいると、見に行くことさえできないから」

私「そうでしょう？それにどこにでも、いいところと悪いところはあるよね……」

そう、東京にも好きな部分と嫌いな部分がある。それはここでも同じだ。どこでも同じだ。好きなとこばかりのところって、私にはない。

それにしても、しげちゃんのあの家は暗くて寒すぎる。シロアリもいて床はぬけるし。雨漏りもすごい。窓にはすき間が開いてるし。

せっせ「ねずみも増えてる」

私「コウモリも棲《す》んでたんでしょ？」

たぶん、普通の人だったら、もうとっくに住んでいないと思う。

あの家の実態をよく見てみようと思い、夕方ちょっと見に行ってきました。雨漏りがひどい部屋と廊下。床がぬけそうな部屋もひとつ。ねずみが米袋をやぶったという玄関のすみっこ。昼なお暗い部屋部屋。昼なお寒い部屋部屋。おびただしい量の物。どうにかまともなのはひと部屋だけだった。

ところで、きょうもしげちゃんの回復を思い知る。というのも、最近、手押し車を押しながら、ひとりでお墓まで行って来たいとよく言うのだそうだ。自分の能力を正確に把握しないまま、願望だけは強い。そして、「もし私の家に引っ越すとしたら、どう？」と聞いたら、「いいわよ」と澄ましかえっている。そして「お兄ちゃんがもし両方の家の管理をしたいんなら、今私がいるところにおにいちゃんが住めばいいわ。食事だけ私に運んでくれれば」と。

「えっ？しげちゃんがひとりで私の家に？もし火でも出たらどうするの？」

「火は使わないわよ」

このきれいな家にひとりで住むと言うのだ。洗濯も食事の世話も、なにもかもせっせにやってもらっていて、住むのは自分ひとりなんてあまりにもせっせにひどい。そしてこういう言い草はとてもしげちゃんらしい。むかつく。そのことをせっせに言ったら、無言だった。そんなこと言ったらせっせはそうすると、自分はあの寒い家に住むと言いそうだ。

12月17日（月）

きょう、おかずを持っていったら、

せっせ「よく考えてみたんだけどね。この家をすぐに壊すなんてことはできないから、君が引っ越しても、こっちに住むよ。だから最低限の修理はしようと思う」

私「そうだね。私もまた帰ってくるかもしれないしね。とにかく、明日行って部屋を探してくるから、それでもし決まったらのことだし」

せっせ「うん」

せっせの作りかけの夕食が見えた。どんぶりにごはん。その上にノリを敷いて、いちょう切りにしたカブが敷き詰められている。かたわらに、これから切ろうとしているトマトがある。

私「この上になにをのせるの?」

せっせ「うーん。どうしようかと思ってるんだけどね」と、教えてくれない。

12月18日(火)

今日の午後5時に現地のマンションを見に行く約束を不動産屋さんと取り交わした。楽しみ〜。もしあんまりよくなくても、一時的と思って、まあまあよければそこに決めるつもりだ。カーカに、夜電話するね、と言う。それで決まるから。

『12月18日(火)「珊瑚《さんご》の島で千鳥足」第62号

とうとうしげちゃんが風邪をひいてしまいました。リハビリセンターで感染したんだと思います。集団生活していると、風邪なんかすぐ広まりますから。私はしげちゃんと一緒に暮らしているので、どうしてもしげちゃんが風邪をひくと私も風邪にかかってしまいます。しげちゃんの症状はそれほどひどくならずにすみそうですが、今回は私の方が重い症状になりそうです。

しげちゃんは風邪も治りきらないのに、さくの発表会に行くと言って聞きません。入り口を間違って、前の方から二人でふらふら歩いていたら、先生から「足の悪い人は、どうぞ来賓席へ」と言われて、来賓でも無いのに良い席で観覧することになりました。小学校の発表会はとてもおもしろかったとのことでした。でも、最後までどの子がさくなのか、判らなかったみたいです。似た子がいたらしくて、最後までその子をさくだと思って応援したそうです。

今日はミキが熊本からのお土産と言って、馬刺しを持ってきてくれました。はたして、しげちゃんの歯で大丈夫かな？食べることができるだろうか？と思ったら、しげちゃんは綺麗《きれい》に食べてくれました。おいしかったそうです。時々歯で噛《か》み切れなくて、出してしまう食品があるのですが、そうかと言って歯応《はごた》えの無いものばかり食べさせるのも可哀想な気がします。本人もやはりおいしいものが食べたいらしいですし。今のところ、しげちゃんはほぼ普通の食事ができます。とても幸いな事です。』

『12月19日（水）「珊瑚の島で千鳥足」第63号

私もしげちゃんも、ようやく風邪から立ち直ってきたようです。今回はなんとか二人とも病院に行かずに、薬なんかで誤魔化して済ませました。しげちゃんは介護されながらも、子供の私の風邪が心配なようで、「体を温かくしておけ」などと気遣ってくれるのですが、現実には私のほうがしげちゃんの体調の心配をしどおしです。世話している方がされている方に心配されると、時々いらついてしまいます。「心配してくれるぐらいなら、も少し私の世話が楽になるように考えてくれ」と考えたりしてしまいます。でも、なんとか二人で生活していけているので、平和なんでしょう。

ミキの名前をつけた時、親戚《しんせき》のおばさんが「木は枝より幹が大切だ。良い名前じゃないの」と言ってくれたそうです。うちのつるばあちゃんは、「ミキというのは、天理教の教祖さまの名前と同じだ。良い名前だ、良い名前だ」と喜んでいたそうです。この話を今日初めてきいて、びっくりしました。ミキは宗教団体があまり好きではないので、きっと嫌がるだろうな、ぜひとも教えてあげなくてはと考えた次第です。ちなみに私の名前は、誠意が一番という意味でお父さんがつけたそうです。

「おまえみたいな誠意の無い人間にならないように、この名前をつけた」と言っていたとしげちゃんが言ってました。いかにも親父らしい言い種《ぐさ》です。ちょっと笑ってしまいました。

年寄りというのは、ちょっと感情が過敏になっているようです。ちょっとした事に大げさに反応してしまいます。今日は食事中に「福祉施設に年末の豚肉の贈り物」というニュースがありました。精肉業者の組合で年末に福祉施設に豚肉のプレゼントをしたというニュースなのですが、組合の代表が小さな子供たちから、手作りの紙のメダルを首にかけてもらっている映像が流れたら、しげちゃんが急に泣き出してしまいました。こんなことはわりと良くあることで、ちょっとした話やニュースで急に涙ぐんだりします。年寄りは皆、多かれ少なかれそうだと思うのですが、感情の変化が激しくて、私たちには小さな事と思えるような話でも、ひどく同情したり怒ったりします。

介護していて急に泣き出されると、こちらはびっくりして「何か大変な事になったのだろうか？」と心配するのですが、たいがいつまらない事だったりします。しかも、年寄りは、恥ずかしいのか、泣き出した理由をしゃべりたがりません。ほんとに年寄りを騙《だま》す詐欺は簡単なんだろうなあ、といつも考えてしまいます。感情に走りやすく、冷静に考える事をすぐ忘れてしまうからです。それだけに、時々巷《ちまた》を騒がす高齢者相手の詐欺は許せません。あの手のニュースを聞くたびに腹が立ちます。ちゃんと考える事の難しくなった人を騙すなんて、人間として一番やってはいけない事だと思ってます。高齢者あいての詐欺師たちに、不幸な老後が訪れますように。

今日はしげちゃんのお姉さんのＦおばさんから小包が届きました。

わくわくしながら開けてみると、だしパックでした。？？？？

なんでだしパックを送ってきたのか？お歳暮でしょうか？しかし、包装なんかはそれらしくないのです。どうみても実用に送ったみたいだし。うちの食事を心配してのことでしょうか？もしかしたら、Ｆおばさんはしげちゃんと歳が離れているので、母親のような面倒見をするのかもしれません。なるべく健康に注意するようにとの思いを込めてのだしパックなのかも。そう思うと納得できるので、それで事を収めるとしました。しげちゃんは健康な時も社会人としては変わった人でしたが、あの人の親戚もちょっと変わった人が多いです。』

12月20日（木）

東京から帰ってきて、お土産のすきやき弁当を持っていく。しげちゃんが庭にいたので、お土産を渡していたら、せっせがやってきた。

せっせ「僕はずっと考えていたんだけど、君の性格だと、たぶん君は東京に行くだろうと思うから、やっぱりこの家は壊すことにして、僕は君の家の物置小屋に住もうかと思う」

私「うんうん。でもあそこは寒いから作業部屋にして、今使ってない2階の和室に寝たら？」などと話す。そして、たぶん引っ越すことになるだろうと。

せっせ「僕はずいぶん考えた。今のこのタイミングを逃したら、この家を壊すことはできないと思う」

忙しかったので、またじっくり話そうと言って、ひとまず帰る。

12月21日（金）

せっせを呼んで、今後の計画を話す。まあ、急がずに、すこしずつやりながら様子をみながら進めることにしようということで、お互いにそれぞれの作業を進めることにする。私はゆっくり引っ越し。せっせは解体するための準備。私の家に来るけど、私たちが今使っている部分はそのままにして私たちがいつ帰って来てもいいようにして、使っていない部分をささやかに使わせてもらい、実家の荷物は、前の畑に小屋を作ってそこに収納する。しげちゃんは陽の当たるリビング、せっせは物置小屋に寝かせてもらうと言ったけど、あそこはあんまりだから、使ってない畳の部屋をぜひにと勧める。

『12月31日（月）「珊瑚の島で千鳥足」第64号

とうとう2007年も終わりですね。しげちゃんはずいぶん健康になってきたみたいです。まだまだ死にそうではありません。2年前は、もうすぐ死にそうだったので、私はとても心配して、しげちゃんの面倒をちゃんと見ようと頑張ってきたのですが、まだまだ大丈夫そうなのを見ていると、こちらが先に死んでしまいそうです。

年末という事で、ご無沙汰《ぶさた》しているお墓まいりに行ってきました。しげちゃんは造花を買ってお供えすると言います。ついでに隣の親戚の家の墓にもお花をさすと言います。でも、お隣さんは造花が嫌いで、うちの墓に造花がさしてあると、それを抜いて生花をさして行きます。造花は枯れないので、墓参りの回数が減るから駄目なのだそうです。あの人たちはお墓参りとか祖先の法事とかに熱心なので、私はちょっと苦手です。私は祖先なんてまったく関心ない人間なので、天罰がそのうち下ること確定だと思ってます。（写真85）

それにしても最後になって急に寒くなりました。こちらでは平年より暖かい日が続いていたのですが、昨日から雪が降る寒さになりました。遠くの山が白くなってます。やっぱり私は寒い気候に弱いなあとあらためて感じています。

大した準備もないのですが、とりあえずおせち位はなんとかしようと、買い物に出かけました。店はどこも混んでいて、買い物も大変でした。明日は私としげちゃんの二人だけで寂しいお正月を過ごす事にします。しげちゃんは運動が不足しているので、あまり食べない方がいいのですが、お正月だし、明日は特別かなと思ってます。餅《もち》を食べる予定ですが、のどにつまらせないように注意しないといけませんね。おせちと言っても、形ばかりの物です。売っているおせちのおりに、数の子や栗きんとんを少し追加して、なんとかお正月らしくしようと思ってます。皆さんにも午前中にでも電話します。』

『1月6日（日）「珊瑚《さんご》の島で千鳥足」第65号

皆様、あけましておめでとうございます。しげちゃんも「はたしてどこまで命が続くか？」と言われながら、とうとう2008年の日の出を見るまで生き延びてしまいました。最近は病気の症状も安定してきて、まだまだ命は尽きそうにありません。私もできるだけしげちゃんと仲良く、介護を続けて行きたいと思います。

今年のお正月は、しげちゃんと私の二人だけで、いつもの家のいつもの部屋でお祝いする事になりました。とりあえずできる限りのごちそうを取り揃え、寒い中で眠たいお正月をやりました。しげちゃんは例年のように数の子や明太子を食べて、餅も焼きました。でも、いずれも健康にはあまり良くありません。数の子なんかはコレステロールが心配ですし、餅は咽《のど》に詰まったりすると大変です。私は動脈硬化に良い食べ物とか悪い食べ物とか、注意するのですが、しげちゃんは習慣の方が大事らしく、正月はやはり数の子や餅が無いとだめだそうです。そこまで病気になった人にうるさく注意するのもどうかなと思い、お正月ぐらいは好きに食べさせてみました。するとなんと別パックで買った栗きんとん（結構大き目のパック）をぺろりと全部食べてしまいました。（写真86）

二日目には、去年と同じように近くの金松法然神社に行ってきました。ここは家から近いし、社殿のすぐ近くまで車で行けるのでお気に入りです。

以前は参道を一キロほど歩かなければならなかったので、とても足の悪くなったしげちゃんには参拝できない所だったのですが、つい前年に駐車場が整備されて、とても行きやすくなりました。ここは、お酒を供えてお祈りすると一つだけ願いが叶《かな》うという神社です。えらく長くお祈りしていたので、何を願っていたのか聞いてみると、自分の健康やら孫の受験の合格祈願やら山のように願い事があったそうです。帰る時にお札と合格祈願のお守りを買いました。

三日目にはしげちゃんを近くの温泉につれて行きました。風邪をひかれるのが怖いので、なるべく温まってもらい、髪の毛をドライヤーで懸命に乾かしました。冬の入浴はとても気をつかいます。温度差で気分が悪くならないか？湯冷めして風邪をひかないか？心配事が沢山あって、とても私がゆっくり入ってる暇はありません。

年末年始は30日から3日まで、リハビリセンターがお休みでした。ずっとしげちゃんと過ごして、食事やお風呂《ふろ》の心配をして、しみじみ感じた事はやはり介護の助けがないと、とてもやっていけないという事です。この5日は実に大変な5日でした。一日に三回も食事をとらないといけないのか？と疑問に思ったり、お風呂は毎日じゃなくても良いんじゃないだろうか？と思ったりとにかく気を抜く暇もありませんでした。介護保険でしげちゃんがリハビリに出かけてくれるから、なんとかもっているという感じです。』


日曜日なので、しげちゃんがお寿司《すし》を持ってやってきた。せっせと引っ越しのことを語り合う。せっせも「やはりたまに変化することはいいことだと思う」なんて言ってる。

しげちゃんは東京にはカーカとさくのふたりで行くと思ってたらしく、私も行くのだと言ったら、安心したわと言う。よくわかっていないようだ。

せっせは、あの古いコウモリ屋敷を解体することに意欲を燃やしている。あの家をきれいさっぱりと始末できたら、どんなにかすっきりとするだろう。

1月8日（火）

午後、せっせがうちの物置小屋内部の写真を撮りにきた。寸法も測るという。コウモリ屋敷の倉庫を片付けていたら、処分しなければならない古くて重いタンスが20棹《さお》ぐらいあることがわかり、すごく暗い気持ちになったので、未来のことを考えて気を晴らそうと思ったのだそう。でも、しばらく物置小屋にいて、すごく寒いということがわかって、やはりそこを住居にするのは難しいかもと感じ、残念そうだった。だから家の2階を使えばいいのにと言うのだが、せっせは気乗りしない様子。人の家に住むのが嫌なのだろう。そういうわけで、気も晴れずに新たな憂鬱《ゆううつ》を抱えて帰っていった。

『1月15日（火）「珊瑚の島で千鳥足」第66号
ひさびさに宮崎の病院に入院中のイチキおじさんに面会に行ってきました。お土産も沢山用意して、朝早くから出かけてきました。今回は大き目の置き時計のお土産があります。なんでもこれはしげちゃんの実家にあったものらしいです。これをぜひおじさんにあげたいとしげちゃんが一生懸命でした。かるかんは看護師の方々へのお土産です。沢山のお菓子はおじさん用です。（写真87）
久しぶりのおじさんは元気そうでした。以前とほとんど変化ない様に見えます。服はこの前Yおじさんが訪ねてきた時にくれたそうです。例の在庫を処分したおこぼれがここまで届いたみたいですね。
おじさんは時々葉書をくれて、そこにはいろいろ書いてあるので、会ったら積もる話があるのかと思うと、そうでもないらしいです。ほとんどおじさんから口火を切る事はありません。私たちの問いかけにぼそぼそ答えるだけです。特に欲しい物もないそうです。以前住んでいた家の近況なんかを話すのですが、かなり妄想も入っていて、話が嚙《か》み合わなくなったりします。

私はおじさんに「あなたは葉書で、退院してうちに帰ってきたいと書いていたけど、私はあなたを引き取る気はない」と伝えようとするのですが、しげちゃんは「そんなこと、言わんでいいが」と取りなすし、おじさんは「いえ、あの家の隣に住もうと思ってるんですよ」などと訳のわからない事を言い出すしで、いつも自分の言いたいことが言えなかったというフラストレーションばかりが溜《た》まります。

なんと病院が改装したらしく、おじさんの部屋が個室から六人部屋になっていました。おそらく長期入院に対する保険の制度が変わったので、病院も個室のような贅沢《ぜいたく》を維持できなくなったのではないでしょうか。おじさんはこの変化をどう思っているのでしょうか？どうも本人はそれほど大部屋になったことを不満に感じていないみたいです。Yおじさんたちは、賑《にぎ》やかになってむしろ良くなったんじゃないか、と言ってました。イチキおじさんはあまり自分の気持ちを表現しないので、本心は何処《どこ》に在るのかちょっと不明です。しげちゃんは隣のベッドの患者さんと話し込んでます。せっかく遠くまでおじさんに会いにきて、すぐ帰ってしまうのですから、他の患者さんと話すのは挨拶《あいさつ》程度で切り上げて、おじさんと話したらいいのに。しげちゃんを引っ張るようにして面会室に行きました。

持ってきた置き時計は、せまい私物置き場の隅に据付けてみました。置き時計は、おじさんも気に入ってくれたみたいです。まあ、貰《もら》えればどんな物でも嬉《うれ》しいのかもしれません。

置き時計をおじさんにあげるのに問題があるかと心配していたのですが、スペースさえあれば、そしておじさんが管理できるなら良いとのことでした。

おじさんにあげた腕時計はどうなったでしょうか？おじさんに「腕時計は調子どうですか？」と聞いてみました。おじさんはにこにこ笑って、「調子良いですよ」と見せてくれました。（写真88）

ヒ━━━(゜Д゜;)━━━エエエ!!!


おじさん。と、時計が壊れてる。中に水が入ってるじゃない。おじさんは調子良く動いてると言うけれど、これはあまり長くもたないよ。丈夫な時計の筈《はず》なのになぜこんな事に？よく見ると竜頭の所が壊れてます。おそらく、おじさんがいじくり倒して竜頭を壊してしまい、そこから水が浸入したのではないでしょうか。そういえば以前のおじさんの時計も竜頭が壊れてました。竜頭を回すと、針がぐるぐるするのでそれが面白くて壊したのではと想像します。本人に悪気は無いのでしょうが、故意に壊したと言われてもしょうがない状況のような気がします。

しげちゃんは「修理してあげれば」と言いますが、私はそれには賛成できません。むしろ、ここはこの時計が壊れるのを待って、安い時計を新たに買ってあげるのが得策と見ました。どうせ壊してしまうなら、一年に一度くらい安い時計を買ってあげたほうが良さそうに思います。針の無いデジタルの時計なら、恐ろしく丈夫な奴があるのですが、そんな壊れない時計はおじさんの好みではないでしょうから、針で動く、壊れてもあまり惜しくない安い時計を買ってあげようと思います。』

昼間、庭のバナナの枯れた葉を畑に捨てていたら、せっせが軽トラックで畑に入って行った。止まって声もかけずにさっと私を避けるように行ってしまったので、めずらしいなと思って、近くまで行ってみた。すると、トラックから大きな机を畑の一部に敷いた板の上におろそうとしているところ。

私「これをここに置くの？」

せっせ「そう。あまりにも家具が多いから、1年ぐらいここに置いておいて、ゆっくりと選別しようかと思って」

私「こんなところに置いといたらすぐに腐ってダメになるよ。家の解体と同時に全部処分してもらえばいいのに」

せっせ「それはわかってるんだけど。そう言われると思って君には言わなかったんだ」

私「捨てるのがもったいなくて、捨てきれないんでしょ。ここに置いてぼろぼろになって、惜しくなくなるのを待つんだね。どうせいつかは捨てなきゃいけないのに」

せっせ「それは判ってるんだけど……」

私「労力の無駄だよ。こっちに運んで、そしてまたこれをいつか捨てて」

せっせ「うん。そうなんだけど……」

私「この無駄な感じ、しげちゃんそっくり」

『1月20日（日）「珊瑚《さんご》の島で千鳥足」第67号

Yおじさんはしげちゃんの弟です。しげちゃんの実家の家の跡取りとして家庭を持ち、子供が二人います。しげちゃんの兄弟には、お兄さんもいるのですが、昔から病気だったので、実家は弟のYおじさんが継ぎました。そのお兄さんというのが、このまえお見舞いに行ったイチキさんです。Yおじさんは雑貨屋をやっていて、その他、収入を補うためにいろんな商売に手を出してました。飲み屋や、となりのパチンコ屋の景品交換みたいな事もやっていたようです。ところが、この実家の商売はあまりうまくいってなかったようです。借金が募って、とうとうシステム金融のようなものに手を出したそうです。システム金融では、金融会社の返済期限が迫ると、他の金融会社から融資の案内が届きます。実は最初の会社と次の会社はぐるで、お互いに連絡を取り合って、借り手が借金を借金で返すような状態にもって行くのだそうです。借金は雪だるま式に膨らんでいって、自己破産に追い込まれてしまいました。しかし、そこに至るまでにYおじさん一家がとても頑張って粘ったので、長い時間がかかりました。Yおじさんはありとあらゆる親戚《しんせき》や知り合いに借金を申し込んで、被害金額を大きくしてしまったのです。しげちゃんのお姉さんたちも、むろん借金を申し込まれ、Qおばさんなんかは夫の給料の一部を定期的に振り込んでいたそうです。さらにQおばさんの子供にまで借金のお願いで「20万借りている内の10万円返すから、新規に30万円貸してくれないか」といわれたとの事でした。しげちゃんの実家のある町ではちょっと名の知れた所だったらしく、おじいさんは県議までした有名人らしいです。そのため、そう簡単に破産する訳にはいかなかったのかもしれません。実はYおじさんは、あまり積極的に借金を回していくような人では無かったように私は思います。それなのにどうしてこんなに怖い借金を繰り返したのでしょうか？どうも、Yおじさんの奥さんがやり手で、借金を返すためにいろいろ活躍していたようです。どちらかというとのんびり屋のYおじさんに比べると、奥さんはハキハキした、物事をはっきり言うタイプの人で、親戚からは嫌われていたようです。この人が飲み屋を始めたり、パチンコの景品交換みたいな事を始めたりしたのだと思います。私は小学校の頃に地震にあって、しばらくしげちゃんの実家に住んでいたので、Yおじさんの事は昔から知ってるのですが、借金をぐるぐる回すような事ができるような人ではありませんでした。おかしいと思っていたのですが、やはり黒幕は別にいたらしいということで納得しました。Yおじさんだけで経営していたら、あんなにもたなかったかもしれません。そしたら被害金額も、もっと少なかったでしょう。むろん、しげちゃんもお金を貸してました。数十万円を貸して、数日後に再びさらに大きな金額を頼まれた事もありました。イチキおじさんは、病院の支払いを傷病年金からしていたのですが、それの管理もYおじさんがやっていて、病院へのお金も借金返済に流用していたそうです。

この自転車操業も結局破綻《はたん》し、Yおじさんと奥さんは町から夜逃げしてしまいました。その時手を貸したのがしげちゃんです。Yおじさんと奥さんはうちに逃げてきて、一緒に店の在庫や家の家具をうちに持ってきました。

今でも思い出すのは、Yおじさんの奥さんが、うちまでやってきて盛んに嘆くのは、自分の息子の事だけだったことです。「自分たちの借金の保証人になっていた息子に迷惑をかけた」と言って泣いてました。昔から息子は自慢の息子で、「息子が、息子が」と自慢していたのを思い出します。被害を出した犯人を助けた為に、しげちゃんは被害を受けた人たちから恨まれたりもしたらしいです。その上、よせば良いのに、病院で煙たがられていたイチキおじさんまで引き取ってその後のうちの困難の元を作ってくれました。貸したお金は返ってきません。相手が自己破産したので、もうお終《しま》いです。イチキおじさんはすったもんだの末に宮崎の病院に入院してもらいました。もし今度退院する時は、Yおじさんに引き取ってもらうつもりです。あとは、家に大量にある在庫と家具です。一生懸命この家をかたづけている私には、邪魔でしかたありません。どうしようもないので「お金を払いながら」処理している状態です。最近はゴミもただでは捨てられないんですよ。さらに最近のニュースでは貸家に住みながら、大量の店の在庫を溜《た》め込んでいたYおじさん夫婦が、とうとう在庫をあきらめて、人々に在庫を配り、身軽になって引っ越ししたそうです。もう、うちがあの人たちの在庫や家具を保管しておく責任は何もないと思います。捨ててやる、みんな捨ててやる、全部投げてやる、すべて二度と見たくもない。なにしろ、Yおじさんたちがこの家に引っ越してきた時には、この広い家もおじさんたちの荷物と家具で埋まり、今しげちゃんがいる離れは、箪笥《たんす》などの家具で完全に埋まってしまい、人が立ち入ることもできなかったのですよ。なんで私たちが未《いま》だにあの人たちの忘れていった荷物に苦しめられる必要があるでしょうか？この機会にすべてをきれいさっぱりかたづけてしまおう。

さてさてなにやら高価そうな家具があります。どうやって処分しましょう。

ぶ、ぶ、仏壇ですか！こんなものまでうちに置いていきましたか。あいやーこれは困った。まさかこれはゴミとして出すわけにはいかないかも。運ぶには軽自動車じゃ、ちょっと難しそうだし。私が軽トラで運ぶしかないでしょうか。仏壇と、その他、Yおじさんたちが残していった物を積んで、新居まで軽トラででかけなければならないかもしれません。Yおじさんたちも、少し私たちに甘えすぎじゃないか。ちなみに、Yおじさんたちが残していった店の在庫商品は、二日市祭りでしげちゃんに売らせてみようかと思います。

しげちゃんは祭りに参加させろと、とてもうるさいです。でも、あの人にやらせられる安全で簡単な仕事がありません。不良在庫の処分にフリーマーケット開くぐらいなら、しげちゃんに手ごろかもしれません。元はお金を出して処分しなくてはと思っていた在庫です。売値はいくらでも安くできます。売れなくても困りはしません。売れ残りはゴミとして捨てればいいだけですし。売れればしげちゃんのおこづかいも出るかもしれません。(私としてはおこづかいぐらいあげた方が安いと思いますが、しげちゃんは稼ぐのが好きなんです。)

一生懸命ゴミを捨てています。もすこし整理ついたら皆さんとゆっくりお話しできると思います。私の人生の半分はゴミ出しと家の解体のようです。それでは。』

もう何年も持って行かないんだから、おじさんたちの荷物は捨てていいんじゃないの？　仏壇は着払いで送れば？

恒例のお昼ご飯。お寿司《すし》を買ってやってきた。

しげ「ケアセンターの看護師さんに『あなた、しあわせね。しあわせでしょ？充実してるでしょ？』って何度も言われたのよ」

私「へえ〜。なんでだろうね」

しげ「ゲームとかしてる時、積極的に楽しんだ方がリハビリにもなるかと思って楽しそうに応援したりしてるからかしら。病気だもん、いいはずないわよね〜って思ったけど」

私「ふふふ」

さくに頼まれてゲームを取りに帰ったせっせ。

しげ「私はおもちが好きなのよね。お醬油《しょうゆ》をつけて海苔《のり》を巻いて、せっせが作ってくれるんだけど、それがすごくおいしくて。おもちがあるって思ったら朝起きるのも楽しみになるほどなんだけど、もうおもちが切れたからって言って、最近出してくれないの。お正月のおそなえのおもちがあるからあれを割って食べましょう、って言ってるんだけど」

私「へえ〜。じゃあ、せっせに言おうか？」
しげ「ええ」
せっせが帰って来たので、そのことを言う。
私「おもちを食べたいらしいよ。うちにもあるからあげようか？」
せっせ「いや、おそなえのおもちを食べようかって思ってる」
私「おもちを楽しみに朝起きてたらしいよ」
せっせ「砂糖醤油が甘いから、この人は好きなんだよ。すごく甘いから。でも、そればっかりだと栄養がね。だから面倒くさいんだよ、おもちを焼いておかずも作ってって」
私「なんで？もちだけでいいじゃん。さくもおもち2個だけだよ、朝は」
せっせ「たんぱく質が足りないから、おもちは1個、あとおかずをつけてる」
私「おもちだけでいいのに」
せっせ「だめ」
しげ「そう……おかずも食べなきゃいけないのよ」と不満そう。
私「おもち2個だけでいいのに」
せっせ「それだとこの人は大喜びだろう」

カーカとさくとせっせはゲーム。クリスタルクロニクル。3人で協力して戦っている。
さく「怪獣を倒しても、出てくるお金はカーカしか拾っちゃいけないんだよ」

カーカ「そうそうそう」
私「お金はカーカの係りなんだ」
カーカ「係りっていうか、そういうふうに最初に決めたの」
私「カーカがね」
さく「ほら、カーカ、お金出たよ、早く」
お金を拾うカーカ。
カーカ「でも必要な時はあげてるよ」
せっせ「お願いすればね。なにしろ強欲だから。い〜っぱい持ってるんだよ」
カーカ「完ぺき主義だからだよ。みんなに任せられないから。みんなは失敗するでしょ？」
すもうを見るしげちゃん。その卓上テレビをしまう時に、私のお茶碗《ちゃわん》を割ってしまったせっせ。かぼちゃの煮ものができたので、帰りに持たせる。

1月24日（木）

きょうの夕食のおかず（鶏だんごの水炊き）を持っていく。するとしげちゃんがマスクをしてベッドに入ってすもうを見ていた。
「どうしたの？風邪？」と聞いたら、せっせが、「いや、ちょっと風邪気味みたいだけど、たいしたことないと思う。この人が君に風邪をうつしたらいけないってすごく慎重になってて、君が来て帰ったら、ベッドから出るって」「そうだね。今、風邪ひいて、カーカにもうつったら嫌だよね。いつひいてもおかしくないこの寒さだし。じゃあ、長居しないね！」と言ってそうそうに帰る。

1月25日（金）

きょうのおかずを持って行って、「あしたの夜はみんなでラーメンを食べに行こうかと思うんだけど」と言ったら、しげちゃんが「さんせーい」と手をあげた。さくも「わーい」と喜んでたし、みんなラーメンが好き。

帰りぎわに台所にまたせっせの丼《どんぶり》を発見した。おずおずと近づいてしげしげと見る。今日のは、ごはんの上にかまぼこ、その上にコロッケとさつま揚げ、その上をおおいつくすとろろ昆布、その上にトロトロした茎ワカメ、その上に鶏のレバー煮みたいなのがのってる。

せっせ「なにをまたしげしげと」
私「この、かまぼこの下にあるのは大根？」
せっせ「ちがうよ」
私「なに？この白いの」
せっせ「ああ～、それはりんご」
りんご……？

私「ふ〜む」
せっせ「しげしげと見て」
私「もしもせっせが許可してくれるなら写真を撮りたいぐらい」
せっせ「へえ〜？なんなら図に描いて説明しようか？」
私「うん」
せっせ「これはまだ半分なんだよ。もうひとつの丼にはトマトを切ったのとか……」
私「野菜なんだ。それにはご飯は入ってないの？」
せっせ「うん」

1月26日（土）

ラーメンを食べに行く日。6時5分前ぐらいにせっせから「今、朝青龍の取り組みが始まったから、そろそろこっちに来てもいいよ」と電話があったので、しげちゃんの家に迎えに行く。玄関の前に車を停めて待つ。
私「せっせがしげちゃんを早く早くとせきたててるんじゃない？せっせっていつもしげちゃんを急がせるから。ゆっくりでもいいのにね」
カーカ「うん」
出てきた、せっせがけわしい顔をしている。
私「ゆっくりでいいよー」

何かぶつぶつ言ってる。聞けば、しげちゃんがスカートタイプのひざ掛けをしたまま、これで行くといったそうで、それをずるずるとひきずって歩いている。それは巻いたまま歩くような代物ではない。それで、ボタンをはずして手で持って行ってもらうことにした。せっせの顔はまだけわしい。

ラーメン屋についた。混んでるかも。先に店の前におろして、車を停めて行く。混んでいた。カウンターに4人、小さいテーブルにひとり（せっせ）とふた手に分かれる。ギョーザとラーメンを注文した。せっせはピリカラ（初級）ラーメン。ギョーザは皮が薄く、緑色の野菜がきれいに透けていておいしかった。ラーメンがきた。なんだかすごくうまい！という気がしなかった。待っている人がいるので、急いで食べて、すぐに出る。カーカはなぜかお腹すかないといって、残した。早く帰りたいといってる。せっせに食べてもらってる。しげちゃんはちょっとだけ残した。帰りの車の中で、

せっせ「落ち着かなかったね」

私「うん。もうこの時間に行くのはやめようか。それに、なんだか、すごくおいしいって思わなかった」

せっせ「そうなんだよ」

カーカ「うん。そう」

私「前はひとくち食べた瞬間に、ああ〜やっぱりおいしい！って思ったものだけど」

せっせ「味が落ちたんじゃないか」

私「そう思う。麺《めん》も軟らかすぎた」
と、満足度の低い夕食だった。一番おいしかったのは、食後にさくが頼んだコーラだった。ビンのコーラが冷えたジョッキに注がれてて。

1月29日（火）

今日はせっせのサラダの方の丼が目に入った。コーンが富士山のような山盛りで、その上にとろろ昆布。わあっと鮮やか。下は何？と聞いたら、トマト、その下はりんごだって。

「これ、味つけるの？」

「うん。ドレッシングをかけようかと」

「写真、撮って欲しい」

「撮ろうか？君がそんなに言うなら」

「うん」

コーンがたくさんだねと言ったら、
缶詰めを開けたら思った以上にたくさん入っていたのだそう。

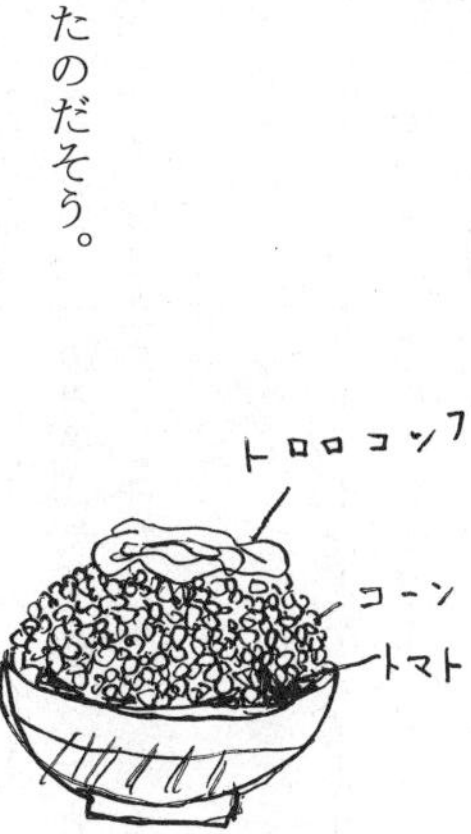

2月3日（日）

きのう、今日とたくさんの屋台が並ぶ「二日市」というお祭り。せっせとしげちゃんも家の前で、倉庫に眠っていた品物を売るそうだ。きのうは雨で出足は悪かったみたいだが、ちょっとは売れたよと言っていたので、朝、見に行った。ちんまりと衣類など、台の上に並べてある。昔の正札がついたままの反物や草履、帯留めなど。どれでもひとつ300円と書いてある。見ると、数十年前に数万円の値札がついてる大島紬《おおしまつむぎ》もある。これはすぐにいくつか売れたそうだ。最初200円にしてたら「この大島は200円じゃないんでしょう?」と人が驚いていたので300円に値上げしたそうだが、「500円にしたら?」と提案したら、そうしようと言っていた。どうも価格設定を間違えたんじゃないかと思っていたんだと。

そして私も、大島紬をひとついただく。するとせっせもひとついただいていた。それで大島はなくなった。もうひとつの台の上には衣類や肌着、ハンカチセットなどが2個100円で。しげちゃんが「看板がないから、フリーマーケットって紙に書いてきて」と言ってたけど、面倒くさかったので断る。通る人にはわかるよとせっせが言ったし。

昼頃、うちにあったハンカチセットも売ってもらおうと持って行ったら、「お客さんがこないよ」とせっせが言っていた。やはり、こんな薄暗い倉庫というシチュエーションがうさんくさいのかも。いかにもガラクタという雰囲気だし。

『2月3日(日)「珊瑚《さんご》の島で千鳥足」第68号

いよいよ二日市がやってきました。今年は、空いたスペースでやっていた1日駐車場をやめて、家の倉庫に眠る不良在庫をすこしでも売ろうという計画です。雨の予想だったので、

倉庫に店舗をしつらえてみました。(写真89)
とりあえず、どれでも200円（高価品の棚です）のと(写真90)、2つで100円の値段をつけたもので、商売を始めることにしました(写真91)。
なにしろゴミとしてコストをかけて捨てようと思っていた不良在庫です。少しでもお金になれば御の字です。それにもうひとつ。私が商売をやろうと思ったのは、しげちゃんが「二日市で駐車場をやろう」とうるさかったからです。駐車場をやれば儲《もう》かりますが、かなり注意しないと問題が起きます。とても今のしげちゃんがやれるような事だとは思えません。でも、一方的に「止めろ」といえば、しげちゃんも反発するでしょう。そこで、しげちゃんの時間つぶしとして店をだそうと決めたのでした。
心配していたとおり、土曜日は雨になってしまいました。人通りもほとんどありません。やっぱりこんな店、難しいかなと思っていたら一時間半後に最初のお客さんです。その人たちが「どれでも200円」の値段をつけた棚から沢山買っていきました。「しまった、200円は安すぎたのか」と後悔して、さっそく300円に値上げしました。(写真92)
しげちゃんもリハビリセンターから帰ってきました。はりきって売るつもりのようですが、とにかく人が通りません。一時間に2、3人しか通行しません。その上、その中でうちに興味を示す人はほとんどいません。なかなか寂しい商売になりそうです。
今年の二日市は天候が悪くて、例年より極端に景気が悪かったようです。うちも大して売れはしなかったのですが、それでも高価そうな呉服関連の物や反物がけっこう売れてしまいました。反物などは、パッチワークをする人が、「端切れが結構高いので、それに比較すればとてもお得」と言いながら買っていきました。あんな長い布は、美化センターでも粗大ゴミとして有料でないと引き取ってくれないので、たすかります。というか実は大島紬の反物があまりに人気なので、一反取りおいてあります。何か使うことがあるかもしれないと思って。

ある程度（売り上げは一万円程度でしょうか）売れたので、まあ、満足しないといけないのでしょう。もとはゴミですから、今年の二日市の条件を考えれば贅沢《ぜいたく》は言えないと思います。しげちゃんもそれなりに楽しんだみたいですし、とりあえずは成功でした。でも、残りは全部始末して、来年はやらないつもりです。』

今日はうなぎ丼。前回、せっせの分を作ってあげなかったことを後悔したので、今日はせっせの分もあるよ、うなぎだけ持って行くからごはんを用意しといてと言ったら、夕方、丼《どんぶり》にごはんを入れてうなぎを取りに来ると言う。

来た。せっせの丼は特別大きいのでずいぶんたくさんうなぎが載ってしまった。

毎日しげちゃんの家から帰ってくるお皿はものすごく冷たい。家が冷えているので、お皿類も冷えているのだ。こんなに冷たいんだなと、その皿を触ってみて驚く。まるで冷蔵庫の中のような温度だ。早く春になってこの家に引っ越してきたらいいのに。この家はあんなに冷えてないから。引っ越してきたら薪《まき》ストーブをたく?といつかせっせに聞いたら、「君の家はあたたかいからたかなくていい」と言う。私たちにはちょっと薄ら寒い温度でも、冷蔵庫のような家に住むせっせたちにとっては暖かいのだろう。本当にあの家は、芯から冷えている。床下に氷のかたまりでもあるんじゃないだろうかと思うほど。夏も涼しいから、永久凍土かもしれない。

2月4日(月)

今日、しげちゃんにおかずを持って行ったら、テーブルにふきのとうがあった。もらったのだそう。で、早生《わせ》よ。4つぐらいに切って卵と小麦粉でてんぷらにしたらおいしいんだけどねと言うので、もって帰ってきた。明日、てんぷらにしてあげよう。

『2月5日(火)「珊瑚の島で千鳥足」第69号
昨晩、しげちゃんに渡った二日市のたい焼きはクリーム餡《あん》でした。
しげちゃんはクリーム餡は初めてだったらしく、「たい焼きに革命が起こってたんだね。どうも昨日、たい焼きの屋台が見えないと思ったら、この革命で皆が迷ってるんだね。」とさかんに感心しています。(クリーム餡なんて昔からいっぱいあるよ)と言いたかったのですが、二日市がやっと終わって、私はとても疲れていたために、しげちゃんの言葉に反応する事もなく、たんたんとしげちゃんを布団に押し込んだのでした。ところが、二日市が終わったのに、翌日も盛んに「たい焼き革命」を興奮して叫びます。よっぽどクリーム餡に感心したらしく、「若い人は今までのアンコより、新しいのが好きかもね」などと呟《つぶや》いてます。「クリーム餡は以前からあるよ。それどころかチョコレートとかイチゴとか、たい焼きもいろいろ種類があるんだよ」と言ってみたのですが、それでもしげちゃんの驚きはおさまらず、

「あら、そうね、やっぱり革命が進んでるんだねえ」と熱が冷める様子がありません。

しげちゃんはたい焼きに革命が起こってるから、今年の二日市にはたい焼きが目立たなかったと確信しています。しかし、たい焼き屋が見えなかったのは雨で店が閉まっていたからではないでしょうか？写真は二日市の土曜日、4時頃、市を見て回るしげちゃんです。

(写真93)

しげちゃんのやっていた店は閉めました。だって、お客が誰もいなかったから。それにしても、ひどい状況だと思いませんか？普通、二日市といえば4時頃ならまともに歩けないぐらい人出があるはずなのに、街には誰もいません。私はこれほど閑散とした二日市を見た事がありません。いくら天気が悪かったからと言っても、これはちょっとひどいという感想です。もしかしたら雨以外の要因もあるのかもしれません。二日市も飽きられたのか、それともこのあたりの景気が悪いのか。

今日は二日市の後かたづけです。しげちゃんにはやらせたくなかったのですが、どうしてもしげちゃんがやると言うので、しかたなくかたづけをまかせました。すると、案の定、これはもったいない、あれはまだ使える、私が使う、私にくれと言い出しました。ほんとは、売れ残りはすべてゴミとして捨ててしまうつもりだったのですが、しげちゃんに握られてしまえばしかたありません。また来年も今年みたいに店を出すというのですが、私は来年まで引っ張るつもりはなかったのです。ここにある衣料品は、ほとんどが破産したおじさんの店の在庫で、かなり年数の経った商品です。そのため、生地が劣化していて、見た目はまともでも、やはりゴミに近い品質まで落ちてます。きっぱり捨てたほうが良いんだけどという物ばかりなんですが。』

ふきのとうをてんぷらにしてあげた。早生だったからか、苦くなかった。

『2月7日（木）「珊瑚の島で千鳥足」第70号
しげちゃんが便秘ぎみだということは、以前から知っていたのですが、しげちゃんに痔《じ》のきみがあるというのは、今回初めて知りました。数日前からしげちゃんのお尻《しり》に出血があるのに気づいたのです。すぐに医者に行こうと誘ったのですが、しげちゃんは嫌がります。「痛くないし、以前にも、こんなことがあったし、そのうち治るが」とごまかします。本来なら、私はここで強く医者に行くことを勧めるべきなのですが、医者に行きたくないというしげちゃんの気持ちも良くわかるので、それではしばらく様子を見るかとなりました。ただ、下着は介護用リハビリパンツをはいてもらってます。なぜ私は今回、こんなにしげちゃんの気持ちに同情的なのでしょう？実は私も痔主なのです。やはり親子ですね。症状も似ています。私もあまり痛くないのです。そのため、私も医者にはかかってません。そして、しげちゃんの気持ちは痛いほど良く判ります。

ところが、次の日、リハビリセンターの職員に、しげちゃんが痔で、出血しているということを指摘されてしまいました。さすが、あの人たちはよく注意してますね。そこで、その場で私はしげちゃんをリハビリセンターの医院に連れて行きました。外部の人間に指摘されては、行かないわけにはいきません。診察後、座薬をもらいました。便が出たら、その後につけろとの事でした。しげちゃんは自分ではやりづらいとの事なので、私がつけてあげました。やはり薬を使ったら、痛くなくなったそうです。

そういえば、お父さんも痔でした。痔で手術したのでした。たしか熊本まで行って。なんとSおじさんも痔だそうです。私のも遺伝ですね。しげちゃんにとっては不快な病気だと思いますが、本人があまり痛がらないのが救いでしょうか？なんとか座薬ぐらいでおさまれば良いのですが。ちなみに私はいまだに医者にかかるつもりはありません。あしからず。』

2月13日（水）

しげちゃんちに行ったら、ものすごく寒かった。床が冷たいので足がひえる。あまりにも冷たいのでおかずを置いてすぐに帰ろうとしたら、せっせが今度の日曜日におじさんの家に仏壇を届けてくると言う。しげちゃんと一緒に朝早くでて、昼過ぎには帰って来たいと。

台所を見ると、またせっせの丼があった。今日のは、下に大根が敷かれて、その上にトマト、煮物、にしんの昆布巻き、練り物などが重ねられていて、醤油《しょうゆ》がかけてあった。

帰りがけ、「本当に部屋が冷たいね。外の方がまだましじゃない？」と言ったら、

「そうなんだよ。この家はもう限界だと思う」

「やっぱりちょうどよかったのかもね。来月、温泉でゆっくりと話そう」

「うん」

『2月14日（木）「珊瑚《さんご》の島で千鳥足」第71号

今日は特別寒い日でした。しげちゃんはこの寒い家でなんとか生きています。寒さに強いのかもしれません。この家は、ちょっと陽が出ると、家の中より外の方が暖かいです。

しげちゃんの痔は、この前以来良くなったようです。もうリハビリパンツは止めました。

私はしげちゃんの痔が急に悪化したのは、餅《もち》の食べすぎだからではないかと思っているの

ですが、そう言うとしげちゃんは目じりを上げて「そんなことないよ――」と反論します。しげちゃんはあまりに餅が大好きで、最近はほぼ毎日朝に小さい餅を、海苔《のり》を巻いて食べてます。だから、餅が悪いなんて言おうものなら、真剣な顔をして反対するんです。私も意地悪して、時々「餅がいけないんじゃないの？」としげちゃんを脅して、しげちゃんの反応を楽しんでます。でも、ほんとに真面目な話、餅はしげちゃんにとって、大丈夫なんでしょうか？もちろん、のどにつめたりすると大変ですが、「おいしい、おいしい」と食べ続けるのはどうなんだろう、と考えてしまいます。

なんとか、この、大きくて古くて使いにくいぼろ家を、整頓《せいとん》し生活環境を改善しようと努力しているのですが、しみじみ、この家をかたづけるのは一人で山を動かすようなものだと感じてます。家に眠ってるガラスを捨てようとしたら、ガラスだけで数百枚でてきました。なんでこんなにあるのか、わけがわかりません。これでもまだ全部じゃないんですよ。

(写真94)

倉庫の中に、とても重厚な木製の箱がありました。ちょっとツタンカーメンのミイラの棺おけに似ています。かなり以前から、倉庫の一番奥にしまわれていました。いったいどんなお宝が眠っているのか期待が高まります。倉庫をずっと整理してきて、ようやく奥の箱までできました。長年閉じられていた蓋《ふた》を、今開けてみます。(写真95)

なにこれ？ゴミのような端切れじゃん。なんでこんなものを、箱に入れて何十年も仕舞っておかなきゃいけないのでしょうか？私はこれを見て、なんだか力が抜けて、かたづける気力がなくなりました。とにかく巨大なゴミの塊みたいな家です。一人の力ではどうしようもないと感じてます。軽トラにゴミを山積みして美化センターに出かけようとしていたら、通行人に「ここはリサイクルの所ですか？」と聞かれてしまいました。今までここに住んだ人たちやしげちゃんが、この量の多さに疑問を抱かなかったのが不思議です。そのうち人手を頼むかもしれません。ケチな私がそんな事を考えるほどゴミの山は高くて大きいです。
この次の日曜日にでも、Yおじさんの家に行こうかと思ってます。むろん、あの仏壇を持って行くのです。ゴミも仏壇も家具もなにもかも、どんどんかたづけなければと、最近少し焦り気味です。おじさんの家はうちからかなりの距離があるので、朝早くここを出るつもりです。しげちゃんも一緒に行きたいと言うので、しげちゃんには寝たままで車に乗ってもらい、朝ごはんは車の中で食べてもらおうかと思います。
皆さんも、ゴミには注意してください。油断すると家を占領されてしまいます。』

朝早く、しげちゃんは寝たままで朝ごはんは車中って、いったい何時に出発するつもりなのだろう。私の予想……午前5時。

2月17日（日）

聞けば、やはり早朝5時に出発予定だという。今、朝の6時だけど、かなりの寒さだ。

なぜ早く出るのかと聞いたら、早く済ませたいからだといっていた。片道2時間ほどだ。朝早く行っても距離は変わらないのだから、どうせなら寒さの和らぐ10時〜3時あたりの昼間に行って帰ってきたらいいのに。でも、嫌なことをする時は負荷をかけるというせっせの性格上、そんな普通のことはできないのだろうか。どうせやるならより苦しくなければと。

午前10時ごろ、めずらしくせっせから電話。聞けば宮崎のイオンに寄ったら、あまりにも広くて興奮したので、おみやげをなにか買っていこうかとのこと。いちごは？穴子の天ぷらは？というので、なんでもいいから買ってきてと言う。

せっせたちが帰ってきた。いちごとメンチカツとフライドチキンと穴子の天ぷらを買ってきてくれた。おじさんたちはみんな元気だったそう。せっせにどうしてあんなに早く出かけたの？と聞いたら、午後は眠くなるからだと言う。そうだったのか。いつも何時に寝て何時に起きるの？と聞いたら、夜の8時半頃に寝て、深夜2時半頃に起きると言う。

せっせは車を長距離運転していて眠くなると、前触れもなくいきなりカクッと眠るので怖い。以前、アメリカ旅行をしていた時に、すごく怖かったのを覚えてる。本当にカクッと寝るのだ。それで納得。

気になっていた荷物が処分できて、ほっとした様子。でも、倉庫の中にはまだまだ大量の物があって、とてもひとりで処分できそうもないと、今日もこぼしていた。明日にでも、見に行ってみようかな。

『2月18日（月）「珊瑚の島で千鳥足」第72号
私がどうしてYおじさんに、あの人たちの荷物を届けなければと決意したのか？それは、あの人たちがうちに残していった荷物にあります。仏壇だのおじいちゃん、おばあちゃんの遺品だの、こちらで処分するには問題ありそうな物ばかりです。電話でYおじさんたちに荷物を持っていくと告げたら（仏壇という事は秘密にして）「うちも家が狭くて、荷物を持ってきてもらっても置く場所が無い」とつれない返事でした。荷物を引き取れないなら、そちらで処分してくれと言って、なんとか納得してもらった次第です。でも、自分の家が狭いから、自分の荷物をお前の家に置いておけというのも、ちょっと乱暴な話じゃないでしょうか。いったい仏壇や遺品をこれから先どうするつもりなのでしょう？このままならあの人たちが死ぬまで、これらの物はこの家に居座り続ける事になるでしょう。今、私は死ぬような努力と焦りで家を整頓しているのに、あの人たちの荷物はとても邪魔です。今回は何としても決着をつけようと思って、荷物を持っていく事にしました。その底辺には、人の家に、自分たちでも忘れてしまった荷物を押し付けて平気な人たちへの怒りみたいな思いがあるのかもしれません。私も努力してこちらで捨てられる限りは処分したのですが、さすがにこれは処分できないという物だけが残りました。（写真96、97、98）みきは私がYおじさんに荷物を持っていくことを、甘やかしと言いました。こちらで邪魔になるなら、着払いで送るべきだと。私もあの人たちの荷物を苦労してわざわざ届けてや

ません。なにしろ夜逃げまでこなしている人たちですから、ふらりと消えてしまうような事がないとも限りません。イチキおじさんの事もあるし、なんとかYおじさんの住所や暮らしぶりは押さえておきたいと思ってます。以前痛い目に遭わされたので、完全には信用できないんです。

今回、わざわざ届けるのは、向こうの新しい家を押さえておくという目的もあります。以前痛い目に遭わされたので、完全には信用できないんです。


る必要はないと思います。泥棒に追い銭みたいな事をするべきではないのかもしれません。

でも、届けてやれば、あの人たちの居場所が判ります。なにしろ夜逃げまでこなしている人たちですから、ふらりと消えてしまうような事がないとも限りません。イチキおじさんの事もあるし、なんとかYおじさんの住所や暮らしぶりは押さえておきたいと思ってます。

今回、わざわざ届けるのは、向こうの新しい家を押さえておくという目的もあります。以前痛い目に遭わされたので、完全には信用できないんです。

Yおじさんたちの家は宮崎市よりもさらに遠くにあります。私は長距離の運転が苦手で、すぐ眠くなってしまい、いつも大変苦労します。その対策として、今回はものすごく朝早く出発することにしました。しげちゃんを午前4時台に起こして、寒い中、真っ暗な出発となりました。宮崎市に着いた頃はちょうど朝日が海から昇るところでした。（写真99）

Yおじさんの家への詳しい道順はしっかり調べて、家の付近はグーグルの航空写真で確認済み。だいたい、この家かな？という当たりをつけて順調に走りました。ほぼ予定どおり午前8時過ぎには到着しました。

家は普通の大きさで、車庫まであります。なかなか住み心地好《よ》さげです。二人はとても元気で、生活も安定しているようです。病気がちだと聞いていたのですが、見た目はぜんぜんそんなふうには見えません。

仏壇やらいろいろ、こちらが持ってきた物に対する反応はどうでしょう。多少迷惑そうな様子でしたが、とにかくあまり興味がなさそうでした。この人たちも、結構沢山の物をまだうちに置いているのを忘れていたのではないでしょうか？とりあえず物置に放り込んでおくとの返事でした。家には今回持ってきた程度の物なら仕舞っておけそうな余裕がありそうです。興味のない二人を引きずるようにして、中身を確認させたのですが、さすがに思い出の品とか見ると思い出すようで、いくつかの小物を家に運んでました。仏壇を忘れて不信心じゃないかと非難しようと思っていたのですが、Yおじさんは家の壁の引っ込みに器用に仏壇を作ってました。これならわざわざ仏壇が無くても恰好《かっこう》がつきます。私が持っていった仏壇は、奥行きが長すぎてここに納まらないので、奥行きを切ろうと言ってました。私はちょっと深刻に考え過ぎていたみたいで、はみ出すなら切っても良いような程度の物だったようです。

Yおじさんたちは孫のために、広くない家に雛《ひな》人形まで飾って、狭い空間をますます狭くしていました。聞けばこの人形は40年ほど前のもので、いままで大事に仕舞っておいたものだそうです。大事に梱包してずるずる引っ越しのたびに引きずってきたものという事です。おじさんの家は三間に台所とお風呂《ふろ》という構成のようですが、どこも家具が沢山あって、一部屋は物置になっているとの事でした。そんな状況なのにしげちゃん夫婦の送った大きくて重そうな飾りのついた机を大事に飾ってありました。この人たちも、流れ流れての放浪生活でいろいろ大変だろうに、こんなものを、人からの貰《もら》い物だというだけで引きずって歩かなくてはいけないなんて大変だなと感じました。（写真－100）さらに、私がずいぶん以前に外国から送った羊皮の敷物まで、未《いま》だに使っていました。（写真－101）

異常に物を大事にすると感じたのですが、昔の人はみんなこんなふうなのでしょうか。うちの父方の御先祖様もすさまじいものがあります。人から貰った物を大切にするというのは、良いこと、美しいことだと思いますが、私はそれによって縛られるのがとても苦痛なので、極力大きな家具などは人から貰ったりしないように注意しようと決意しました。はっきり言って小さな家具も貰いたくはないです。やっぱり捨てないと生活は回転していかないなと思います。

Yおじさんたちが、昔の家具なんかを大事にしているのを見て、私の家にあの人たちが沢山の荷物を置いていた事を責める気持ちが少し薄れました。物を捨てられないというのも、ある種の病気みたいなものだと思えば同情心も生まれます。でも私の方も一刻もはやく倉庫をかたづける必要があるので、あの人たちの荷物を引き取ってもらうのはしかたないと思います。ちょっと同情してしまって、思わず一〇〇〇円渡してしまいました。「この前、おじさんたちが家に置いていた荷物の一部を二日市で売ったんです。その売り上げの分配金です。」と言い訳して渡しました。まったく同情するつもりなんか無かったのですが、本人に会ってしまうと、どうしても非難する事はできません。私もまだまだ甘いですね。イチキおじさんを時々外出させたり、外泊させたりするのを、Yおじさんたちにお願いしました。多少言い訳を言ってましたが、そのうちYおじさんたちが外出、外泊をやってくれるという事なので、この点は成果があがりました。

私たちはいろいろあって難しいと言ったら、なんとなく判ってくれたようです。

帰る途中で、宮崎市で有名なイオンに寄ってみました。最近できた大きなスーパーマーケットです。以前から一度行ってみたいと思っていたのですが、機会がなかったのでちょうど良い機会というところです。しげちゃんはさっそく販売員から試食品をつぎつぎに貰って頬が膨らんでいます。みると手が油まみれになってます。それがいたく私の神経に障りました。いきなり買い物の意欲消滅です。とにかく早くしげちゃんの手を綺麗《きれい》にしなくてはいけません。いろいろ見学したかったのですが、ほうほうのていで逃げるように外に出て、しげちゃんの手とカートをごしごし拭《ふ》きました。やはり、しげちゃんと一緒ではゆっくり見ることはかなわんなという感想しかないです。
その後、病院のイチキおじさんをちょっと見舞って、帰ってきました。とても忙しくて、腰の痛い日でした。イチキおじさんの時計は以前見たときより状態が良くなってました。もうしばらく止まったりはしないみたいです。時計が止まったら、それから対策を考えようと思います。』

写真97の真ん中と左は、しげちゃんの両親です。私の母方の両親。目がお悪く、いつも黒メガネをかけていたおじいちゃん。煙草を吸っててガラガラ声で、とてもカッコよかったおばあちゃん。おじいちゃんは、町の名士で、何か人々のためにいろいろ力を尽くしたというイメージがある。役場にある銅像も見たことがある。1年に1回ぐらい、長い時間をかけて汽車とバスを乗り継いで丸1日かかってたどりついた山の奥の平家の落人《おちゅうど》の近く

のしげちゃんの実家。おばあちゃんはちゃきちゃきとした素敵な人で、子どもの私はただ素敵な人だと思って、じっと黙って見てるだけだった。おじいちゃんは、……その家に行ったら最初におじいちゃんの部屋に挨拶《あいさつ》に行かされて、黒いメガネをかけたおじいちゃんの前にかしこまって座ってると、だれかが「しげ子の子どものみきですよ」と言うと、書き物をしていたおじいちゃんが文机から顔をあげて、私たちの方を振り返って、よしよしという感じで見て、お小遣いをくれた……ような記憶がある。おじいちゃんとはその部屋以外で会ったことがない。おばあちゃんは私たちが帰る時に、店のお菓子をざっと集めてたくさん袋に入れてくれた。それが楽しみだった。

そういえば、おじいちゃんはカッパの手を持っていて、NHKの番組でそのカッパの手を披露しているのを見たことがある。カッパの手って……。私も確かそれ、見たことある気がする……。干物のような……ひからびた……なにか……。あのカッパの手はどうなったのだろう……。おじいちゃんは、筆でささっと描く絵が得意で、よくハガキに絵を添えて、ひとことふたこと書いて母に送ってくれてた。たぶん、子どもの中で5人兄弟の4番目の、元気だけどなんだか器用じゃないしげちゃんのことを、愛しながらも心配していたんじゃないかなと思う。……きっとそうだ。なにもかもわかって、それを何も言わずに見ていたようなおじいちゃんだった……。

しげちゃんちにガラクタを見に行った。倉庫や蔵の中に古い家具やダンボールや物がたしかにいっぱいあった。庭にも錆《さ》びた鉄製の電化製品など。でも鉄はタダで業者が引き取ってくれるからいいのだそう。「君の荷物もあったよ」と言うので見てみると、ダンボールで、中に私の昔の著書が入っていた。こんなの捨てていいよと言いながら、ついつい きれいそうなのをバッグに入れる。今では私も持ってないきれいな表紙の『これもすべて同じ一日』『わかりやすい恋』など初期のもの。

「物はそのつどそのつど処分していかなきゃいけないということをすごく感じる」とゴミの山にかこまれてせっせが言う。

「捨てようかどうしようか考えることってエネルギーがいるから、どうしても後回しにしてしまうけど、その時に選別しないといけないよね」と言うと、

「うん。お金を出して買ったものはなかなか捨てられないけどね」

ゴミの山の間をぬって帰ろうとしたら、水道管が破裂して水がシャワーのように噴きだし始めた。

今朝もすごく寒かった。毎朝氷がはる日々。「きのうはあまりにも疲れていてふたりともバタンとねてしまったので、いつもなら水を使うのに使わなかったせいで、水道管の中で流れが止まっていた水が凍ったんだ。でも、この場所ならまだいい。ここはいつも破裂する箇所だからすぐに変えられるんだ」と困りながらもまだいいという。

2月19日（火）

魚市場でお寿司《すし》を買ったので、せっせのところに持って行く。しげちゃんが庭の花を移植したいと話していたそう。

せっせだけ引っ越して、しげちゃんは「私はここに残るから、あなたはたまに様子を見に来てくれればいいわ」と言ったそうだ。やはり昔からの家になじんでいるのか。でもせっせは早くこの生ける屍《しかばね》のような家をきれいさっぱりと壊したいと思っているようだ。家としては限界だと私も思うけどな。雨漏り、シロアリ、ねずみ、建てつけの悪さ、浄化槽や水まわりの老朽化などなど。危険性も感じるし。すでに使ってない廊下や部屋は壊死《えし》していると言えるだろう。せっせはやはり私の家の物置小屋にちょっと手を入れて住むという。そうしたいならそうすればいい。いったいどういうふうに手を入れるのか見てみたい。

2月21日（木）

今日、デジカメを持って行かなかったことが悔やまれる。せっせの夕食が今までで一番風変わりだったのだ。いつもよりも大きな丼《どんぶり》だったので、きょうのは大きいねと言ったら、ふたつ作るのが面倒なので一緒にしたとのこと。ごはんとサラダ合体丼。「一番下になに？ごはん？」

「うん……」

「その上は？」

「なんだったかな……」と、いつものように言い渋っている。

「野菜？」

「……うん」

見えるのは丼のふちから上に出ている部分で、かまぼこや練り物、やわらかく干した魚を燻製《くんせい》のようにして味をつけたもの（つまみじゃないか？）、レバー煮みたいなもの、タクワンの輪切り、ピザ用チーズ、とけるチーズ。

「これ、味をつけるの？」

「うん」

「なに？」

「なににしようかなと思ってる」

「これは、あたためるの？」

「うん」

「だよね。チーズがのってるから……」

いつもせっせの丼は買ってきたものを切ってのせるだけで火を使わない。でも今日は電子レンジであたためるそうだ。

イチキおじからせっせに手紙がきたが（写真１０２）、達筆すぎて読めなかったとのこと。

2月22日（金）

明日のカーカの高校受験のため、今日上京する。15分後の2時45分に家を出るために準備していたら、せっせから電話。今日出かけると行っていたのに電話がくるなんて変なのと思いながら「もしもし」。

せっせ「君はテルくんの奥さんの携帯の番号を知ってる？」とやけに静かな低い声。

私「うん。ちょっと待って」となんで知りたがるんだろうと不思議に思いながら教える。

せっせ「実はテルくんが心筋梗塞《こうそく》をおこしたんだって」

私「えっ」

せっせ「それで親族に手術の同意をしてほしいということなんだけど、奥さんと連絡がつかなかったので僕のところに病院から電話が来たんだ」

うわあ〜。それは、いったい！

メールアドレスも教えて欲しいというので、教えて、私からもメールしとくと言って、もう出なきゃいけないからと電話を切る。その旨を急いでメールして、携帯を使うだろうからと1泊2日では必要ないと思っていた充電コードを荷物に入れて、ドキドキしながらカーカと車に乗って空港へ向かう。カーカにもその話をして、いろいろ話しながら行く。最悪のことを考えるが、意識はあるとか言っていたので、まだ生きてはいるはず。すると途中で電話が来た。テルくんの奥さんのなごさんからだ。私は運転中だったので、カーカに出てもらう。なごさんは外出中で、今メールを読んだそうで、病院に電話したけど話し中でつながらないそう。で、またあとで連絡を取り合おうと。カーカにも私にも丁寧語で「ですます調」で話してて、たぶんすごく緊張してるんだろう。

ショックだろうなあ。かわいそう。でもしっかりしなきゃと思ってるだろう。すぐ死ぬなんてことはないだろうと思うけど、状況がわからないから心配だ。テルくんは仕事がいつも忙しくて、過労で、それでスポーツマンだから、健康だけどすごく体は無理していた……。

高速を走りながら、いろいろ話す。

私「病気ってよくあることなんだよ。しげちゃんでも今回のも、他の人の家族の話だったら普通でしょ。たとえば友だちの76歳のおばあちゃんが脳梗塞で入院したって聞いても驚かないよね」

カーカ「うん」

私「他人《ひと》ごとだったら普通のことなんだよね。よくある……」

カーカ「そうか。そうだね」

私「ママの知ってる人なんて去年、おにいさんが突然、交通事故で亡くなったんだって。朝まで普段どおり笑ってたのに。だから生きてることが奇跡みたいなことなんだよね。何もない時はそのことに気づかないけど。……カーカ、もしママがいま死んだら、カーカとさくが成人するまでのお金は貯金してあるから、さくとしっかり生きてね。……やっぱ、健康第一だよね」などと真面目に話をする。

カーカ「うん」

飛行機に乗る前に、もう一度メールする。

東京に着いて、ホテルに直行してルームサービスで夕食をとる。なごさんからメールが入ってた。病院に向かう途中にお医者さんと連絡がついて話したそうで、手術はしなくて済んだけど1週間は安心できないから集中治療室で治療している、心臓が30〜40パーセントしか機能していないとのこと。

手術しなくていいと聞いて、すこし安心した。

ベッドに寝ころびながらテレビを見る。おもしろいのを見終わって、10時。

私「テレビ消してよ、あした試験でしょ」

カーカ「明日試験だからって理由では消さないよ、カーカは」

私「(グッ)……音がうるさいから消して」

すると消した。本を読みながら寝る。

2月23日(土)

試験が終わって、そのますぐ飛行機に乗って帰る。春一番だそうで、ものすごい強風。突風で、道行く子どもが転んでいたほどだった。子ども、ころ〜ん……ころ〜ん……。

飛行機も揺れてすごく嫌だった。

なごさんからは連絡なし。せっせにもないそうで、ないっていうことは、すごく悪くも、すごくよくもないってことだよね。とにかく待とう……と語り合う。

しげちゃんにはまだ話していないそうで、心配させるといけないからしばらく話さないことにすると。妹のエミに電話したら「おにいちゃん（せっせ）が言わない方がいい。暗いから。できれば、よくなってからテルくんから直接言ってもらった方がいいと思う」と言ったそう。それがいいと思う。なにしろ昨日のせっせのものすごく静かな言い方。かつて私たちの父親が事故で亡くなった時、せっせがエミにそのことを電話で連絡した時のこと、なんの前置きもなくいきなり低く重い声で「エミ、おとうちゃんが死んだ」と言われてエミはものすご〜くショックを受けたのだそう。その時の経験があるので、とくにエミはそう思うのだろう。

そのことをせっせに聞くと、落ち着かなければいけないと思う状況になればなるほど、そういうふうに口調が暗く低く静かになるのだそう。せっせからすご〜く静かな声で電話がきたら要注意。……切ろうかな。

2月24日（日）

恒例の日曜日のお昼のしげちゃんとせっせの来訪。せっせとカーカとさくは楽しそうにゲームに夢中。

せっせにテルくんのことで連絡があったそうで、きのう新しい治療法を試みた結果が今日わかるのだそう。でもしばらくは入院させるとなごさんは言っていたそう。なにしろここしばらくの仕事ぶりは本当に過労死するんじゃないかと思うほどだったのだそう。

私も以前から思っていたけど、仕事のことを考え直すいい機会じゃないかな。これは神様からの注意だと思う。身体に気をつけろという。真面目な性格でどんどん無理をしてまで頑張ってしまう性格の人が立ち止まるのは、病気しかない。病気という形でしか、自分を休ませることのできない人はいる。

夕方、なごさんからメールで詳しい報告が。テルくんの病気は心筋梗塞ではなかった。心電図と血液検査では心筋梗塞が強く疑われたにもかかわらず血管につまりはなく、でも心臓のところどころが動いてない、熱もないので感染症ではない……と非常に解りにくかったが、おそらく「急性の好酸球性心筋炎」ではないかとのこと。好酸球が心筋内のなにかに反応して増殖し、その毒で心筋に炎症をおこしたという非常に珍しいケースで、原因はまだよくわからないけど、常用していたビタミン剤の成分にアレルギー反応をおこした可能性が高いとのこと。今は好酸球は正常の範囲内に減り、ひと安心。でも稀《まれ》な症例なので今後は高度な医療技術をもった専門医の下で組織検査をして治療をおこなっていかなくてはいけなくて、そのための専門病院をさがしてくれているとのこと。

稀な症例というのがなんか笑えるというか。大事に至らなかったからそう言えるんだけど。先は長そう。そのうちなごさんに会って、いろいろとゆっくりしゃべろう。

みんながゲームをしている間、しげちゃんは昼寝したり、ハンモックに揺られたり。暖かかったので庭に面したガラス戸を開ける。気持ちいい。

しげちゃんが「でも、あなたたちが行ったらさびしくなるわね」と言うので、「うん。でも休みには帰ってくるし、いろいろ経験するのもいいよ」と言うと、「そうね」と。

うちは昔から外に出ることに寛大というか、勧める傾向にある。父がそういう人だった。子どもには自由にしたいことをさせてあげたいと、毎晩お酒を飲んでは、ぽつぽつと語っていた。どうやら父は商家の長男で、決められたレールの上を進むのを強要された人生だったらしい。若いときに好きな人がいたけど、それも泣く泣く諦《あきら》めて、実家の商売を継ぐという責任を負わされた人生。良くも悪くもそのためのプラスもマイナスもかぶった。だから自分の子どもにだけは、好きなことをさせたいと。そこに私の生まれる前の魂は狙いをつけたわけだね（スピリチュアル的見解）。しげちゃんの爆発的な想像力と、この父親の長男的のほほんさと几帳面《きちようめん》で誠実な血の下に吸い寄せられた魂4つ（せっせ、私、テル、エミ）。この環境を望んだわけだ。ふむふむ。

『2月25日（月）「珊瑚《さんご》の島で千鳥足」第73号
ミキが私の食事に大変関心を持っていて、写真に撮らせろとうるさいです。
私は私が自分用に作る丼《どんぶり》は手抜きの塊みたいなもので、ある程度合理的などと思っていたのですが、ミキはとてもしつこくて見るたびに「カメラを持ってくればよかった。撮りたい、撮りたい」と言います。ということは、私の丼は、他人からみれば噴きだすほど奇妙で、驚きの丼だということなのでしょう。そんな訳で、皆に紹介するのは恥ずかしいのですが、とうとう根負けして恥を晒《さら》すことにしました。

まず、比較的大きめの丼を用意します。直径20センチぐらい、深さ6センチぐらいです。初めはもっと小さい丼を使っていたのですが、だんだん入れる物が増えて、こんな大きさになってしまいました。

最初はまずご飯を入れます。量はお茶碗《ちゃわん》に軽く一杯と半分ぐらいです。今日は皆さんに紹介するということで、ちょっと奮発してお好み焼きを使いますが、普段はこんな贅沢《ぜいたく》はしません。コロッケなどを二個ぐらいご飯の上に敷きます。

ここにさつま揚げや蒲鉾《かまぼこ》なんかを入れます。蛋白質《たんぱく》層と呼びます。

少し蛋白質が少ないかと思ったので、はんぺんなんか足してみました。

次は林檎《りんご》です。私の定義では林檎は野菜です。

トマトも山盛りにします。私は最近、野菜はほとんどトマトしか食べてません。

この上にビビンバの素をかけます。日によってかける物は違います。カレーだったり、親子丼の素だったりします。最後にメカブを盛って、酢をかけて完成です。(写真－03～－－－)

ご存じのように、私の食事は一日一回です。その数少ない食事の時間にこの丼を全部食べます。私の思うこの丼の合理性とは、

－）なにもかもが一つにまとまってるので、皿が一つですむ。このため準備やあとかた

づけがとても楽。
2）あれを食べようとか、次はこれとか悩まずにすむ。全部一つなので端から食べていけばいい。
3）いろいろ混ざっていて、栄養のバランスが良い。肉も野菜もミネラルもすべてを一回でとれる。
私としては、時間の節約にもなり、体調も良いので、とても楽な丼だと思って、かれこれ10年余り、こんな感じの丼を一日一回食べて生きてきました。少なくとも、今のところ大きな病気も無く、メタボと言われるほど肉も付いてません。なのに、ミキはとても珍妙な物でも見るように私の丼を覗《のぞ》き込んで、「写真、写真」とうるさいです。やっぱり私の丼はちょっと変でしょうか？』

　私が常々興味を持っていて、でもその実体を見ることができなかった丼の隠れた下半分が判明し、うれしい。せっせはこれを夕方作っておき、夜8時ごろ寝て、夜中の2時半に起きて、それから食べるのだそう。たぶんそれからお菓子をひとしきり食べて食事を終え、ハミガキを2時間ほどするのだろう。
　カーカにこの写真を見せながら、どう思う？と聞くと、「せっせ、よく旅館のご飯、食べられるね」と不思議そうな口調。ふつうのものも食べられるのかと。食べてるじゃん。外食も一緒に。

妹エミさんから「お兄ちゃんの丼は完璧《かんぺき》だと思います」とメールがきたそう。

2月26日（火）

テルくんからメールが！

『テルヒコです。
深夜に、こっそりとPCを開いています。（会社のケータイでInternet接続中）
どんぶりの話、ベッドの上で一人で笑ってしまいました。傑作ですね。。。特に〝たんぱく質層〟。豆腐あたりも使えますね。
さて、私のことで、大変な心配をおかけしたと思います。申し訳ありませんでした。
※特にアニキには、病院の先生からの直接の電話で、驚かせてしまいました。。。すいません。あの時は、心筋梗塞《こうそく》の可能性が高く、緊急度大だったためです。
現況をお伝えしておきます。（2／25時点）

心筋梗塞ではなく、急性好酸球性心筋炎というものでした。

寄生虫とか、普段の薬（サプリメント）とか、特殊なアレルギーなどで、心臓に反応する白血球（好酸球）が増大して、心臓にて炎症がでる症例だそうです。

寄生虫は、生肉から移るそうですが、最近食ってないので、NG。

普段の薬は、昨年暮れごろから、しみそばかすを押さえる薬をのんでますが、お医者さんはこれに食いついてきてます。（ただのLシステインが入った安い薬ですが。。。）

明日からしばらく、原因特定のための検査に入ります。
今のところの結論です。
・私の状態は、以前と全く変わりありません。
・なんらかの心臓に対するアレルギーのようなものがあるようです。（検査中）
進展あったら、報告します。それでは。』

すぐに返事を書く。
『本当にびっくりしましたよ〜。
でもこれだけ普通の様子に、安心しました。
これをいい機会と思って、ゆっくり休んでください。退屈でしょうが。
4月に東京に引っ越すので、お見舞いに行きます〜。　姉より』
『「珊瑚の島で千鳥足」第74号
テル君が回復しているようで、ほんとに良かったです。特に心筋梗塞などというような恐ろしい病名ではなくて幸いでした。はじめに病名を聞いた時は心配で、名古屋まで様子を見に行こうかと思ったぐらいです。まあ、Tおじさんも最近心筋梗塞で手術をしたそうですが、見た目は健康そうなので、後遺症も残さずに回復する例もあるとは知ってましたが、それでも症状が重くならないようにと祈るような気分でした。

なにやら難しい病名がついていて、これからも治療がめんどくさそうですが、早く完治するように御自愛ください。

テル君の話をしげちゃんに話すかどうか、とても悩みましたが、結局話さない事にしました。年寄りはとても心が脆《もろ》くなっていて、大きな不幸の話なんかで体調を壊すことがあるからです。中には認知症になってしまう人もいるらしいです。話すならも少しテル君の様子がわかり、テル君が元気になってからでも遅くはあるまいと思ってました。しかし、とても心配だったので、しげちゃんの前で普段と同じような表情を保つのが大変だったです。

ちなみに、テル君のニュースが入ってきた日、確かこちらでは雨だったと思うのですが、しげちゃんが「とても眠い、眠い」と言ってたのを覚えています。まさか何か通じる物があったのでしょうか？　もしかしたら夢でも見たかもしれないと思い、翌朝聞いてみましたが、とりたてて変わった事もなかったそうです。それほど強い電波が流れていた訳ではなさそうです。

私のスペシャル丼《どんぶり》、そうですか、やはり可笑《おか》しいですか。ミキの見立ては間違ってませんでしたか。実は私は割と本気で「合理的」などと思ってたのですが、やはり人に自慢するのは止めたほうが良さそうですね。

注意しているつもりですが、しげちゃんの体重も増加しているようです。体形が丸くなったままで戻ってきません。ちなみに今の一番の関心事は三浦《みうら》社長の突然逮捕らしく、昨日は夢に見たそうです。』

そうそう私もおととい、しげちゃんに「最近、夢なんか見る?」と聞いてみたんだった。てるくんのことを母の勘で感知してるかなと思って。

すると、「いや、見ないわよ」という返事でした。

『2月29日(金)「珊瑚の島で千鳥足」第75号

とうとうテルヒコさんから電話がきました。元気な声を聞けて安心しました。最初に病院からの電話を受けた時は、どうなることかと心配したのですが、回復してほんとに良かったですね。むろん、しげちゃんも近くにいたので、ついでに電話に出てもらうことにしました。むろん、テルヒコさんの病気については何も話してありません。しげちゃんはテルヒコさんとの電話の途中で、一瞬だけ嫌な顔をしましたが、終始機嫌よく笑って話してました。電話が終わって聞いてみました。

「テルヒコは何だって?」

「なんでも、社長さんが病気だったけど、回復して今は良くなったって」

「社長?だれ、それ?」

「テルヒコが言うんだから、テルヒコの会社の社長さんじゃなかろうか?とりあえず良くなってよかったわ」

なぜ社長という言葉が出てくるのか、まったく判りません。急性好酸球心筋炎が社長さんになったのでしょうか？とにかく、しげちゃんはテルヒコが病気で入院した事はまったく理解してないみたいです。理解したらもっと重大な顔しそうです。まあ、本人が幸せそうなので、この誤解はわざわざつっこまなくても良いか。下手に心配かけてもいけませんし。』

入院した時のことを私もなごさんから電話で聞いた。なんでも今までに経験したことのない違和感、心臓をぐっとつかまれてるような未知の痛さを感じたので、とりあえず病院に行ったら、心臓が部分的にしか動いていなくて、心筋梗塞が疑われたのですぐ入院となったのだそう。我慢すれば我慢できそうな痛さだったけど、ちょうど会議など大事な仕事がなかったのでたまたま病院に行ってみたということだから、我慢していたらもっと大変なことになっていたかも。不幸中の幸いだった。なごさんも「経験したことのない違和感に、テルさんが動物的な本能で危機を感じてくれてよかった！」と。外から入った異物に対するアレルギーってふつうは腸とか消化器系にくることが多いらしいけど心臓にきたのはめずらしいって。強いステロイド剤を使うなんとか療法というのを専門医が慎重にやってくれたんだって。テルくんは春に何かの試験を受けることになっているので、この際だから病室で勉強してるって。退屈らしいけど、さすがに今回はみんなに心配かけたのでテルくんもわがままを言わずに大人しく入院してるらしい。私はやはり、神様が用意した休養だと思う。働きすぎだと、同僚も周りの人もみんな言ってたのだそう。

3月2日（日）

恒例の昼。いつものようにお寿司《すし》を買って来た。せっせがカーカに合格祝いをなにかあげようと思うんだけどなにがいい？と聞いていた。
せっせ「携帯とか、iPodは？」
私「懲りたからIT機器は、なし」
以前にカーカにテストで何番以内に入ったら携帯を買ってあげると言ったら、その時だけすごくできて、買ってあげたら、2週間で4万円ばかり使って、すぐに解除した。
せっせ「ボールペンは？」
私「そんなの」
せっせ「百科事典は？」
私「ふん。とにかく、カーカに直接聞いたら？」
その後、しげちゃんちの倉庫のガラクタの片づけが大変だという話をせっせがして、でも急がずにあせらずにやればいいという話になり、そんなに物に困っているのにそれでもまた買いたくなるから困る、と言う。
せっせ「実は今、買おうかどうしようか迷ってるものがあってね」
私「なに？」
せっせ「ミラーボールなんだけど。安い、3千円もしないような」

私「そんなのすぐに飽きるに決まってるじゃん」
せっせ「そうなんだけど、夜なんかそれをつけたら感じがいいんじゃないかなあ〜って思って」
私「それはやめた方がいいと思うけど」
せっせ「うん……。あと」
私「まだあるの？」
せっせ「思案中っていうのがいくつかあって。ついついネットを見てると、このボールペンもいいなあとか」
私「それはあるよね。私もこのあいだ、なんでこんなっていうようなブレスレットを通販で買っちゃって」
せっせ「でしょう」
私「買うのって楽しいよね」
せっせ「あと、チョコレートそっくりのパズル。それを旅館でみんなでやったら楽しいかなとか」
私「パズルは飽きるよ。高いの？」
せっせ「いや。7百円ぐらい」
私「送料がかかるんじゃないの？」
せっせ「だからいくつかまとめて頼んで」

私「そうそう、私もそうした」
せっせ「だろ？まとめて買いたくなるんだよ」
黙って聞いてるしげちゃんだった。

3月6日（木）

テルくんから電話。元気そうで、まったく普通だと言う。しばらくは休んだらと言ったら、「カンちゃんさくちゃんとまたキャンプに行こう。絶対、楽しいよ」なんて言ってる。

『3月7日（金）「珊瑚《さんご》の島で千鳥足」第76号
告白
私は皆さんに告白しなければいけないことがあります。いいえ、私が痔《じ》だということではありません。その事についての話は終わりました。
ついに解体成ったお店の土地ですが、何か変だと思いませんか？なぜ、土地の半分にしか砂利が敷いて無いのでしょうか？ブロック塀も一部が途中で切れていますし、形も統一されていません。入り口の位置も使いにくい所にありますし、所々鉄筋がむき出しだったりしています。まるで工事が途中で突然止まってしまい、再開できない工事現場のようです。
実はこれ、すべて私の指示では無いのです。あの建物を解体する決断を下した時点で、すでにあの土地を買いたいという人がいました。私も、もしあの土地を買いたいという話が無かったら、高額の解体を実行していなかったかもしれません。お店を解体する利点は、以前説明したようにいろいろあったのですが、いざ高額の支払いをしてまで解体するのか？となると決断がつかなかったかもしれません。

あの土地を買いたいと言ってきたのは、最近ここら辺に東京から移ってきた流通業を営むP某《なにがし》という人物です。あまりこの辺には馴染の薄い人で、私も実はその人のことは良く知らないのです。知らない人物は信用してはいけないと判っていますが、私の知り合いの中古車屋の紹介だったものですから、ついひとくち乗ってしまったのが間違いの元でした。初めのうちはとても威勢の良い話で、お店の土地を高額で買うということだったのです。P某は景気の良い話ばかりぶっていて、「私は23億の商談をまとめる人間ですよ。普通はこんな小粒の物件は扱わないんですが、今回はこの地域のために乗り出すことにしました」、と鼻息も荒かったです。「この土地には、8階建てのスーパーマーケットを建てる計画です。」との話でした。あのわずか450坪たらずの土地に8階建てのスーパーですよ！町で一番背の高い建物でせいぜい4階建て、大部分は木造平屋の町で、8階建てのスーパーなんていったいどんな日本列島改造論でしょう。思えばあれも郊外型スーパー建設ブームの最後のころ、田舎で大きなスーパーの計画が次々に発表され、今まで広い田んぼだった所が突然巨大ショッピングセンターに変身していたブームの最後のころでした。そのブームがこの見捨てられた超田舎の町にまで及んできたという構図でしょうか。

土地を買うにあたっては、まず建物をすべて解体しろと言われました。むろん、お金はすべて向こうが出すからとの話でした。そこで、知り合いの中古車屋も巻き込んで、解体の準備を始めたんです。皆さんにもメールを送って、解体する事を伝えたのですが、このような事情を隠していたのは、も少し事態がきちんと決まってから話した方が良いだろうと考えたからです。思えばすでにこの頃から、嫌な予感が走っていたのかもしれません。いよいよ解体の日取りも決まり、準備も整った段階で、突然P某が解体費用の入金延期を言ってきました。私も中古車屋の知人もびっくりです。解体屋に頭を下げて、スケジュールを変更したり大変でした。この入金延期は何回か繰り返され、しまいには「どうしても解体の費用を工面できない。かならず土地を購入し、そのとき解体の費用も払うから、ここはひとつそちらで解体費用を立て替えておいてくれないか」と言うのです。しかし、解体費用は実に870万円ですよ。そんなに簡単に立て替えなんて言われても困ります。普通なら、ここで相手をあきらめて、すべてをご破算にしてしまうでしょう。ところが、この機会を逃したらもう二度とこんな話は無いかもしれないという焦りがあったのか、私は870万円を出して建物の解体を実施することにしました。思えばこの時が運命の分かれ道でした。周りには、買い手がついてから解体したほうが良いとアドバイスしてくれる人もいたのですが、私は崖から飛び降りる覚悟で賭けにでる事にしました。どうせ、いつかは解体も必要になりますし、解体することでいろいろ利点もあると踏んだからです。この辺の理由付けは皆さんにもメールした通りです。

多額の費用と時間をかけて、ようやく解体も終了したので、そろそろ支払いを求めたのですが、まず2週間待ってくれと言われました。あのころはまだ私も相手を信じていたので、必ず2週間後に支払ってくださいとくどいほど念を押して、2週間待つことにしました。ところが、2週間後には、また「手形の関係であと1ヶ月待ってください。」となりました。1ヶ月は2週間より長いじゃないですか！文句言いましたよ。どういうことだと説明も求めました。でも、とにかく今は金が無いと言われればそれ以上どうしようもありません。だいたいこのあたりから、この流通業者P某の事が疑問に感じられるようになってきました。（遅いと突っ込みが入りそうです）大きな話をするけれど、その割には極端に支払いに吝《しわ》いのです。大金で土地を買うといいながら、諸手続きの費用などで数万円の出費があったり、工事する職人へのつけ届けにやはり数万円の出費が必要だったりすると、とりあえずそちらで出せとなります。とにかく現実の支払いとなるとわずか数万円でも出しません。話の大きさに比べると、じつにケチな事を要求してくるのです。話もだんだん変わってしまいます。初めは「解体したら、もうその後は何の出費もありません。」と約束していたのですが、解体後になっても、やれ測量だの登記だのの費用を出すように請求され、「話が違う」と文句を言っても「私はそんな約束はしなかった。」と平気で返答してくるのです。いろいろ周りの人からもP某の噂が入ってくるようになりました。知り合いの建設業者の一人から「最近、P某と仕事してるそうじゃないですか。あの男には注意したほうがいいですよ。ここだけじゃない、いろいろな所で詐欺まがいの事をやっているらしいです。」と言われたときはさすがにショックでした。さらに隣町の税理士に「P某に土地を売る話をしている」と相談したら、即座に「それは止めたほうがいい。私もあの男の絡んだ登記の税務をやった事があるが、かなり詐欺っぽい案件だった。あの男とは関係しないほうが良いですよ。」とアドバイスされてしまいました。さすがの私もこんなに強い逆風が吹いては、今までのように話を進められません。だからと言って、いきなり今日からP某と話をしないという訳にもいきません。一応契約もあるからです。まず支払いを要求して、それがだめだったら契約を解除するという対応をとることにしました。

支払いが延びに延びて、とうとう約束から半年も遅れた頃、ついに私も決意をして「こんど支払いが無かったら、何か法的な手段にでも出よう」と交渉を始めました。こちらはとにかく約束のお金を払ってほしいという要求だけです。するとさすがにP某もそろそろ何かしないといけないと思ったのか、契約したお金を払いますと言ってきました。ところが、それにあたって、あのお店の土地を抵当に入れたいと言うのです。あの土地を抵当にお金を借りて、その借りたお金を私に払うというのです。他人の土地をまるで我が物のように食いつぶす行為ですが、不動産やってるところでは普通なのかもしれません。ものすごく怪しいなあと思いながらも、もしこれでお金が入ってくるのならと、この件を承認することにしました。むろん、抵当に入れる手続きは司法書士が行うはずなので、そのときに十分注意すれば完全に騙《だま》されることは防げるのではないかと見当つけた上でです。

しばらくして、金融機関の人間が土地を見たいとのことなので、P某と二人で土地を見せることになりました。まるで二日酔いのような重苦しい気分の私の横で、P某はタバコなんか噴かしています。待つほどにやってきたのは大きな黒いベンツ。降りてきたのは金融機関の職員には、とても見えない遊び人を感じさせる男でした。髭《ひげ》を綺麗《きれい》に整え、ノーネクタイで仕立てのよさそうなジャケットを粋《いき》に着ています。もう一人は、こちらは見るからに公務員風の地味な鞄持ち。厚い眼鏡に地味な服に膨らんだ鞄。遊び人な社長と地味な鞄持ちがベンツから降りてくれれば、これはいかにもあまり筋の良くない金貸しだなと、うぶな私はビビッてしまいました。なんかすごくこの社長にはかかわりたくありません。社長の話し方がソフトで、笑顔がにこやかなのもますます気に食いません。すでに、私はなんとか言い訳して逃げ出すことだけ考えていました。あまり世間に擦れてない私はきっと騙されます。こんなふた癖もみ癖もあるような人間の話に私がついていけるはずがありません。

心の中で「タスケテー」と叫んでみたのですが、私を除く三人は、にこやかに挨拶《あいさつ》を交わして、チラッと土地を見て、なにやら話しています。「金を払う、などという甘い言葉に騙されて、なんかとんでもない事になってしまった。神様、仏様、ご先祖様。ごめんなさい。もうぜったい手を切りますから、私をまずいことに巻き込まれる事からお救いください。」と祈るだけです。

ところが、祈りが通じたのでしょうか？なにやら三人の話がまとまりません。どうやら、借りる金額でもめているようです。仕舞いには、怒ったP某が金融業者の二人をつれて、車でどこかに行ってしまいました。ひとりぽつねんと残された私は、どうやら助かったみたいだと、涙ながらに八百万《やおよろず》の神様に感謝しながら、現場を引き上げました。最終的にこの融資の話はまとまりませんでした。P某の要求する金額で折り合わなかったようです。それは私にとっては逆転のきわどい救済でした。もう、どんな話をされようと、二度とあの土地を抵当に入れることを承認しないつもりだからです。その後、P某から再び抵当の話があったのですが、私は断りました。冷静に考えてみると、他人が私の土地を抵当に入れてお金を借りるというのは、すでにかなり怪しげな話です。まともな人間なら、最大限に疑ってかかるような案件です。その後、P某からは連絡が無いのです。あの土地に関する工作も、ひと山越えたのでしょうか。お金を引き出すのに失敗して、興味が薄れたのでしょうか。他にもいろいろ悪さをしているらしいので、このあたりに居られなくなったのかもしれません。話は立ち消えになったまま、P某は失踪《しっそう》したらしく、私は大きな出費に苦しめられて難儀しているところです。

ここに至って、ようやく皆さんに今までの経緯をお話しする決心がつきました。いままで黙っていたのは、話が本決まりになってから話そうと思っていたからです。下手に「土地を買いたい人が出てきた」などと話して希望を持たせてしまい、後で「やっぱりだめになりました」と失望させたりしたら、皆さんからも世間からも怒られてしまいます。結局この話はまともな所ひとつ無く立ち消えてしまいました。今回は私も完全にやられてしまいました。どんなに非難されても一言の反論もできません。解体費用に300万円ほど、私も私のお金をつぎ込んでいるのですが、それも言訳にはならないことは良く承知しています。皆さんほんとにすみませんでした。とりあえず、今後の策として、残った土地をもうすこしきちんと整地したいと思います。それと、うちの土地の登記関連について、妙なことをしてるやつがいないか調べておきます。私もこの話が湧いてから今まで、登記には注意していたつもりで、変な工作が行われていないか調べるために、登記簿を数回取ってみました。幸い登記を動かそうなどという怪しい兆候はありませんでした。さらに、しげちゃんの実印も一度改印しておきました。これでも最低限の注意は払ってきたつもりです。

まずは半分しかない砂利を土地の全面に敷くようにして、草を生えにくくして、上に「売り地」の看板を立てます。ミキが「売り地」の看板を立てろとうるさいですから。ブロック塀もなんとかしなくてはなりますまい。

すべては私の蒔《ま》いた種ですからしかたありません。でも、生活が破綻《はたん》したというわけでもありませんし、また再建の道もあるでしょう。人間万事塞翁《さいおう》が馬という諺《ことわざ》もあります。」

せっせ、危ないね。だからあの土地に「売地」の看板でも立てれば？と私が言った時、「恥ずかしいから」なんて妙なことを言って拒否していたわけだ。でも、せっせはいつも何にも言わないし、自分でいいと思ってやるんだから、しょうがない。騙《だま》されたとしても自分で責任をとる覚悟で、ひとりで決断してやってるわけだし。土地に関してはせっせにまかせてるので、これからもこういうことはありえるだろう。傍観してます。

この話を夕食時、カーカに話した。

私「もうせっせって、秘密主義で自分ひとりでやっちゃうし、なんか自分で自分をぎゅうぎゅう追い詰めてるようなところがあって、聞いてるとムカムカするんだよね。だけど、本人がよければそれでいいんだから、さっき会ったけど何も言わなかった」

カーカ「そうだね。ムカムカするね」

私「まかせてるし、好きにやればいいよ」

（後日、せっせが言うには、「あの人は悪人だ」と教えてくれた人のことを別の第三者に聞くと「あの人は悪い人だよ」と言われ、いったい誰が悪で誰が悪じゃないのかさっぱりわからないとのこと。そのへんみんながお互いに相手を悪だと思っている図式。）

『テルヒコです。

自宅にて療養中です。今回の病気「急性好酸球性心筋炎」に関しては、ステロイド投与により、症状は改善したものの原因が判明していないという状況です。

3月10日（月）に、この分野の日本の権威といわれているらしい国立国際医療センターの廣江《ひろえ》先生の診断を受けに行きます。なんか判ったら報告します。

さて、宮崎ではアニキもいろいろと苦労しているようで心配です。思うところを箇条書きにします。

・アニキの計画は支持します
⇒お店の土地がうまく活用or売却できて、南の島移住計画?などが進むこと
・あやしい人たちとは関係を完全に断ち切るようお願いします
⇒健全な売却ルート以外では売らない／売れないのなら売らないor破格値でもよしとする
・ストレスをためないようお願いします
⇒これが一番心配　　以上』

『3月8日（土）「珊瑚《さんご》の島で千鳥足」第77号
おだいじに。
日本の権威といわれてるらしい医者の診断を受けるということで、大変でしょうが体を大切に治療してください。しげちゃんには「テル君ところの社長さんがこんど日本の権威とかいうお医者さんに診てもらうらしい」と伝えておきました。
先のメールで、いろいろ大げさに書いたので、きっと皆さん心配しているだろうなと気がかりでした。ちょっと大げさに話をし過ぎました。皆さんも現実に見たりすれば、「なーんだ」と安心するようなキャラクターばかりなので、あまり心配しないでと言いたいです。ではなぜあのような、皆さんに心配かけるような表現のメールを出したのでしょうか?そ

れはそのほうが話として**パンチ**があるかなと思ったんです。普通の書き方では話がぬるくて面白くないのではと、いらぬ心配をしてしまいました。
皆さんもご存じのように私は特別慎重な性質《たち》で、法務局にも頻繁に出入りして、登記簿を確認したり、実印を厳重に管理したりしているので、むしろ普通の人より注意深いと思ってます。（よっぽどの人で無い限り、ふと心配になって登記簿を取ったりはしないでしょう）
土地の登記も厳重な管理がされてますから、そう簡単に詐欺行為ができるほどやわではありません。落ち着いて対処すれば、そしてあまり欲をかかなければ、そうそう滅多な事にはならないと思ってます。
最後に、土地を売ろうと思ったりすると、どうしてもゴマのハエみたいなのが湧いてきます。これはどんなまともな売り手の所にも現れるみたいですよ。いろいろおかしな手合いの話を、この田舎でも聞くことがあります。その辺はそれなりの対処をしていればいいだけで、ひどく怖がってもしかたないのかなと思ってます。

結論
　大げさに書きすぎました。ごめんなさい。現状は店の解体をすませ、跡地を売るために準備中です。跡地が売れるかどうかわかりませんが、なかなか売れなくても問題ではありません。土地、建物その他にとりたてて問題はありません。土地、建物その他の事でこれからも皆さんにご迷惑をおかけすることはありません。』

せっせも私もしげちゃんの遺伝子を受け継ぎ、想像力がありすぎるというか、ぐっと入り込むタイプです。しげちゃんも以前、父とアメリカ旅行に行った時の話を書いていたけど、すごくおもしろかったな。最初のあたりだけでも細かく書いてあって先が楽しみと思っていたのに、根気がないので最初だけで後が続かなかった。タッチはおもしろく、辛らつ。するどい見方で、笑えるようになっている。けど書かれた方は、憮然《ぶぜん》とするような。そういうところ私に継承されてるかも。しげちゃん、また書かないかな。言ってみよう。

さて、今日から1泊で温泉。みんなで行きます。行きの車の中で、さっそくせっせがメールのこと、大げさに書きすぎて心配させてしまった！と言う。テルくんや妹は真面目に受け取ったようで、心配させてしまったと反省している。別の書き方もできたけど、おもしろいかと思って、と。私は、「あれを読んだら、せっせって心配だな、だまされそうだなって思った」と言った。そして、あれを読んで思い出したけど、しげちゃんが前に書いた旅行記がおもしろかったから、またなにか書いてよとお願いする。

せっせは早く私の家に引っ越して（しげちゃんは居間に、せっせは物置小屋に）、古い実家を整理整頓《せいとん》&解体したいと言う。でもいつも急ぎすぎて無理をするので、ゆっくりねと助言する。しげちゃんがあとどれくらい生存するかわからないけど、早いうちに1回こうやって脳梗塞《のうこうそく》という死の打ち水みたいなのを受けてくれたから、実家の負の遺産たち（ガラクタや使ってない空き地など）の整理や今後のことを考える時間がもてて、かえってよかったねとみんなで言い合う。病気のおかげでしげちゃんの暴走の心配もなくなったし。これがあと20年後ぐらいにいっぺんにやってきたら、せっせは自分の体がもたなかっただろうと言う。せっせもしげちゃんの命次第だから、先のことが決められない。海の近くに住みたいと思っているけど、しげちゃんがいつまで生きるか……、南の島までは望めなくても、せめて宮崎の海の近くだったらしげちゃんもいいというかもしれないしね……、実家の整理がついたら、宮崎の海の近くに小さな家を建てるか借りるかして住むのもいいね……、でもその前にまず負の遺産の整理、などといろいろ話しながら行く。

途中、おひなさまを展示してあるところがあって、そこに行ってみる。長い階段を歩いて行く道と、車で行ける道があって、カーカとさくとせっせは階段を選んだ。上で待ち合わせた。ちょうど駐車場で出会って、途中すごく気持ち悪いところがあったよと3人が言っていた。気持ち悪い石像がたくさん並んでいたそうだ。それもとても悪意のありそうな顔だったって。

小さなお城の4階までおひなさまや人形がびっしり。おかっぱ頭の古いタマミ人形みたいなのがあって、それに目が吸いついた。昔のおひなさまを見るのはおもしろかった。いろんな人形があり、気持ち悪かったりもした。人形って本当に生きてるみたいだ。

旅館に着いて、みんなそれぞれに温泉に入ったりゲームをしたりしてくつろぐ。夕食はやけに上品で、私が友だちと以前来た時以上に量が少なく感じた。私はいいけど、せっせとカーカは全然足りなかったようで、食後にお菓子をバクバク食べていた。あまりにも小さく綺麗《きれい》で上品な盛り付けで、「どれもこれもハナクソみたいだったね」と私も思わずつぶやく。おもしろかったのは、お刺身についていたわさび、底辺と高さが1・数センチの円錐形《えんすい》のものだが、それをせっせは小さい醬油《しょうゆ》皿にぜんぶといてしまって、辛い辛いと苦しみながら食べていた。替えれば?と言ったのだけど、最後までそれで我慢していた。

「なんで全部いれたの?」と聞いたら、よく考えてなかったのだそう。

次の日の帰り、幽霊寺に幽霊の掛け軸を見に行く。せっせがしげちゃんを「早く早く」と押したので、私は「急がなくていいのに」と注意する。そして、「せっせってどうして大人の落ち着きがないの?いつもあせってて、びくびくしてて、ゆったりとした落ち着きがないよね」と文句をいった。

『3月11日(火)「珊瑚《さんご》の島で千鳥足」第78号
この前のメールでは、ちょっと表現が行き過ぎてしまって、皆さんに心配をかけてしまったでしょうか?ずいぶん危機におちいったように書いてしまいましたが、現実はそれほど危ないわけではありません。詐欺にあったとか、追われているとかじゃないし、借金もまったくありません。安心してください。
昨日はとうとう家の土地を貸しているある人(Cとします)に、貸している土地を売りたいと言ってみました。Cは予想通り強く反対してきました。
C「俺は賃料を一度も滞った事は無い」
私「Cさんは、はじめ4万円だった賃料を厳しいからと1万8000円に値切ったじゃないか。値切れば誰でも遅滞無しに支払いが続けられる。あなたはなぜ、借りている土地に、地主に断りも無く小屋を作ったり、駐車場に屋根を掛けたりしたのか」
C「借りた土地には、小屋のようなすぐ壊せる建物は建てていいんだ」
私「いや、問題は断りも無く、という点だ。どのような建物であってもひとこと断る事は必要だろう」
C「たとえ借りた土地でも、すぐ壊せるような軟建造物は建ててもいいんだ」
私「どうして私かしげちゃんに断りを入れなかったのか」
以下Cの講釈と私の反論の繰り返し。
「（。〜。）」「だめだこりゃ、この人、ひとの話聞いてねぇー」
C「お前たちは、昔、土地を売ったときにお金が入っただろう。それから、たいして大きな買い物もしてないから、お金があるはずだ。いまさら俺が使ってる土地を売る必要は無いだろ」
私「はぁ？今から20年も前にうちの土地を売ったからって、それが何の関係があるんですか。すでにあのお金は無くなってしまいました。何に使ったかですって？そんなの細かく覚えてませんが、もう無い事はほんとうです。うちは今どうしてもお金が必要なんです。最近大きな解体工事をして、その支払いが溜《た》まってるんですよ。あの土地を売らせてください。そうすればお金の問題はほぼかたがつくんです。だいたいあなたはあの土地を大して使ってはいないじゃないですか。あまり車が停まってるところをみたことが無いのですが」

C「いや、俺はあの駐車場を使ってる。ときどきいっぱいになるんだ」

Cの抵抗はけっこう強いので、あの土地をどうしても売るなら裁判という事になるかもしれません。なるべく裁判は避けたいところですが、あの人も裁判慣れしてるから、裁判になるまで粘るかもしれません。

とりあえず以前から抱いていた不満（勝手に小屋を建てた事と、賃料をむりやり値下げした事）を相手にぶつけられて良かったです。これから長い交渉が始まるかもしれません。』

せっせも大変だ。この問題もあった。人に土地を貸してると、返してもらうのが大変なケースもある。とにかく土地がらみのいざこざを小さい頃から見てきたせいか、私もせっせもほとほと土地が嫌いだ。特にここは田舎というか、保守的だからか、土地に、人の欲や醜さがよく現れる。真っ当な主張が通らないというのが、最も頭を痛めるところ。せっせ、頑張れ。今まですべての祖先、親戚《しんせき》関係の最後の整理役、せっせ。でもあんまり面倒な土地は、不愉快でも保留にして関わらない方がいいかも。裁判とかになったら、本当にエネルギーを消耗しそう。なんというか、くだらないことを話すのに時間をとられそう。あと20年も放っといたら、Cさんも歳をとって丸くなっているかもしれないし、お子さんの代になったとしたら、お子さんたちは普通の人っぽいので話が通じるだろうし。

夕方、せっせと会ったので「Cさんとは直接話さない方がいいと思うよ。あいだに人を立てた方がいいと思う」と私は言った。

すると、「話してて一番おどろいたのが、Cさんが『この町でいちばん金があるのは、金がうなるようにあるのはだれだか知ってるか？』って言うから『いや』と答えたら、『酒屋のBだ』と言ったことだった。『Bから金を借りてあの土地を買ってもいいんだが』って言ってた」そうだ。ああ、そういう世間話もしたのなら、それほど険悪でもないんだな。

『追記

今日、Cさんに夕方、バッタリ会いました。

昨日、ちょっとやりあったので、今日はすごい顔でにらまれるかな？

ところが、Cさんは私の顔をみて、へらへら笑いだしました。

？？？どういう反応でしょうか？

なんとなく、照れ隠しみたいな笑い方。昨日、Cさんにお願いするにあたって、今うちが支払いに困っていると強調したので、「やつらはもうすぐ借金で破産だ」と踏んで、嬉《うれ》しさが思わず顔に出たのでしょうか？ちょっと戸惑う反応でした。』

3月12日（水）

今日は私の誕生日。せっせから3Dの形をつくるオモチャをもらったので、みんなで遊ぶ。

3月16日（日）

しげちゃんに「書いてる？」と聞いたら、「今、考え中」とのこと。

せっせが田んぼのあぜが隣から食い込まれているので君にも一度いっしょに見といて欲しいという電話がかかってきた。じゃあ、これから見ようかと言って、すぐに家の近くの田んぼに行ったら、なかなかやってこない。ずいぶんたってからせっせがやってきた。「君の家に行ったらいなかったから、ずいぶんさがしてた」と言う。家にいなかったら田んぼに行ったと思わないかな。これから見ようっていう電話だったんだから、普通は田んぼに行ったと思うよね。せっせはそう思わなかったようだ。そういう考え方の違いが不思議だ。う〜ん。私が変なのか？変じゃないと思うけどなあ。

で、その田んぼのあぜ。確かに、しげちゃんの田んぼの方にぐりぐりと食い込んできている。長い間にすこしずつやってきてるらしい。何度言ってもきかないのだそう。言うとケンカになるって。親の代からそのことでケンカしてたって。また言ってみるといってたけど、せっせのまわりには困った人が多い。

3月18日（火）

しげちゃんにカーカたちが育てた大根で作ったというおでんを持って行った。せっせが、「きのう、楽しみに食べようと思っていたふぐの醤油《しょうゆ》漬けが、食べようとしたらなくなっていて、ものすごく悲しい」と言う。ビニール袋にいれたまま、ちょっと目を離した隙になくなっていたから、たぶん猫に盗《と》られたんじゃないかと思うけど、どこかに置き忘れたのかもしれないからと、今日は一日中捜していたのだそう。家の中も庭もあちこちと。すごく残念がっている。どんなにか悔しかっただろう。

さて、そのしげちゃんちの台所だが、私がどうも気がかりなのは、しげちゃんたちが私の家に引っ越してきたら、うちの台所はこのしげちゃんちの台所のようになるんだろうなということ。ガスレンジはあまり使ってないようだけど、掃除をしている様子はないし、スーパーの袋が山積みになっている。たぶん、掃除はしないだろうな、このふたり。

『3月19日（水）「珊瑚《さんご》の島で千鳥足」第79号

やられました。昨晩、夕食の時に食べようと、楽しみに解凍していたふぐの醤油漬け、猫に盗まれてしまったみたいです。この家はとても古くて大きく、猫が集団で巡回してくるみたいです。イチキおじさんも、以前この家に住んでいた時は、猫に餌を与えていました。

そのため、猫が家を棲《す》みかとして、子猫を産んで増殖していました。それ以前にも、しげちゃんが猫を飼っていたりしてましたもんね。私は猫や犬や、動物を飼うのは嫌いです。以前から猫に魚やスルメを狙われて、何回も迷惑をかけられているのですが、今回は特に頭にきました。かと言って、猫を遠ざけるために過激な事をすると虐待と言われてしまいます。家が古いので、どこからでも侵入できる構造ですし、ちょっと打つ手なしな状態です。ほんとに楽しみにしていたふぐだったのに。冷静に考えられないぐらい落胆してしまいました。（ちょっと疲れが溜まってるかもしれません。）もうこの家を猫を理由に解体してしまいましょうか。私はかなり真剣にこの案を考えてます。（私は自覚してませんが、きっとすごく疲労しているのでしょう。）たかが猫ぐらいで大げさなとお思いでしょうが、この家、アニマルハウスとまごうばかりの動物園です。猫、こうもり、蚊、ハエ、シロアリ、ムカデ、カラス、ねずみ、蜘蛛《くも》。すべて室内で普通に触れ合うことができます。この中で私が同居できるのは蜘蛛だけです。蜘蛛は益虫と習ったことがあります。皆さんはこの家の解体の件、どう思いますか？私は猫を甘やかさないためと、家の維持にお金がかかるのを止めるために、解体したいと思うのですが。私の周りでは、しげちゃんは反対、ミキは賛成、親戚は押しなべて反対という意見です。むろん、予算やかたづけやいろいろ問題があって、そう簡単にはいかないのですが、本気で考えてみたいのですが。今回は、この土地を買いたいという人がいる訳ではありません。正直に言います。ほんとに土地が売れるあてはありません。もしかしたら、隣のお寺が興味を示すかもしれないと思った事もありましたが、あすこもいろいろあって難しそうです。Tおじさんは、この家にとても執着していて、なんとか残したいと思っているようですが、なにしろあすこもまだ子供がいて、学費など考えると難しいそうです。第一、Tおじさんは東京に住んでいるので、たとえ何とかしたいと思っても、宮崎の家をどうしようも無いでしょう。Pおじさんは、この本家を守れ、維持しろ、土地を売るなとうるさいのですが、口は出すけど金は出さない人なので、なんの頼りにもなりません。それでも、土地が売れるあては無くても、家を始末できれば少しは固定資産税が少なくなりますし、土地も売りやすくなります。台風で被害がでても、修理しなくて良くなります。（この辺の理論は店を解体するときに、さんざんお伝えしました。）

しげちゃんがリハビリセンターで四月のカレンダーを書いてきました。カンちゃんの合格が今月の一番の出来事らしく、おめでたいカレンダーになってました。

しげちゃんの昔の知人に、新興宗教の信者がいて、時々訪ねてきます。今までは、私が追っ払っていたのですが、この前、私のいない時間帯に偶然やってきて、しげちゃんと話したらしく、集会に誘われたそうです。ほんとに宗教関連はしつこいです。しげちゃんの以前の友人・知人はほとんど縁が切れたといってもよいぐらい付き合いが失われたのですが、そのM教とT教だけは、私の妨害をものともせず、今でも時々訪ねてきます。しげちゃんはT教徒のはずなのに、M教の集会にも誘われたので行きたいなどと言い出しました。もし、誘いにきたら断固追い返そうと計画していますが、しげちゃんの信心もなんだかいい加減かもしれません。ふつうは熱心なT教の信者なら、M教みたいな新興宗教の勧誘には乗らないと思うのですが。』

『3月21日（金）「珊瑚の島で千鳥足」第80号
昨夜お風呂《ふろ》から帰ってみれば家の前に変な自転車がありました。時々、自転車が置いてあることがあるので、また酔っ払いが置いていったのか、困ったもんだと思って家に入ると、なんと私の自転車がありません。しまった！自転車が盗まれた。もう暗くなっているので、どうしようか迷ったのですが、とりあえずちょっと捜してみることにしました。軽トラを引っ張り出して、走り出すとまっすぐ走れません。タ、タイヤがパンクしてる！これはきっと自転車泥棒が私の追跡を恐れてパンクさせたに違いない。とても頭にきた私はすぐ警察に電話しましたが、「もう、一杯ひっかけたので明日の朝行きます」との返事。もう怒りに目の眩《くら》んだ私は倉庫からしげちゃんの自転車を引っ張り出し、タイヤに空気を入れて、完全に日の落ちた街に飛び出しました。おそらく鹿児島方面に逃げたと踏んだ私は自転車の心細い明かりをたよりに走って走って走って、着いた所は吉松《よしまつ》。こんな所まで国道を走っても、犯人など見つかるはずも無く、疲れた足に鞭《むち》打って帰る夜道の無念さ。空には綺麗《きれい》な満月がかかり、このまま走るトラックに突っ込んで砕け散るか！とあふれるほどの絶望。しかしね、家まで帰ってきた私は、負けてなるかと、街をもう一周してみましたよ。もしかしたらどこかに自転車が捨ててあるかもしれない。きょろきょろしながら街を走る自転車はきっと不審の塊だったでしょう。
翌日、警察がやってきて、事情を聴いてくれたのですが、「おそらく子供の仕業」ではないかとの話でした。中学校の卒業式も済んで、ちょっと緩んだ子供が悪さしてるのかもしれないと。しかたありません。今日はタイヤのパンクを修理して、しげちゃんの自転車を防犯登録してきましょう。びっくりするほど熱心なダイエットだったことだけは確かでした。
ミキの誕生日にケーキを注文しました。カンちゃんのリクエストでチーズケーキです。ベークドのチーズケーキと注文したのですが、それでもかなりレアに近いベークドチーズケーキでした。カンちゃんの好みとは違っていたようです。カンちゃんはもっとベークドがいいのだそうです。(写真ー―2)
この前、皆さんに相談した「猫を甘やかさないために本家を解体」する件。見積もりを最初の会社に頼んでみました。すべてを解体して、整地まで込みで400万円だそうです。私の予想よりも少し高めかな、でも妥当な線かという金額だと思いますが、業者にはびっくりした顔で「高いですね」と言っておきました。猫のせいにするにはちょっと高価かもしれません。もすこし計画を変更して、金額を減らしたいと思ってます。倉庫は解体しないでおくかもです。倉庫は解体する必要が生じるまでそのまま活用して、その後ゆっくり解体しても別に問題ないなと気づきました。庭木もすべて伐採としていたのですが、考えてみれば境界のあたりには植栽が残っていても不都合は無いかとも思います。計画変更して再度見積もりしてもらって、今回はさらに他の業者にも声をかけるつもりです。』

吉松とは！距離にして6キロ以上あるのに。よっぽど腹が立ったのだろう。

3月22日（土）

せっせの自転車のサイドミラーだけが、近所の道に落ちていたそうだ。酔っぱらいのしわざかもしれないと言う。カーカも中学生じゃないと思うよと。

今日はせっせにパソコン関係の接続のことで来てもらった。ついでにさくたちとテレビゲームをやっていた。でも途中からゲームしながらくーっと寝ていた。最近、眠りが浅いんだと言う。自転車を盗《と》られたりしたからと。

しげちゃんが記念にみんなで写真館で写真を撮りたいとさかんに言う。みんなが集まるのもそうそうないかもしれないからと。かしこまって写真なんて絶対に撮られたくない。そう言うと残念そうに「考えといて」と。他のみんなに聞いたけど、だれも撮られたがっていない。

3月30日（日）

引っ越しの準備で、なかなか食事をしげちゃんに持っていけないので外食に誘ったり、せっせにテレビの移動をお願いしたり、毎日忙しかった。それも今日の箱詰め&運び出しで終わりだ。

実家の荷物の多さについて、せっせも気の毒だなんて遠くから見ていたけど、思い出した。私も過去、引っ越しのたびにいらないものを実家に送っていたんだった。トラック2台分ぐらいはあるはず。その荷物もせっせが処分しているかと思うと申し訳ない。先祖だけじゃなかった、私もだ。

しげちゃんに「おはなし、書いてる?」ときいたら、「書いてるわよ。近いうちに見せるわね」と言ってた。

4月4日（金）

明日引っ越すので、せっせに家に来てもらって設備などの使い方の説明をする。まあ、わからないことはおいおい連絡を取り合って。それからちょっとだけいろいろな話をする。しげちゃんとその兄弟姉妹たちの超ポジティブな思考回路について。せっせは「あれは病気だよ」と言う。それからしげちゃんのことについて。家事一切をやりたくないから、どうにかして他人を家に住みつかせて家事をやらせようとしていたしげちゃん。家事をしたくない代わりに、やりたいことはなにかと言えば、事業。とっぴょうしもないことを考えついて、実力も知識もないのに一攫千金《いっかく》を狙い、どれもこれもうまくいかずにそのしりぬぐいをしたのはすべて父だった。

とにかく負の遺産である土地やボロ家屋をできるだけ整理整頓《せいとん》、処分して、あとはしげちゃんが生きている限りは面倒を見て、それからは自由というせっせだが、「問題はしげちゃんがいつまで生きるか。それがはっきりしない限りなにもできない。なんだかいつまでも生きるような気がする。自由になるために死を待つ、というのがなんだかだけど、もう早く死んでくれたらと思うよ」と言うので、「そんなこと言って、せっせのことだから、死にそうになったらまた必死になって助けると思うよ。お母ちゃんお母ちゃん！って死に物狂いになって」などと楽しく会話する。

夜は、最後だからみんなで「山椒《さんしょう》茶屋」といううどん屋さんで食べる。行く途中、菜の花がきれいに咲いているところがあったので記念写真を撮る。家族写真を撮りたがっていたしげちゃんのためにせっせが三脚を用意していた。細い土手の道だったので一歩間違えば河原に落ちそう。ここでUターンできるかなあとみんなに聞いたら、大丈夫、見てるよ、とせっせやしげちゃんが言う。いいよ、みんな車に乗ってと言ったら、その時ひとり外で誘導しようとしていたしげちゃんが、「そうね、私一人生き残ってもしょうがないわね」と言いながら車に乗り込んできた。カーカがそれを聞いて「なんかおもしろい」とつぶやく。車の中で「しげちゃんよりも、今死なれたら困るのはせっせだよ。解体も無理しないようにね。せっせがいなくなったら、しげちゃんも私も困るんだから」と言ったら、「そうなったらイチキ兄を呼んでまた一緒に住もうかと思うのよ」としげちゃんが笑いながら言う。そ、それだけは……。

店に入ってすぐにセルフのおでんに飛びつく私たち。大根、こんにゃく、ごぼ天、玉子、たけのこ、スジ肉など、思い思いに。軟骨がおいしかった。お腹がすいていたのでガツガツ食べて、おかわりをカーカが取りに行っているあいだに、注文した品が届き、おでんをかかえて帰ってきたカーカは、最後、お腹いっぱいで苦しそうだった。ちなみにそれぞれが選んだメニューは、私、牛丼。せっせ、牛丼とうどんのセット。しげちゃん、たかなめし。カーカ、やまかけソバ。さく、ざるそば。それにおでんを計18個。

せっせにビール飲んでもいいよといったら、「ではいただいてよろしいでしょうか」と言いながら生ビールを注文して、ゴクゴク飲んでいた。だんだん酔って気分よく調子よくなって、たのしそうにしゃべりだし、見ていてむかむかしてきた。せっせが調子よくしゃべると腹が立つ感じになるので、できるだけ話しかけないようにする。カーカも、同じように思ってて、でも気の毒だからカーカは笑ってあげるんだよ、なんて言ってる。たしかにうっすらと口のはしをゆがめてた。あれか。

そして、親戚《しんせき》のおじさんがきてカーカに入学祝いを1万円くれたから、しょうがないのでお返しにその人の息子さんも新入学なので1万百円あげたとせっせが言う。なんで百円プラスしたの？と聞くと、さてなぜでしょう？とクイズにしたのがまたムカついた。いろいろ考えて答えたけど当たらない。しげちゃんも夕方同じ質問をしたのだそう。しげちゃんはもう知っているので黙っててと言って、カーカと考える。わからないので、答えは？と聞いたら、帰ってから教えるとなかなかひっぱる。

そういえばしげちゃん、お話を今日見せてくれるといってたけど。すると、書いてました。ノートに。よしよし。でもそれは下書きで、きちんと清書してから見せるわと言うので、昔もアメリカ旅行の日記を清書すると言っててそれっきりになったので、きっと面倒になってそこで筆がとまるだろうと思った私は、じゃあこれをせっせにタイプしてもらってメールで送ってもらうということにした。あと、日記も書き始めるというので、それもメールしてもらうことにする。しげちゃんの頭の中がそれでずいぶんわかるんじゃないかと思う。昔とどんなふうに変わったか変わらないか、私がおもしろいと思ったあのおもしろさはいったいどんなふうだったのか、それはまだ健在か。非常に楽しみ。

で、帰ってからあげたという百円をせっせが見せてくれた。それは、百円紙幣だった。百円紙幣が2百枚ほど父の金庫から見つかったので、ちょっとおもしろいからその紙幣をしのばせてみたのだそう。私たちも1枚ずつもらう。

4月5日（土）

今日引っ越すので、せっせに空港まで送ってもらう。しげちゃんに庭でバイバイと手を振ったら、笑っていたけどちょっと寂しそうだった。でもこれも逆に考えれば、この歳になって5年半も急に帰ってきて近くにいたというだけでも、親孝行だ。またちょくちょく帰ってくるからね。

せっせがこれから改装して住むという物置小屋はなにもない状態にきれいにからっぽにしてきた。あれをどういうふうにするの？と聞いたら、かなり手を入れようと思ってる、とにやにやしながら言う。でも詳しいことは教えてくれない。なにしろ秘密主義。驚かせたい、驚かすのが好き、どうやって驚かそうかといつも考えているなどと言う。その驚かせたがりは、私にも共通している。その性格は実はしげちゃん譲りだ。

『4月6日（日）「珊瑚《さんご》の島で千鳥足」第81号

皆さんお久しぶりです。最近いろいろな事件があって通信を書くことができませんでした。今日は今後の私の方針について、ちょっと書いておこうと思います。

現在のところ、しげちゃんの症状は落ち着いていて、近日中に容態が悪化するようには見えません。しかし、しげちゃんがどんどん健康になる事もないようです。どうしてもしげちゃんには介護が必要で、今後もその状況が変わるとは思えません。

そこで、私の現状ですが、私はしげちゃんの死に待ちな状況にあります。これは、私がしげちゃんの早期の死を願っているという事ではありません。しげちゃんには長生きして欲しいと思ってます。でも、私はしげちゃんが天国に出発するまでは、この町でしげちゃんの世話をしていかなければいけない状況にあるという事です。

今後の方針としては、なんとかしげちゃんの世話をしつつ、しげちゃんの資産を整理していきたいと思います。家を壊し、土地を売り、田んぼを耕して、しげちゃんの生活を立てていきます。そして、しげちゃんが死んだら、そのときは私の生活を始めようと思います。この町を離れるかもしれません。その時のために準備をする期間と、捉《とら》えてみようと思います。今までに、店を壊し、跡地を売る交渉をしてます。本家も解体するつもりでしたが、税金の関係で、すこし時間をかけて解体する事になるかもしれません。でも、何時《いつ》かは解体するつもりです。さらに土地が他にもいくつかあるので、それらを売る活動もやってます。なかなか成果は現れてきませんが、いつかはきっとしげちゃんの資産の整理もつく事でしょう。問題はしげちゃんがいつ死ぬか？という事ですが、こればかりは誰にも予想できません。いつかはその時が来るだろうと思って待つしかないです。皆さんにも、これから協力をお願いする事があるかもしれませんが、その時はなにとぞよろしくね。お礼に時々お米を送りますから。

昨日までTおじさんが家に泊まってました。例年の同窓会だそうです。おじさんも心筋梗《こう》塞《そく》で二度の手術を受けたそうです。なんだかすっかり老けてしまったように感じました。何度か電話やメールで確かめたのに、空港に迎えに行く時間が間違っていて、空港で二時間も待たされました。空港で「もう、二度とあの人の迎えには来ない！」と怒ってましたが、まあ、老衰と病気が重なったと思えば、あまりきつく言ってもしかたありません。今後はよく確認する、ぐらいしか対策は無いわけですが、親戚《しんせき》との付き合いも結構大変です。おじさんの息子さんが大学に入学したので、お祝いに一万百円贈りました。百円はお札です。お父さんが金庫に仕舞っていたものです。珍しいので記念にと思って贈りました。ところが、しげちゃんはなぜ百円札を送るのか、理解できなかったそうです。しげちゃんにとってはむしろ百円は札の時代の方が長いので、百円札には何の違和感も希少価値も感じられないのだそうです。ちょっと驚きでした。

ミキがとうとう東京に引っ越してしまいました。きっと田舎が退屈だったのでしょう。しげちゃんは今朝起きて、涙目で「もうみきたちがいないんだなぁと思うと悲しくなるわ」とぼやいています。「でも、あんたは今までそれほど沢山みきたちに会ってた訳でもなかったじゃない」と注意したら「そうなんだけどね、えへへ」と笑ってました。

ミキの家が空いたので、その家にしげちゃんを移して、それからゆっくりと本家のかたづけをやろうと思います。

しげちゃんが、どうしても最後に皆で写真を撮ろうといいます。そう、しげちゃんはそんな縁起の悪いイベントが大好きです。むろんしげちゃん以外のメンバーは皆そんな事したくないので、とりあえず菜の花畑の前でさっさと撮った写真です。(写真1—3)

連絡
テルヒコ君、職場に復帰されて、ご同慶の至りです。また無理な勤務で体を壊したりしないように、慎重に仕事してください。しげちゃんはまだテルヒコ君の病気の事を理解していないので、しげちゃんのコメントはありません。
エミさん、新築の家の写真をありがとうございました。しげちゃんはえらく興味を持ったみたいで、コメントをつけながら写真を見てました。娘《むすめ》さんがずいぶん大きくなっていて、びっくりしてましたよ。
しげちゃんが「エミに新築祝いを贈れ」とうるさいのですが、今手持ちの現金が乏しいので困ってるところです。まあ、そのうちなんとかしなくてはなりますまい。しげちゃんはそのようなイベントも大好きですから。』

『4月12日(土)「珊瑚の島で千鳥足」第82号
ようやく暖かくなって、すごしやすくなりました。皆様いかがお過ごしでしょうか?現在私としげちゃんが住んでいるこの家は、少し暖かくなると蚊がわいてきます。すでに蚊に食われて痒《かゆ》いです。もしかしたら、沖縄、奄美大島《あまみおおしま》以北では一番早く蚊に食われた日本人かもしれません。

しげちゃんは、あいもかわらず元気に餅《もち》を食べてますので、安心してください。毎日餅を食べているのに、咽《のど》に詰めることもありません。普段は嚥下《えんげ》がうまくいかず、咳《せ》き込むことも多々あるのに、餅だけはスムーズに食べてしまいます。毎年毎年、年寄りが餅を咽に詰めて死ぬ事故が報告されているのに、なぜかここにはそのような幸運、じゃなかった不幸な事故は起こらずにすんでます。

しげちゃんが毎日餅を食べるのは、私がしげちゃんの死に待ちである事とは何の関係もありません。ほんとうです。しげちゃんが毎日餅を食べているのは、しげちゃんが餅を大好きだからです。餅を食べさせないと不機嫌になるからです。でも、普通の餅ではないのですよ。まず、しげちゃんの餅を作るには、器に砂糖を入れないといけません。それに醤油《しょうゆ》を注がないといけないのですが、この量が少ないと「たれが少なくないですかぁ？」と文句がでます。ここに餅を入れて、しっかりまぶします。

さらに味のついた海苔《のり》をのせて完成です。

この餅料理の唯一の不満は、毎食ごとに一つしか食べられない事だそうです。

できれば一回に二つは食べたいと愚図ります。私は初め、こんなにしげちゃんの体に悪そうな食品を食べさせるのは正しい事では無いと思ってたのですが、考えてみればしげちゃんも高齢ですし、これぐらいは好きな物を食べさせてあげても良いかもしれないと考えを変えたのです。けっして死に待ちが関係している訳ではありません。

今日はしげちゃんを美容院につれていきました。
美容院では毎回カットと毛染めをやってもらいます。お金はかかりましたが、それなりに良くなりました。も少し髪を短くして欲しかったのですが、まあ、向こうも商売だし、なるべく頻繁に足を運んでもらうためには、ある程度髪を残しておいたほうが良いと思ったのかもしれません。なるべく節約するために、次の一回だけは私が軽くカットしようかと思います。なにしろ、最近食料品がなにもかも値上げで、だんだん生活が苦しくなってきたので、節約できるところは引き締めようと思ってます。
ミキへ、庭のチューリップが花をつけています。だんだん春も深まってきました。引っ越しは進んでいません。なにしろ雑用が後から後からおし寄せてきて、時間がとれないんです。』

その写真のチューリップの周りに、のびてきた草と私の好きな青い草花が写っていた。雑草が気になるところ。

『4月17日（木）「珊瑚の島で千鳥足」第83号
少しずつ暖かくなってきて、ようやく厳しい冬も遠ざかろうとしている今日この頃、皆様いかがお過ごしでしょうか？しげちゃんは高齢なのでなるべく寝具を暖かくしていたのですが、さすがにそろそろ電気毛布を止めてもいいと言い出しました。

この前、一年ぶりにTおじさんと会ったのですが、おじさんが以前よりえらく耄碌《もうろく》しているようで、吃驚《きっきょう》しました。先日もちょっと書きましたが、向こうから11時15分の飛行機で着くと確認してきたのに、実際は13時15分着の飛行機に乗ってました。こちらは2時間以上も待たされて、怒って文句を言ったら、最近そのような間違いが多いそうです。病気になってから、いろいろ以前なら考えられないような間違いをするようになったと言ってました。おじさんは株が趣味で、インターネットが使える環境を見つけては、売り買いの注文を出すのですが、その時も売り買いを間違えたり、つまらないミスをしたりして損する事もあるそうです。私が一番引っかかったのは、人を2時間も待たせておいて、ろくに謝りもしなかった事です。ずいぶん失礼な人だという印象を持ちました。むろん人は皆、歳を取るとだんだん今までより衰えてくるものですが、おじさんはまだそんな歳ではなかろうと思っていたので、ちょっとショックです。

この家の解体の事や、土地の売却の事など、相談したかったのですが、もうあまり当てにはできないかもしれないという疑念が湧き起こってます。家を解体したいと私が相談しても、あまり真面目な返事は無かったですし、はたしてどの程度真剣に判断しているのか判りません。

しげちゃんもそうとう頭の方があやふやになってるみたいですし、こうなったら、この家のことも土地のことも私が自分の考えでぐいぐい進めて行くしかないかと思ってます。逆に言えば、反対しそうな勢力はどんどん衰えているという事ですし、事が進めやすくなったと考えれば良いことですよね。

耄碌と言えば、うちのゴミだしのステーションにでたらめなゴミの分別をしている人がいます。可燃物も不燃物もまぜて、いい加減な袋に入れて、名前も書かずに出しています。非常に迷惑なので、一度注意しようと思っていたのですが、調べてみると犯人はすぐ近所の○○さんみたいです。この人は、以前からゴミステーションを綺麗《きれい》にすることに熱心で、自治会の中でも中心になってた人なんですが、ずいぶんと歳とって、最近おかしいと噂になってた人なんです。いちばんゴミの分別に熱心だった人も、90を超えて、でたらめなゴミ出しをするようになったようです。人間も歳とると悲しいですね。ゴミの収集に差しさわりがあるので、なんとかおばさんに注意したいのですが、相手が認知症ではどうしようも無い感じです。きっと全国でこんな問題が増えつつあると思うのですが、皆はどうやって解決しているのでしょうか。

ついでに老人問題をもうひとつ。また宮崎の病院にいるイチキおじさんからお手紙が届きました。（写真1－4）

私ら宛てに一通、ミキ宛てにもう一通です。ミキ宛ての手紙は開封していませんので、便《びん》箋《せん》の方が私たち宛ての手紙です。理解しがたい難しい漢字と筆跡をなんとか解読したところによると、4月22日、24日に大淀大地震とかがくるらしいのです。それで私たちに逃げて～と注意してくれているみたいです。内容から類推するに、ミキ宛ての手紙の内容も同じでしょう。地震が来るから、そこから避難しろということだと思います。おじさんの言うことは、とやかく批判してもしかたありません。問題は私が4月21日に向かって、株の空売りを入れてみようと思っている事です。特に地震に関連した銘柄を、打診程度に売ってみようと思っています。この世なんて一寸先は闇ですから。それではお元気で。また近況お知らせします。』

まったく見知らぬ住所なのに届いた私宛ての手紙には、2階の手すりは子どもには危ないと書いてあった。それは数年前にも言っていたことだった……。

『テルヒコです。

お疲れ様です。おじさんからの手紙、よくその住所で届きましたね。びっくりすること含めて、いろいろと起こっているようで、意外に楽しそうです。(不謹慎?)

私の方は、4月14日に、こちらの病院で2回目の診察にいってきました。その結果、1回目の検査(3月17日)では、心電図に若干の異常が残っていたのですが、今回、正常になりました! 血液検査でも、心臓エコー検査でも異常箇所がなくなっていて、先生もおめでとう!といってくれました。これで、薬も、運動やお酒の制限もなくなる!と思ったら、

〝薬は、これまでの半分にして、あと一ヶ月つづけて。薬飲んでる間は、無理しちゃだめ。ステロイドは恐ろしい薬なんだから。判った？〟

即答できずにいると〝返事は？〟ってことで、無理やり　ハイ　と言わされました。

ということで、あと一ヶ月、おとなしくすることになりましたが、経過は良好です。

では。』

テルくんの奥さんのなごさんと昨日電話で話したところによると、「今回の病気の原因がはっきりわからないので、今後の生活は慎重に。今までのような仕事量や運動を続けていれば死にますよ！」と先生に釘《くぎ》をさされたのに、テルくんは今まで人一倍元気で体力もあり無理もきいていたので、どうしてもそのことが納得できないようで、死ぬほどの痛みに今回襲われたわけでもないし、今回はたまたま運が悪かっただけだと思っていて、事の重大さが理解できていないようで困る、と言っていた。せめてもっと苦しんでくれてたら、身に沁みて、よかったのに〜と。わかる。ちゃんと用心しながら生きていかないと、抵抗力が弱くなっているから、いつまた何が起こるかわからないのだそうだ。でもテルくん自身は今は自覚症状もなく、元気だと思っている。「3月末にきた電話では、夏にキャンプに行こう！かんちゃん、さくちゃんとみんなで！おもしろいよ〜、と言ってたよ」と言うと、「うーん。ほんとに〜」と困り顔（想像）。

テルくんテルくん、無理しないで！と言ってもわからないであろうテルくん。「まあ、健闘を祈るわ」と、なごさんに励ましとも言えない励ましを笑顔で贈った。で、今度みんなでまたどこか温泉でも行こうよと言っとく。それはなごさんも楽しみにしているそう。テルくんへ返事でも出すか。

『テルくんへ。

でも無理しないようにとのことなので、私も厳しく監視しますよ！！

ところで、落ち着いたらまたみんなでのんびりと遊びましょう。

河原でバーベキューもいいですが、温泉もいいですよね〜。　姉より』

『テルです。一緒に遊べるのを楽しみにしてます。温泉もずいぶん行ってないので、行きたいっす。それと今年も、カンちゃん、さくをアウトドアに連れ出したいです。ではでは。』

ね。

4月26日（土）　せっせ↓ミキ
『そちらの生活にはもう慣れましたか？
五月三日の午前11時25分着の便で帰郷予定とのことで、この便こそ、おじさんが私を2時間待たせた便でした。いや、おじさんがこの便を使ったというのではなく、おじさんはこの便で帰ると言っておきながら、1時過ぎの便で帰ってきたということですが。いまだにおじさんとは口をきいていません。
カンちゃんは帰れないかもしれないという事は、なんとなく予想してました。きっと忙しいだろうし、退屈な田舎にはあまり帰りたがらないだろうと、こちらから出て行く時点で思っていました。

それどころか、はたしてミキも帰ってくるかどうか怪しいもんだが、、などと考えていました。そちらで生活できている以上、いまさら持って行くものなどあまり無さそうだと思ったからです。

しげちゃんは皆の帰りを楽しみに待ってます。でも、庭に花やら野菜やらを植えるほうが忙しそうでもありますが。また、予定が決まったらお知らせください。こちらはほんとに驚くほど何も変わってません。それでは』

(ミキ→せっせ)

『当日の朝、出る前にいちおう携帯にメールを入れます。

カーカは運動会の練習があるとか言ってますが、1日ぐらいは休めるかもしれないので、休めたら一緒に帰ります。たぶん大丈夫かも。

都会のマンション暮らしは息が詰まりますよ。早くそっちの新鮮な空気を吸いたいです。さくはきのう、年に1回の高尾山遠足だったのに、ウィルス性胃腸炎(ノロウィルスとかの)で、休みました。嘔吐《おうと》と下痢《げり》を果てしなく繰り返し、今もぐったりしています。とてもかわいそうです。でもウィルスなので特効薬もなく、病院にも行かず、ひたすら回復を待つだけです。家から持ってきたいものがけっこうあります。テレビ台とか、その他もろもろです。では、帰るのを楽しみにしています。またみんなで食事に行きましょう。では。』

5月3日（土）

一ヶ月ぶりの帰省。山の景色がきれい。なんでこんなに空気が澄んでいるんだろう。日ざしも強く、きらきら輝いてみえる。車の中から山を見て、きれいきれいと何度も言う。

迎えにきてくれたせっせが、

「やっぱり子どもがいると楽しそうだね」と言う。

そういうことを言うなんてせっせらしくないなと思いながら、

「そうかなあ。そうでもないよ」

「僕はしげちゃんだから、楽しいこともなくってね。最近、歯医者に行ってるんだけど、ハミガキがよくできてなくて歯槽膿漏《しそうのうろう》になってるから家の人にみがいて欲しいといわれて、今僕がみがいてるんだよ」

「へえ〜。いやだね、人の歯をみがくのって。でも大事だよね。歯茎って数日みがいただけで変わるよね」

「そう。一週間後に行ったら、だいぶよくなりましたねって」

「……じゃあ、ずっとみがいてあげるの？一生？死ぬまで？」

「うん。そうしないとあの人はちゃんとみがけないし、それでいいと思ってるから」

「歯医者にも本当は行きたくないんだもんね」

夕方、みんなで食事に行く。せっせはしげちゃんを驚かそうと、私たちが行くことは黙っていた。一応ゴールデンウィークには帰るとは伝えたらしいが詳しいことは話してないそうで。いきなり連れて行ってビックリさせようと思っているせっせ。人を驚かすのが好きだから。

近くの食事処《どころ》に行って、それぞれに好きなものを注文する。せっせにビールを飲んでいいよとは言わなかった。飲んだら調子よく演劇調になってしゃべりだすのでムカムカするから。

『5月4日（日）「珊瑚《さんご》の島で千鳥足」第84号
皆様お元気でしょうか。だんだん暑くなってきて、しげちゃんの体調も心配なところですが、なんとかしげちゃんも元気に過ごしてくれています。長い間、なんの連絡もしなくてすみませんでした。この2週間、いろいろやることが重なって、皆さんへの連絡も書けませんでした。今、一番時間を取られているのは、田んぼの耕耘《こううん》です。私が慣れていないのもありますし、農地が広いのもありますが、なんとかおこすだけでも大変な時間がかかります。その上、隣の田んぼと問題を抱えている所も多くて、ますます時間と手間を取っています。

一例をあげると、下の所は隣の田んぼがうちの田んぼとの畦《あぜ》を削ってきて迷惑している所です。(写真――5)
あんまりしつこいので、こちらからも削ってみることにしました。もしこのままでいれば畦がどんどんこちら側に移動してくるのが明白ですから。それにこの前は法務局で地図を入手して、私が正しいという確信もありますから、相手の違法な「せきこみ」に黙って耐えるだけじゃ駄目だと思ったからです。(写真――6)
とにかく、うちの田んぼの周りはこんなのばかりで、ただでさえ時間がかかるのに、大変な手間と神経を遣います。しかも、どうしても時間が取れないという理由で、今年も米を作るのを休もうと思ってます。では、なぜこんなに苦労して田んぼを耕すのでしょうか？それは耕していないと田んぼの機能が維持できないからです。一度田んぼを放棄してしまうと、もう一度米を作ったりするのに大変な苦労をすることになります。
では、なぜ田んぼを維持しなくてはいけないのでしょうか。それは最近の穀物価格の高騰にあります。最近まで私も「田んぼなんて駄目だ」と思っていたのですが、最近世の中が激変しているようで、もしかすると将来、田んぼ、畑が貴重な物になる日が来るかもしれません。そう旨《うま》く行かないとは思いますが、とりあえずもうしばらく頑張ってみます。この地球上では、耕作可能な農地は結構貴重なものらしいです。日本は人件費が高いので、どうしても競争力がありませんが、それもこの変化の時代ではどうなるか判りませんから。で、ここまでは表向きの言い訳。その裏にはやっぱり「せきこんで」くる奴らに対する怒りもあります。あいつらに馬鹿にされたままで終われるか！少なくとも、あいつらが死ぬまでは負ける訳にはいかない。


しげちゃんの入れ歯が、以前から調子悪くて、硬いものが噛《か》めなくなっていました。歯医者さんに行ったら、歯磨きが悪いと言われて「ご家族の方が磨いてあげてください」との事です。しげちゃんにまかせていても埒《らち》はあかないと思ったんでしょうか。そのおかげで、私が毎食後しげちゃんの歯を磨く事をしなくてはいけなくなりました。

これは私にはあまり愉快な事ではありません。でも、しげちゃんにまかせるとまったくいい加減で済ませてしまうので、歯茎がどんどん駄目になるみたいです。私がちょっと磨くだけで、とたんに効果がでて、歯茎の状態が良くなったと歯医者で誉められるくらいなのですが、私の負担は重くなりました。親の介護に努めた相続人は遺産分割の際に特別に配慮してもらえるという法律があります。特別に他の相続人より増えた遺産は寄与分といいます。

いいですか皆さん。しげちゃんの歯を磨くのは大変です。特に気持ち悪いです。介護したら寄与分が主張できます。寄与分ですよ、寄、（しつこいので退場してもらいました）』

『アニキへ
テルヒコです。

お疲れ様です。昔の出来事を思い出しました。

田んぼの水路は、複数の所有者で共有していたのですが、ある年の夏に水不足になったとき、オヤジがオフクロに言ってました。

「水がたりないときは、水路を壊してうちの田んぼに水を引くんだ！」

田んぼの所有者たちは、よい関係にはなれないのかもしれません。

アニキの苦労はそうとうなもんだと思ってます。無理しすぎないでください。では。』

5月6日（火）

私は家でのんびりして、子どもたちは遊びまくって連休を満喫した様子。またせっせに空港まで送ってもらって帰ることに。ちょうどデイケアから帰ってきたしげちゃんにじゃあねと挨拶《あいさつ》をする。ついでにさくとしげちゃんの写真を撮る。さくが笑わないので「なに？笑いもしないで」と言ったら「作り笑いができないんだよ」と言う。なるほど。それはそうか。そっちが正しい。（できた写真を見たら、さく、目をつぶってた。）

空港までは私が運転した。車が途中で止まった時にサイドブレーキをひいてないのに表示がでてて、なんか車の調子がおかしいのかなと思うことがあり、空港に着いたら私と運転を代わる時、サイドブレーキはひかないでおいてくれとせっせが言うので、ひかずに別れた。サイドブレーキをひくと調子が悪くなるかもしれないと恐れたようだ。で、無事に運転できるかなと思って空港ビルの中から見てたけどなかなか発車しない。どうしたのだろう。十分後ぐらいに見たらいなかったから無事に動いたんだな。あとで思ったけど、たしかブレーキを踏まないとエンジンがかからない構造だったんじゃないかな。その旨を帰ってからメールすると、「車については勉強します」との返答。あせったんじゃないかなあ、せっせのことだから。あせっただろうなあ。さぞかしパニクッたことだろう。

『5月7日（水）「珊瑚の島で千鳥足」第85号
最近、リハビリセンターでしげちゃんは牛乳パックを利用した工作をやってるらしいです。そして、とうとう大作が完成しました。牛乳パックで作った椅子です。似たような椅子をカンちゃんが幼稚園で作った事があるような気がします。しげちゃんはこの椅子がとても気に入ったらしく、畑仕事には欠かせない道具となってしまいました。うちには素敵な折り畳み椅子があるのですが、そんな普通の道具には見向きもしません。（写真ー1ー7）
この他にも牛乳パックで作った小物入れや引き出しなど、次々に持って帰ってきます。本人は大得意で、無理しても活用しようとするのですが、なにしろ牛乳パックなので貧弱さは隠せません。あまりにみっともない箱がどんどん増えてきて、私としてはあまり嬉《うれ》しくないんですよ。部屋がかたづかないし、このような物があると部屋がゴミで散らかっているように見えるし。
しげちゃんは一生懸命野菜の苗を植えているのですが、どうも水やりが不足しているようで、だんだん苗の色が黄色くなってきています。（写真ー1ー8）

五月十一日は母の日、五月二十四日はしげちゃんの誕生日です。私は母の日は何もせず、誕生日に何かしげちゃんが喜びそうな物を考えて贈り物をするつもりです。どちらかでしげちゃんに贈り物がしたいという人がいたら、私が手配してもいいです。私が贈り物をするときに、名前を加えて欲しいという人がいたら、知らせてください。そのように取り計らいます。今のところ、しげちゃんが一番望んでいるプレゼントは花、野菜や樹木の苗などだと当たりをつけて物色しています。』

「苗や植木をプレゼントするのなら、私たち一家も名前を入れさせてください。カーネーションだったら、気乗りしないところでした。」というメールをだす。

『5月10日（土）「珊瑚の島で千鳥足」第86号

皆さんお元気ですか。こちらもだんだん暑いと感じる日が増えてきました。

寒い冬も大変ですが、こちらの暑い夏も過ごしにくいです。しげちゃんは元気ですが、年寄りは体調を崩しやすいので気をつかいます。

テルヒコ君へ　そうですか、水を引くように言ってましたか。親父もいろいろ面白い事言ってましたもんね。私も「おまえの父親が、畦を削って、畦が細くなってしまった」と言われたのですが、そういった相手は、あきらかにうちの田んぼにせきこんできてました。「そっちが攻めてくるから、親父が反撃したんじゃないか」と言いたかったのですが、まあ下手に荒立てるとと思ってその時は自重しました。うちの田んぼの周りも頭の固い老人に囲まれているので、畦の話も大変ですが、なんとか負けないようにいこうと思います。印象としては、ちょっとでも隙があると付け込まれるという感じです。

この家は古い家なので、とにかくねずみが沢山います。健康に悪そうなのでなんとかしようと思うのですが、とても手が回らないぐらい大量にいて、駆除しきれるものではありません。特に猫を追い出すと、ねずみが活動的になって困ります。でも、私は猫も、ねずみと同じぐらい同居するのが嫌なのでまいります。(写真——9)

※みきへ、以下しげちゃんの文です。読みにくいので所々小さな修正をしてあります。

「エフ氏」

エフ氏は主人の知り合いだった。主人を通じて知り合った。主人が亡くなった時、私の顔を眺めながら、こんな人を残して死ぬなんて心残りだったろうねといった。

彼は農家の一人息子に生まれ、父親に田畑を受け継いで農夫となった、93歳。がっしりした体つきの浅黒い農夫特有の体格をしていた。班長さんを引き受けて、班長としての業務をこなし、若い者の相談にのって、一寸《ちょっと》した顔役になっていた。

風呂《ふろ》から上がると休憩所の椅子にエフ氏が休んでいる。前の椅子に座り、奥さんから便りありますかと聞くと「三時には介護の人が毎日来てるから、ご馳走《ちそう》には心配ない」という答えが返ってきた。週に二回きて、ちょうどよかアンバイといっている。親孝行しようと思ったら、田でも畑でも売って、金を親にやっておくべきだと力説している。

「俺はなうつかた（奥さん）をかっとばすとこじゃった。玄関先で、出かけようとしたとき、家内が滑ってはんとけた（ころんだ）。足の骨を折って寝たきりよ。」奥さんは隣町の病人に入院しているという。それから暫《しばら》くして奥さんに手術してもらおうと思うがどうだろうなと云《い》う。年齢を考えてのことだろう。奥さんは彼より上背のある元気な人だったことを思いながら彼の心配顔を眺める。時々一時間かけて見舞いにも行ってるらしい。

「手を握ってくれというから、握ってやったら心の励みになると云うとった。」とニコニコ笑いながら話している。嬉《うれ》しかったらしい。それから時々奥さんの話をする。経過は良好らしく、それから間もなく手術を受けたらしい。

入院しているとき、病気で弱ってたせいか、笑うことが無くなったと寝たまま考えたものだった。どうしたら笑えるかしら。

朝洗面からはじまって、食事、夕方風呂に入り、すべて看護師さんがやってくれる。園芸をやり商売をした、病気になる前のことを考える。私達はグループで駅舎をかりて商売をはじめていた。今は鉄道友の会という名前になって、盛んにやっているらしい。時々地元テレビの放送でその様子が映し出される。鉄道の駅のホームに店を出し、列車の停まったときを見計らってグループの四、五人が出て、列車を手を振って出迎え、発車の列車にむかって手を振る。テレビにそんなのが映し出される。五分間の停車時間に農産加工品、野菜、もち、菓子弁当等を手早く売る商売である。

二、三年前ふるさと便を送ろうという企画を立てて、ススキをその中に入れることにした。高原になっているかつては賑《にぎ》わった駅が、無人駅になって久しい。その駅の周辺にススキをとりにいった時、私達は列車の人を見て、何もない殺風景な駅をみて、このお客さんを放っておく理由はないと、早速駅に呼びかけ、店を出すことを承知させたのである。ふるさと便を作ろうと云ってたメンバーで乗り込んだ。駅にはホームに鐘がある。幸せの鐘という。幸せな人はひとつ、もっと幸せになりたい人はふたつ、もっともっと幸せになりたい人はみっつ鳴らすと願いがかなうというもの。カンカンカンと列車の客の無事を祈ったという鐘を、今は幸せを求める客が列車からホームに降りてきてカンカンカンと鐘を鳴らすのである。私達の店も会員の手作りの野菜がお手の物で店に並び、順調に運営されるようになって、駅の待合のためにとギャラリーも出来たという。私は昨年、病《やまい》に臥《ふ》してその後の駅舎をしらない。こんど久し振りに見に行こうと思っている。

久方振りに
　まさきの駅に帰り来て
　　花も咲き出て待つは君

という歌までできている。

※続きます。

連絡事項
テルヒコ君へ、5月11日に花が届く件は承知しました。届いたら様子をお知らせします。』
しげちゃんの小説、なんだか出だしから私はすごい緊迫感を抱いてしまった。いったいなにを書くのだろう。怖いけど、楽しみ。これからも続けてもらいたい。

『5月11日（日）「珊瑚《さんご》の島で千鳥足」第87号
今日は5月11日母の日です。
テルヒコ君から花が届きました。ありがとうございますとのことです。早速お礼の電話をかけてみたのですが、お留守だったようなので、タイ君にお父さんお母さんへのお礼をことづけておきました。日当たりの良い所に置いて、長く楽しもうとのことです。（写真－20、－21－）
と思っていたら、再び宅配の音です。こんどはエミさんからお花が届きました。こちらはプリザーブドの花らしいです。こちらも長く楽しめそうだということで、喜んでおりました。こちらは日当たりは関係ないので、室内で観賞させていただきます。

私はしげちゃんの誕生日になにかプレゼントと考えております。ミキの分も一緒に含めて贈ろうと思います。それで母の日はパスしました。しげちゃんの誕生日が24日に迫ってまいりました。今年で79歳になります。なんと数え年なら80歳です。傘寿というらしいです。今年で運転免許が更新になるので、免許を返納してきました。しげちゃんは心残りがあるらしく、「24日までまだ間があるから、それまで免許は使えるんじゃないの?」とゴネるのですが、私はしげちゃんがまた車に乗りたいなどと言い出す前に返納してしまおうと、警察に急ぎました。

最近は免許を返納した人に、身分証明書の代わりになるように返納カードなるものを発行してくれます。とりあえず、何か形が残って、しげちゃんも嬉しそうでした。しげちゃんは病気が良くなったら、また免許を取るそうです。再び自動車学校に入校したいと、頻繁に言ってます。でも、返納カードの番号が13号なので、不吉だからやめたほうが良いよと止めておきました。

これでようやくしげちゃんの免許も無くなりました。思えばしげちゃんの運転も危険がいっぱいだったです。まず免許を取るのに苦労を重ね、最後には泣き出したりした事もあったと言ってました。少し高齢になってからしげちゃんは免許に挑戦して、半年ぐらいかかって苦労の末に取ったと聞いています。その運転は他人に迷惑かけまくりで、遅かったり、急に曲がったり、田んぼに嵌《は》まったり、父親もずいぶんと苦労した事でしょう。

とうとう、その危険運転の長い歴史に幕がおりました。わずか半年しか乗ってなかった軽自動車は、いろいろこすったりぶつけたりしてぼこぼこです。本人は「私は新車だから大切に乗っていた」というのですが、どうも沢山の傷は見えていないみたいです。まあ、最後に事故や高速の逆走なんかをやらかして終わるような終わり方をしなかったから、幸運でした。案外神様の計らいかもしれません。』

そうそう。以前に町中を運転していたら、急に左に変な角度で曲がって郵便局の駐車場に車を停めた人がいたので危ないなあと見たら、しげちゃん。ウィンカーは点《つ》けないし、サイドミラーもバックミラーも見ないので恐かった。自転車でもそうだった。ある日、町中を運転していたら、細い道の左から3分の1ぐらいの位置にいきなり自転車をとめて降りて近くの家に歩いていった人がいて危ないなあと思ったら、しげちゃんだった。

『5月17日（土）「珊瑚の島で千鳥足」第88号
しげちゃんご自慢の薔薇《ばら》梅に花が咲きました。梅の木に薔薇が絡みついて、薔薇が大きく繁茂してしまいました。私はこの薔薇が邪魔でしかたないのです。ここの近くを通るたびに引っかかれ、何回も服を破られて、いつかは始末をつけてやると復讐《ふくしゅう》に燃えているのです。でも、しげちゃんは薔薇と梅の組み合わせが珍しい、面白いと浮かれていて、私が少し梅と薔薇を剪定《せんてい》したいと言い出そうものなら、鼻じろんで反発してきます。（写真－22）

梅の実と薔薇の花を同時に楽しめるのが、ミソなのだそうです。去年かなり梅も薔薇も剪定したのですが、一年も経つとやっぱり邪魔になるぐらい大きくなってしまいました。私は梅の木に薔薇が絡んでいるのが、それほど素晴らしい園芸だとは思えないのですが、しげちゃんは絶賛しています。私の感覚が間違いなのでしょうか？

今年も沢山の羽蟻の皆様が旅立たれたようです。昔のコマーシャルで

羽蟻が出たらご用心

というフレーズを覚えているのですが、うちは毎年大量の羽蟻が出てきます。こんな状態がすでに十年以上続いているのですが、やはりもう危ないのでしょうか？とにかくこの家の柱は芯まで食われていることは間違いないと思います。おそらく修理とか駆除とか、そんな生易しい話じゃすまないぐらい腐敗は進んでいるでしょう。

これはすべて羽蟻の羽です。羽蟻が出ると、大量に羽が散っているのですぐわかります。

(写真ー23)

しげちゃんの誕生日がもうすぐきます。私の名前と、ミキの家族の名前でしげちゃんに花と野菜の苗と種をプレゼントしようと思います。おまけに果物の苗木も数本つけようと考えています。テルくんとエミさんはどうしますか？もし、うちの家族の名前も加えてくれと言うのなら、誕生日のプレゼントに名前を加えておきます。むろん、自分たちで何か他のプレゼントを贈る計画があるなら、それはそれで結構なことだと思いますが、こちらの

計画しているプレゼントに加えて欲しいというなら、それも可能です。

※以下、しげちゃんの文の続きです。うまく続かないかもしれませんが、そこはしげちゃんの文ですから、寛恕《かんじょ》願います。

誰だろう　そんな人など　居やしない
　すすきの原の　窓辺にうつりし面影
　　しばし見送るときのきつつ

まさき駅にミステリー列車が走ったという。この宮崎と鹿児島を結んでいる肥薩《ひさつ》線というローカル線の駅に一団の団体が。黒い列車が。

エフ氏の話にもどろう。エフ氏は家内はいい、可愛いという。奥さんの名前はS子というらしい。結婚したときなんという名かと尋ねたら「名前も知らんともらったの」とあきれ顔してたという。

リハビリセンターからエフ氏宅まではリハビリセンターの車で送迎をしてくれる。エフ氏は車が家に近づくと、さっと降りて我が家に向かう。玄関の前から、「カーチャン、カーチャン、Sコ、Sコ。今帰ったぞ」と声高らかに帰ったことを告げながら玄関を開ける。

足の悪い奥さんは寝床の中からおかえりなさいという。エフ氏の土地には二階建てのあまり大きくない家が三軒並べて建てられている。息子がいつ帰って来てもいいようにと子供のためにと、もう一軒はおふろだという。俺は運のいい男だといっている。

「二十一歳で軍隊にとられ、中国の万里の長城に三年と三ヶ月おった。万里の長城までいったものは外国にいったとみなされ恩給がついた。それで年金と両方金が出るとよ。」と云《い》っている。

エフ氏は声が大きい。ダミ声というのではないが、ナニシロ大きな声でどこで話してても居場所が分かるし、話の内容まで分かる。エフ氏の家の周囲には観光道路が出来て、道路拡張があって、それにかかったのがエフ氏の田畑で、補償金と今まで住んでいた家が立ち退きになり移転して新しく家を建てなければいけなくなり、近くの自分の畑の上に家を建てて移転料やあれこれと六千万金が下ってよ、ゼニもってるうちに家を建てなければいけないと思い、それで三軒の家が出来たという。玄関つきの水まわりとそれぞれが近くに完全独立で建っている。

「俺だけうまいことしたようにみんなが云うて、俺はきらわれものになっとる。百姓も昔のごと働かん。働こうとせんでも夫婦で百万ももらえば難儀してまで畑づくりなんかにゃいかんでや。あんまり働かんとは年金のせいよ」といっている。

※続きます。』

しげちゃんの文章楽しみにしてます、と伝える。

『5月20日（火）「珊瑚《さんご》の島で千鳥足」第89号

田んぼの畦《あぜ》が削られて、境界がわからなくなりそうだったので、うちの田んぼの畦をはっきりさせようとがんばってきました。その流れで、特別問題でもない、つまり向こうがこちらにせきこんできていない畦も、ちゃんとした方が良いだろうと思って、畦の端を少し掘ってみました。むろん以前にあった畦のとおりに掘って、一ミリも相手側にせきこまないように注意したつもりだったのです。相手はこちら側にせきこんでくる人では無かったので、私が畦の端を掘って、畦を今までより目立つようにした事が頭にきたみたいです。相手はせきこんで無いのに、せきこむなと言われたように感じたのかもしれません。向こうも機械を使って、びっくりするほど深く畦の端を掘ってきました。よほど怒っているみたいです。畦の位置を少しもいじってないのに、ちょっと端を掘っただけでこの反応です。やっぱり畦は怖いですね。ちょっとでもいじくったら大変な反応が返ってきます。も少し注意して、相手の了解もとりながら境界は対処しようと思いました。

※ミキがしげ子先生の随筆を楽しみにしていると話したら、先生はとても喜んでいらっしゃいました。ただ、今は少し忙しいので、筆の進みが遅くなるかもしれないとの事です。相撲の観戦に時間をとられている御様子です。来週には相撲も終わりますし、また調子

良くなると期待しています。

カーチャンに足を手術させるというときは、どうしたものかエフ氏もなやんだらしい。年齢を考えると……と私などに相談したりした。手術にも色々な方法があるらしい。そんなことを云っても私に判る筈《はず》はないし、答えに困る。隣の市の病院にいって、とにかく手術を受けることになったらしい。無事終わって、それから入院中の面会や見舞いがはじまった。病院までは一時間半、車でかかるらしい。でも彼はよく尽くす方で、私に病院の様子を話してきかせる。六人部屋で並んで寝てるといったり、ハイヤーで行ったら高くとられてとこぼしたりしている。この日もリハビリセンターに着くとエフ氏の声がしてる。はずんだ話し声だ。手術から二週間。奥さんの退院の話が出たらしい。エフ氏のほがらかな話し声が一日中響いていた。

いよいよ退院。このリハビリセンターに当分は二人でやっかいになると話している。ここにも制限があって、看護I、2、3とかのランクがついていて、「俺は週二回、家内は四回来る。」と嬉しそうだ。生活には困らんと意気軒昂《けんこう》に語る。奥さんの退院が嬉《うれ》しいらしい。

いよいよ奥さんが退院して、このリハビリセンターに来る事になった。きちんと洋服を着て、ベッドに腰かけながら「家内が二階の病室に居《お》った。俺は二階には上がらん、見舞いにもゆかんと、男じゃから。」と語っている。

センターにはいろいろな業者が、いろいろな機械を持ち込んで来る。この日も新しい歩行器が置いてある。定価はいくら、レンタルの場合は月いくらとなっている。新しい歩行器は体をもたせかけると動き出してスイスイとなめらかである。机や椅子にふれるとセンサーが感知して自動的にクルリと方向を変えて、とにかく楽なのである。羨《うらや》ましそうに他の患者さんが眺めている。エフ氏は早速奥さんにこれを買ってやったらしい。エフ氏の並々ならぬ気持ちを見る思いである。「それでも、おじさん変ね。新しい歩行器を使って二階から廊下と、いつも歩行練習をしている奥さんの姿が見えないじゃないの。一、二週間ぜんぜん見ないよ。お風呂《ふろ》でも見かけないし。」と私は云った。「二階に居るとよ。」と云う。流石に気になってか二階の病室にいったら、居なかったのである。居る筈《はず》の奥さんが病室に居なかったらしい。

センター側の返事を聞きながら「背の高い、体格のいいヤツでは。」とエフ氏が云っている。「そうだ、間違いなく息子だ。」その息子さんが僕が責任をもつからと云ったらしい。息子さんは退院の手続きをとって、奥さんを現在住んでいる四国の方の病院に移したのだ。エフ氏には三人の子供がいる。男二人と女の子が一人で、娘は現在隣の町に嫁いでる。今は時々この娘さんが来て面倒を見るらしい。エフ氏と病院は親の代からという古いつき合いだ。

だのに知らぬは亭主ばかりなりの状態は一寸《ちよつと》おかしいと思うのだが、私はエフ氏を元気づけようと思って「気候が良くなったら迎えに行けばいいが」と云った。他の人が「そうよ銭おくってやれば帰ってくるとよ。」と云っている。「家内は銭をもってたのよ。年金は家内の分は手つかずで二、三百万は、はいってた筈。その通帳をもっていっとる。（子供が家内を連れて行ったのは）金欲しさからよ。」「金を動かすためよ。」とも云った。「きどき（きどき＝運が良かった）俺がとを持って行かんかった。俺の通帳はおいてあった。」と胸をなで下ろしている。エフ氏は男の患者をつかまえては自分の方針、考えなどを語っている。

「世の中は金じゃ。金がなければおもしろない。金があれば食べたいものでも、なんでもすぐ買える。」と云っている。いわゆるニギリ屋かなあ。そんなところが息子さんとトラブッたのかもしれないと推察してみる。

「そんな家内を狙っている男が一人おる。その男というのが息子よ。」と前の椅子に座っている男の人に話している。

「エフさんは、奥さんを打ったくった（殴った）話はなにもせんで、居らんなったらカーチャンカーチャンと淋しがって話す」とみんな冷やかに話している。「いいじゃないの」と思ったが、口をつぐんでいた。

※続きます。』

さて、私の、時にクールなまでもの観察眼はこの母譲りのようです。思えば昔、私の父が実の母親・兄弟と裁判を行っていた時、妻であるにもかかわらず、話し合いの場で相手側に味方するようなことを言い出し、父をひとりぼっちの状態に陥れていた母だ。それは状況をまったく把握せず、自分の正義感だけを計りにして言った言葉による。自分がふと疑問に思うことと、その場の重大な状況の中で発するべき言葉とは、レベルが違う。ふとした疑問は裏舞台で解決すればいいことで、そういう表舞台では状況を把握してその中で適切なことを言うべきなのに。かわいそうな父。わが妻からも恥をかかされ……。まあ、それはいい。過ぎたことだ。あ、そういえば、前に銀色さんはお父さんのことはあまり書かれませんねと聞かれたことがあったのだけど、どうしてかなと考えたら、わかった。もう死んじゃったからだよ。生きてたら書いてると思う。死んだ人のことを書いてもそれは勝手に書いてるだけで信憑性《しんぴょう》もないし、書いた者勝ち的なのが嫌だから。でも特に伝えたいエピソードを思い出したら書きます。

あと、また脱線するけど、せっせからのメールはしげちゃんの病状報告でしげちゃんの他の子ども（私、弟テル、妹エミ）へ向けて送られているのだけど、最初は心配してくれていたテルくんの妻なごさんにもテルくんは転送していたそうだけど、だんだん病気も急変することはないとわかってきたし、また内容を見せるのが恥ずかしくなってきたようなのでなごさん（と、なごさんからそのおかあさんもなんだか知っていたそうだが）には転送しなくなったのだそう、ということをなごさんから聞いた。「恥ずかしいと言って送ってくれなくなりました」なんて言ってた。まあ、テルくんは私たち（だれたち？）と違って普通の感覚の持ち主だから、変人じゃないから、それもそうだろうと思う。だから「ばらとおむつ」ができた時はてるくんには内緒でなごさんとおかあさんだけにこっそり手渡した。このおふたりは感覚的に「仲間」と思っているので。

で、このしげちゃんの随筆といい、せっせの自虐的でそれでいて実はおもしろがっているような真剣なわりになんとも世の中をふざけてみているような感じ、私の（自分で思うに）パワフルな想像力など、それぞれ血はあらそえないなあと思う。

『5月22日（木）「珊瑚の島で千鳥足」第90号

5月24日はしげちゃんの誕生日です。プレゼントにいろんな花と野菜の種の詰め合わせを贈ろうと思います。種だったら今すぐ蒔《ま》かなくてもいいですから。今はしげちゃんが忙しそうですし。それと、ちいさな苗木を人数分贈ろうと思います。それぞれ、これは誰の分とわかるようにしてです。私の分が1本。みきの家族の分が3本の予定です。何かリクエストがありますか？私に任せるということであれば、私が適当にみつくろって贈ります。今日、ちょっと見て回ったところでは、つつじ（深山きりしま）やりんご、なしの苗木、もくれん、大実ジューンベリー、サボテンなどがありました。私はサボテンを贈ろうかと思ってます。しげちゃんは定期的に水をやるということをしない人なので、乾燥に強いのが良いかなと思って。（写真1－24）

※滋子先生のエッセーです。なんと今回はエフ氏にDVの疑惑が！

病院の車で患者さん達を家におくりとどけるのが午後三時である。方向が同じということで乗り合わせて車はエフ氏の自宅に向かう。「家内をそのうちに迎えにゆこうと思う。」というエフ氏に「それがいい、それがいい。」と私は云《い》った。

車を運転していた職員の看護師さんが「そう簡単にゆかないのよ。」という。農家の一人息子で育ったエフさんは短気でカッとなるらしい。奥さんが入院したとき、奥さんに暴力を振るってたらしい黒あざが残ってたという。ああ、それで一連の疑問点が晴れた思いがした。何故《なぜ》病院が亭主には黙って患者さんを息子さんに渡したのか。無理ないなあ。そりやまずい。とエフ氏のために思った。写真を五、六枚、風呂《ふろ》に案内してもらっているところ、着替えをしてるところと手紙にそえられて送ってきたらしい。写真が送られてきたと嬉《うれ》しそうに話していた。エフさんの事だから写真の披露があるだろうと思っていたがそれはなかった。長いこと会わんと家内の顔を忘れたがと笑わせる。

「新しい奥さんをもらっても、やっぱり前の奥さんがいいらしい。」といっている。そんなことを考えたりもしたのだろう。毎日介護保険の方から入れ替わり立ち替わり人がきてくれると云っていたが、「家内が帰りたい、春休みがしたいと云うたらしい、そんげな勝手があろうかなあ。」とニコニコ笑いながら話してた。

耕運機でおこしてジャガイモ類などつくってた頃が一番良かったと云う。「うちの家内は良《よ》う働いた。働きもんで、人と無駄口云うじゃなし、まあよく働いた。今、家があるのは、ほんと家内のおかげ。」としみじみいう。「じゃから奥さんは大切にせな、歳をとって今文句云ったらバチがあたるよ。大切にしなければ。」とおばさんが云っている。「うん」とうなずくエフ氏。エフ氏は思い出したように、俺は93歳という。93になった。ほら自慢してるとこよ。「１００まで生きる事じゃろか。」とエフ氏はいう。』

『5月25日（日）「珊瑚《さんご》の島で千鳥足」第91号
24日はしげちゃんの誕生日でした。かぞえで80歳になったみたいだと言ったら、「うそよぉ、まだ違うよ。」などと呟《つぶや》いていましたが、ほんとにかぞえで80歳になったみたいです。満ではまだ79歳ですが、来年になれば満でも80歳の大台に乗ってしまいます。しげちゃんの感想は、本当に歳を取るのは早い、だそうです。ぼちぼち死んでもいいんじゃないのと勧めてみたのですが、まだやり残した事が沢山あるので、死ぬなんてとんでもないそうです。ちいさなケーキとろうそく一本、それにスイカの苗と花の種でお祝いしました。（写真ー２５）
ミキの家族からということで、苗木も送りました。芙蓉《ふよう》の苗木はミキから、カンちゃんからはサツキの苗を、さくからはホクシャの鉢植えをプレゼントとして渡しました。（写真ー２６）
テル君からもプレゼントが届き、カレンダーをさっそく壁に貼っています。

贈ってもらったお菓子も早速食べています。まだ時間ではないのにお腹がすいたらしいです。体重は減らないどころか、少し増加しているように見えます。まあまあの誕生日になりました。

突然洗濯機が壊れました。洗濯機が壊れたぐらいで、これほど生活が大変になるとは思いもしませんでした。どうしようもないので、しかたなく新しい洗濯機を購入しました。かなり手痛い出費です。でも、考えてみれば、あの洗濯機、長く使ってました。ミキが長年使っていて、その後しげちゃん用の洗濯機にしたのですが、しげちゃん用になってからでもすでに四、五年経ってます。寿命が尽きたのかもしれません。急な出費は痛かったですが、たしかに音は静かになりました。機械には寿命がありますし、仕方ないところでしょうか。

※しげちゃんのエッセーです。

「100まで生きらにゃ」と人が云う。

「面白い事もないのに100まで生きらにゃならんとかい。」

「知事が来る。」

「毛布もって見舞いに来る。」と人がまぜ返す。ひといき大笑いが起こって静まる。

「93になった。大分長生きしたもんじゃ。知った人や友達が居《お》らんようになる。友達も顔みらんと思うとると死んどって、知った人が少なくなっていくと。」

淋しそうだ。

「家に帰ってもだれも居らん。三毛猫がニャーンと返事して出迎えをしてくれる。」

「猫でも待ってくれればいい。うちは一人じゃ。猫も何も生き物は居らんと。」とおばさんが云う。

もう帰る時間である。「ここに来たときは、皆と話が出来るからいい、うちに居ると語る人も居らんし、ここに来ると一日も短くなる」と云っている。

奥さんの事で一喜一憂しているエフさん。落ち込んだり、朗らかになったり、みてていじらしい。一体どうなるんだろう。静かに見ているだけである。

眼鏡をかけた女の患者さんが介護師の人をつかまえて「○○さん、エフさんの髪がのびて見苦しか。短く刈ってあげてくださいよ。」と云っている。

「よかと、爺《じい》じゃって誰も見てがおるわけじゃなし。」とエフさんは云ってる。

「バリカンで丸刈りにしてください。」となおも云ってる。

数時間後、気がつくと丸刈りにしてもらったエフさんが座っている。女の人たちはエフさんそれでよかと、さっぱりして若くみえると、口々にほめている。私は後ろからそれを見てて、アッと声が出そうになった。黒い縦じま、見事な虎刈りである。

私は笑いをかみ殺すのに必死であった。

※続きます。』

（5月27日　せっせ→ミキ）

しげちゃんのエッセーはどう思いますか？なぜかエフ氏から一歩も出ませんが、よっぽどしげちゃんの印象に残ったのでしょうか？

（ミキ→せっせ）

おもしろいです。いつも楽しみにしてるとお伝えください。

『6月1日（日）「珊瑚の島で千鳥足」第92号
だんだん暑くなってきました。そして、この家の最大の敵、蚊がそろそろ人間を襲うようになってきました。これから半年ぐらい、命がけの戦いが始まります。いったいどうしてこの家に蚊が多いのかわかりませんが、他の家の50倍ぐらい、うじゃうじゃ湧いてきます。

解体した店の跡地に草が生えました。やはり石をまいてないとだめですね。夏にかけて、たちまちジャングルのようになってしまいます。（写真1‐27　草刈り前、1‐28　草刈り後）

たったこれだけの草刈りで、ゴミ袋が16ぐらい出ました。田んぼの畦《あぜ》も草刈りしなくてはいけないし、梅畑もなんとかしなくてはいけません。だいたいうちには土地が多すぎるんです。持っててても何もならないのに、草刈りその他の管理だけはぐるぐる回ってきます。昔のように家族が10人も15人もいるなら、土地も有効に使えるのでしょうが、今では私がひとりきり、しかもしげちゃんは錘《おもり》にしかなりません。とても全体に目はとどかない状態です。人を頼めばいいのですが、今でも収支を合わせるのに苦労をかさねているので、とても人件費は出ません。まず店の跡地は全面をバラスで舗装しようと思います。田んぼの畦はしかたないですね。これは、がんばってあまり暑くない日に草刈りしなくては。梅畑は、なにか良い手はないか、知恵をしぼっているところです。なるべく手をかけず、安価に管理できるような方法を探しています。ある程度、見込みで走ってみて、だんだん改良していくしか無いかもしれません。

しげちゃんが、左目がゴロゴロすると朝起きてきました。見ると赤く充血しています。医者に行きたいとのことです。本人はリハビリセンターに行って、そこで医者に診てもらうといってます。私はおそらくそれは難しいだろうと思いました。介護保険と健康保険は別物で、医者に診てもらうには健康保険を使って、別の窓口から介護とは別の手続きで行かなくてはいけないと注意された事があったからです。でも、本人はリハビリセンターに行って、そのついでに医者に診てもらうと言ってます。とりあえず、目薬を注《さ》してセンターに送り出しました。案の定、センターでは医者に診断してもらえなかったようです。改めて眼科に行けといわれたようです。そのうち、一度眼科に連れて行こうと思います。今回のゴロゴロと充血は目薬で解決したようですが、しげちゃんの目はもっと根本的に悪いみたいなので、眼科には一度連れて行かないといけないみたいです。1年前にも眼科に行ったのですが、白内障があると言われていましたから。目が悪くなると、本が好きで、テレビも好きなしげちゃんには、とても不幸な事でしょうから。

※しげちゃんのエッセーです。

ボヤンボヤンと髪の伸びていたエフさんが、丸刈りにしてもらって若く見える。その頭でセンターに毎日やってくる。九十三になった、百まで生きるこっちゃろかと、思い出したように声に出す。そのエフさんが「年寄りをこなさんでも（いじめんでも）いいのになあ。」と云いながら前の人に同情を求めているような話し振りで声高に語りながら、次第に激して、涙声である。珍しい。気丈なエフさんが泣いている。看護師さんが聞き役で「人が聞いとる。」と制している。エフさんが泣くような事は後にも先にもそのときだけであった。息子から電話で「銭くれ」と云って来たから、とりに来いと云った。近いうちに息子が帰ってくると。「百万やって、また夏頃、もう百万じゃろ。」と気前のいいことを云っている。奥さんが帰ってもネジョくらんごと（文句をいわんよう）といったそうだ。息子さんは四国の方に居て商売をしてるらしい。エフさんは自分の葬式代に五十万用意しとる。それを家内にやったもんか、息子に渡しとくべきか、と人に聞いていた。そうした問題も出てくるだろうなあと思って聞いた。

「今は田んぼは一反が三十万でいくらでも売りに出とるらしい。それでも、買手《こて》は居らんそうな。俺は早《はよ》うに三セ、四セと整理して百万、二百万の頃に売った。高齢者時代になると思うて。」という。先見の明があったと云ってもらいたいらしい。「田舎の学者」と陰で私達は云っている。耕運機でジャガイモつくっとった頃が一番面白かったという。エフさんが耕して奥さんが掘ってたんだろう。息子さんが帰ってくる。それが嬉《うれ》しいことか、心重いことか分からないが、銭やるから奥さんにメロンでもスイカでもどんどん食わせてやってくれと云ってやったと、愛情のあるところをみせる。

※続きます。』

梅畑については私が管理すると言ってたので、また草刈りをシルバー人材センターにお願いしようとしたら、せっせに「待って、考えがあるから」と止められた。いったいどういう考えがあるのだろう。

『6月8日（日）「珊瑚《さんご》の島で千鳥足」第93号

ねずみが時々罠《わな》にかかります。なるべく腕を伸ばした姿勢でゴミ袋に入れて家の外に出しておきます。ところが、この前、その袋の中のねずみが野良猫に**かじられて**いました。田舎では日常にホラーが潜んでますね。

軽トラの走行距離がぞろ目になりました（43333）。しかし、この車、走行距離のわりにはボロで、調子悪いです。

梅畑ですが、手入れが大変なのでちょっと手を加えようと思いますが、どう思いますか？

梅は、今年は実がならなかったのですが、去年まではかなり実をつけていました。私はここに入っている土をどかして、もとの畑にして、野菜を植えようと思っています。まず、梅の木がいけません。ほっとくと実がなります。するとしげちゃんが収穫、収穫とうるさいです。すぐに人を頼め、おじさんを呼ぼうとはりきるのですが、そのコストを考えると買ったほうが安いです。そして、大量にたまる梅の実。これどうします？梅干か梅酒ぐらいしか利用法は無いのですが、どちらにしても一年に梅の実一〇〇〇個もあれば十分で、それ以上は捨てなくてはいけません。そうしないと、また春がきて実がなります。生の梅を市場に持っていけばいいと思うかもしれません。しかし、私は市場への出荷に関しては嫌な思い出があります。豊作の年に苦労して収穫した梅を出荷したところ、一キロ一円にしかならなかったのです。軽トラの燃料代にもならなかったです。お店で買えばけっこうとられる農産物も、売るために市場に持っていけばほんとに馬鹿みたいに安い値段にしかなりません。加工して梅干や梅酒にすればも少し高く売れるのですが、そのためには塩や焼酎《しょうちゅう》やいろいろコストがかかりますし、第一売れるかどうか、すごく疑問です。梅干も梅酒もいろいろな企業が激しい競争をやっている分野なので、しげちゃんの作った商品がそこで成功すると思えないんです。皆さんはうまくいくと思いますか？おそらくしげちゃんの事ですから、梅干を売って、食中毒でもだして、えらい賠償を求められるのが落ちではないでしょうか？

いろいろ考えるに、どうしても今の梅畑では土地の有効活用とはいえない気がするのです。

その上、梅畑では手入れもままなりません。草を刈るのも大変なんですよ。梅の木を処分して、畑にしてしまえばトラクターが入るし、草刈りも楽です。いろいろな野菜を、自家消費の目的で作れば、今より土地も有効に活用できるといえるのではないでしょうか。一年に梅の実１０００個もらうより、胡瓜《きゅうり》１００本、芋１００個、ねぎ50束、ミニトマト２００個の方が私にははるかにありがたいと思えます。
思うにしげちゃんが梅の木を沢山植えたのは、出荷してお金を儲《もう》けようとしたからです。でも、しげちゃんの体が病気になり、とてもそれどころでは無くなりました。こうなると梅の木はむしろマイナスです。手間はかかり、食べられもせず、手入れもままならないとなれば、重しでしかありません。ということで、畑の改造に賛成していただきたいと思う次第であります。

と、ここまでは表向きの話です。いつものように、私の文章は、初めに建前が来るのですが、そのあとに本音が出てくることになってます。（著者注・以下、あまりに辛らつなので要約すると、近隣の住民の「火事になるので草を刈れ」というたびたびの苦情に辟易してということらしい。）

梅畑をつぶして畑にしたいということか。別にこうも詳しく書き連ねなくても私たち兄弟はだれも反対しないのに。みんなせっせに感謝してるんだから。でも去年かなり強く剪《せん》定《てい》したから数年は梅はあまり生《な》りませんよという話だった。

『6月14日（土）「珊瑚の島で千鳥足」第94号

6月8日は私の誕生日でした。その朝、しげちゃんは目を覚まして「今日は何日？」と聞いてきました。そしてうれしそうに、「今朝思い出したのよ。間に合ってよかったわ。」と言います。私が「ぜんぜん間に合ってないじゃん。もう当日だよ。」と反論しても、まったく意に介せず、「ほんと偶然今朝、布団の中で思い出したのよ、（私は）やっぱり偉いわ。」なにやらごそごそやった後で私に熨斗《のし》袋をくれたのです。その中からでてきたのが、目録7000円。（写真1―29）

準備が間に合わなかったんだね、しげちゃん。それにしても、なんで中途半端に7000円？目録の入った熨斗袋を渡せたので、間に合った事になるのだそうです。でも、当日の朝まで、まったく忘れていたんですけどね。このお金の一部は、食事に行くための費用も含まれているらしいので、そのうち二人で外食に出かけてこようと思います。

その他、さくとかんちゃんから誕生日おめでとうのメールがきました。

この世の何人かには私の誕生日が覚えていてもらえたんだから感謝です。歳を取ること自体は、もういい加減、嫌になってるんですけどね。

うちの裏庭にはいろいろな物が落ちてます。かたづけなければと思いながらどうしても手しげちゃんが回らず、仕方なく投げてあるんです。長い間日晒《ひざら》しになったような物でも、しげちゃんに見つかると拾われてしまいます。今日もしげちゃん、そんな獲物を見つけたらしく、自分がずぶ濡《ぬ》れになりながら、なにやら懸命に洗濯しています。（写真－30）

かなり傷んだ布地なのですが、しげちゃんにとってはとても捨てられない貴重品のようで、座布団にでも和服にでも、なんでも仕立てられるそうです。

やはり、ごみはさっさと捨てなくてはだめですね。しげちゃんに見つかりでもしたら、もう二度と捨てる機会はありません。蓄えこんでどんどん積み上げて、でも絶対利用することはありません。しげちゃんに見つかる前に早く捨てようと思っても、とにかくいろいろやることがあって、手が回らないのですよ。努力は重ねているつもりなのですが、これ以上がんばると病気になりそうです。

※しげちゃんのエッセーです

人間は連れ合いを亡くした者がまけ。男はそれで終わりよとエフさんは口癖のように云《い》う。そういえば近所の市会議員の人が此の度は立候補に出ないという。「奥さんが亡くなったからよ。」と噂してた。「奥さんの外交力で選挙に出てたのよ。」その夏奥さんが亡くなって、二度と候補に立つことはなかったらしい。

平成の初期に主人を亡くした私は「男ばかりじゃない、女もよ。」と思いながら聞いていた。生前主人は「お前は俺の名前の上で仕事をしている。」と云ってた。主人の言葉が、今しみじみと分かる気がする。そのエフさんも近頃は、その言葉を口にしない。若死にした私の主人だったが、四人の子供を残してくれて「ありがとう」と人並みに感謝しなければと思う。

エフさんは私を見ると「奥さんが嫁に来た時、色の白いきれいなお嫁さんというので、わざわざお袋や家内と見物に出掛けて見に行ったものだった。」と昔話のように話して聞かせる。

（お茶でもつごうかと息子が云う。珍しいことだ。ハイハイと二つ返事。頑張って書くようにとお茶をいれてくれた。お茶だけだった。お菓子はと云ったら、そうか、今朝次男が誕生日のプレゼントといって送ってきたのは、もう食べたか。）

エフさんは防寒用だか、シャレた感じの柄が気に入ったのか、冬から六月になっても着ていた袖なしのチョッキ（着ないときには小脇に抱え込んで歩いていた）を、厚手の布地だったので、もういいでしょうと看護師さん達が脱ぐように勧めて、その上着を脱がせた。トレードマークの上着を脱がされてさっぱりしたエフさん。目印になっていたのに、後ろからでもすぐ分かったのにと思う。

新しく建ったエフさんの家は田んぼだったところに建てられている。庭木も植えられている。「東風《こち》吹かばにほひおこせよ梅の花　あるじなしとて春な忘れそ」といっては、歌の講釈をして学のあるところを披露する。ドドイツを口ずさんでは、これには金がかかっている、と自慢のように云う。チャーミングという言葉を覚えて、若い看護師さん達をつかまえては、「あんたチャーミングね。」と云う。相手をほめて云うんだろうが、どうもニュアンスが違う。農夫として鍛えてきたエフさんも病気には勝てなかったと見えて、このセンターに通院してるわけだが、歩く足元がおぼつかない。病気の始めのことは、まだくわしくは聞いてない。
※続きます。』

65でも若死にと言うのだろうか。79歳からみるとそうなんだろうか。

『6月19日（木）「珊瑚の島で千鳥足」第95号
お元気ですか。私もしげちゃんも元気に暮らしております。私は元気なのですが、ちょっと疲れました。ここ数週間、田んぼを耕作するのに追われてけっこう疲労がたまってます。たとえ米を作らず休耕にするとしても、田んぼをおこしたり、畦《あぜ》の草を刈ったりするのは、止めると怒られてしまいます。田んぼを荒らすと、隣の田んぼに迷惑をかけるのだそうです。それに、耕作放棄と認定されると補助金もでません。うちにはこの他に畑の草刈りと家の周辺の草刈りがあって、ほんと大変です。無駄に広い不動産があっても苦労するだけだなと痛感しています。特に草の伸びる速さには驚かされます。わずか3日見ないだけなのに、草がぐいぐい伸びていました。なにか体力を限界まですり減らすような事をしなくてもすむような方法は無いか、考えているところです。

うちの倉庫の扉は、しげちゃんが大工さんに作らせたオリジナルですが、とても危険です。そもそもこの扉全体が一度壊れて、しげちゃんが大工さんに修理を依頼したようですが、あまりに大きなトタンの扉のためと、取り付け部の破損から、大きな風が吹くと扉が飛んでしまいます。大きな台風のとき、この扉が飛ばされて、近所の床屋さんの玄関を直撃、賠償金を請求された事がありました。その後、いろいろ対策をたててみたのですが、トタンの面積が大きくて、風から受ける抵抗が大きすぎるみたいでどうしても台風などで飛ばされる事を防止できません。（写真―3―）

そこで、私のとった、ユニークな対策とは？

この大扉に穴を沢山開けるというものでした。こうすれば風が通るので、風から受ける抵抗は小さくなるはずです。少しは飛ばされにくくなるはずですし、たとえ飛ばされても、それほど遠くへは飛ばないはず。効果は今年の台風が接近してきた時にわかるでしょう。

（写真―32）

※しげちゃんのエッセーです。

「今ならった折り紙がどうしてもできない」と一緒にならってる人がボヤくので、「バカじゃないのよ、病気のせいよ」と同じような状態の人をなぐさめながら、私と同じじねと思う。

その前に別の折り紙をならっていたが、どうしてもものにすることが出来なかった。こんどは、こんどはと思いながら折ったが出来ない。

京都の名水百選にえらばれた湧水を女学校のクラスの短歌会で真名井《まない》の清水と教わった。「真名井の清水　今くみて呑《の》む」とうたってたのを思い出し、新しい折り紙が出来るか、完成するかと一喜一憂。折り紙が出来ると期待しながら「真名井の清水　今くみて呑む」と云いながら折ったが、やはり出来なかった。これも病気をしたからだろうと思った。次に出来なかったら止めようと思った。最後にもう一度折り方をたずねたら教えてる人もうんざりしたか、駄目だった。

止めよう。折りかけていたのも道具箱にしまって、フタをして二度と取り出さないし、口にもしなかった。そして今は又新しい折り紙に挑戦している。
※続きます。』

トタンの扉の写真をカーカに見せたら、「こわい〜」と言っていた。これだけの無数の穴をいったいどれくらいの時間をかけて、どれくらいの音をたてながら開けたのだろう？ユニークな対策、だって。

『6月21日（土）「珊瑚《さんご》の島で千鳥足」第96号
しげちゃんが私の誕生日に7000円の目録をくれました。まあ、気持ちだけ受け取っておくかと思っていたら、どうしても私にお金を渡したいから、郵便局に連れて行ってくれと言います。私は「お金はとっておきな」と断ったのですが、しげちゃんは「目録だけではカッコがつかないから」と譲りません。結局郵便局でお金を下ろして、私に一万円くれました。

少し多いのは、二人で食事にでも行く分だそうです。久しぶりにしげちゃんと外食に出かける事にしました。なにしろ、私の誕生日のお祝いだそうですから、無下に断ることもできません。

居酒屋で刺身やお好み焼きを食べて、私はビールまで飲んで、のんびり食事しました。私たちがあまりに早い時間に行ったので、店には私たちだけしかお客がいませんでした。ただしか土曜の午後五時半ぐらいだったと思います。断られるかなと思ったのですが、さすが田舎ですので、ちょっと嫌な顔をされたのですが、とりあえず早めに食事をさせてくれました。

店が貸し切り状態だとほんとに落ち着いていいです。注文した料理も待たされないで食べられますし、会話を他人に聞かれる事もありませんし。こうして私のケーキも無い誕生日の食事は、しずしずと進行していきました。盛り上がりはしませんでしたが、それなりに楽しめた誕生日の食事会だったと思います。さすがにこの歳になれば、私もそう楽しい事は期待していませんから。しげちゃんは美味《おい》しかったそうです。でも、刺身の蛸《たこ》は嚙《か》めずに出してましたけどね。

歯医者で、しげちゃんの歯のうち、根元しか残ってない、ぐらぐらするやつを抜こうかという話が出たようです。でも、出血が止まらなくなるような薬を飲んでいるといけないので、今飲んでいる薬を知らせてくれとの事でした。薬を調べにかかりつけの医院へ行くと、血栓ができにくくなる薬を飲んでいるとのこと。もし、抜歯するならしばらくこの薬を飲まないでいて、薬の影響が無くなってから抜歯したほうがいいのではないかとアドバイスされました。それを歯医者に伝えたら、歯を抜くのをかなりためらっている様子。血栓を防止する薬をしばらく（10日ぐらい）飲まないでいたら、その間にしげちゃんは脳梗塞《のうこうそく》をおこしてしまうかもしれません。それで死んでは歯を抜く意味も無くなります。という事で、おそらくしげちゃんの抜歯の話は無くなったと思います。それどころか、私は思ったのですが、しげちゃんが膝《ひざ》の手術を望んだとしても、今の状態では難しいかもしれないという事です。いろんな薬を5種類も飲んで、なんとか健康を維持しているような人が、どんな小さな手術でも受けることができるかどうか、難しいと思いませんか？特に手術する医者は、自分に責任が問われるかもしれない事態にはとても神経質なはずで、わざわざリスクをおかして手術してくれるとは思えません。歯でさえ抜けないのなら、膝の手術なんてとてもとても無理かもしれないと思った次第です。せいぜい白内障の手術ぐらいなら受けられるかもしれませんが。

この前のしげちゃんの文章。まじつまらなかったですね。私がいけませんでした。エフさんの病気の経緯が判らないので、聞いてこなくてはならない。ついてはそれを聞いてくるまで、続きは書けないというしげちゃんに、無理に「エフさん以外の事でもいいんだよ、普段の日常を書いてみたら」と勧めたものですから、しげちゃんは書きたくも無い作文を書くことになってしまったんです。それであんなに訳のわからない文になってしまいました。反省してます。これからはしげちゃんに無理に書かせるような事は止めようと思います。まずはエフさんの事を引き続き書いてもらうのが良いかな。エフさんの事はなんか面白いですから。』

「せっせへ
そうでしたか、それで納得しました。

ずいぶんしんみりした文章に、しげちゃんのエッセイももう期待できないかと思ったほどです。せっせが無理に書かせていたのですか？

それは絶対にやめてください。どうりでものすごくおもしろくなかったです。

そういうのがいちばん、作家をダメにするのですよ。

書きたいことを自由に書かせないと。

いつものイキイキとした辛らつな人間観察眼が、ぱったりとなりをひそめてました。

エフ氏に食いついてるってことは、そこになにか琴線にふれるものがあるってことでしょう。それをとことん書いてほしいです。」

『6月22日（日）「珊瑚の島で千鳥足」第97号

毎年この時季（梅雨）になると、しげちゃんが「梅、梅」と騒ぎ出します。梅を収穫して、梅干と梅ジュースを作り、残りは堆肥《たいひ》にするんだと大張りきりです。なにしろ病気になる直前まで、しげちゃんは本気で梅干の新ブランドを立ち上げようとしていたのですから。梅の畑を作り、すっぱくない梅干の作り方を習い（ちなみにしげちゃんはすっぱい物が大嫌いで、ちょっとでも酢を使った物は口にするのを嫌います。そのため梅干もすっぱくないのが美味しい、上質の物であるという価値観を持ってます。）、遠くの駅まで売りに出ていたのです。今では新ブランドを立ち上げる事業の方は、私に厳しく制限されているので、せめて梅干を漬けるだけでもやろうと必死です。

そして私はしげちゃんにそれを止めさせようと必死です。去年作った梅干がまだ残ってるのに、今年もまた作るのだそうです。だいたいしげちゃんは梅干も梅ジュースも嫌いで、梅干を食べるのは健康になるための罰ゲームだと思ってるぐらいです。それなのに、梅がなれば、とにかく梅干を漬けると大騒ぎ。「容器はどこだ、砂糖と塩と酢を買って来い。」とうるさいのです。しかたなく、まず、去年の梅干を捨てて、容器をひとつ空けました。塩も砂糖も酢も、八年分ぐらい買ってきました。

しげちゃんは動作が遅いので、なかなか梅が収穫できません。ぐずぐずしていると、すぐに小蝿が湧いてきます。容器や器具の清掃も十分ではなく、水道の使い方もおかしいです。衛生面でしげちゃんの作った梅干は食べたくないです。しげちゃんが手作りした物は、すべからく食べると危険だと思ってます。他人に売るとかあげるとかしようとしたら、速攻止めようと監視してるぐらいです。

しげちゃん本人は、とても熱心に梅を漬けます。洗って、へたを取って、塩や砂糖を振ってと忙しいです。私もけっこう手伝わされます。容器や器具を用意したり、混ぜたり、量ったり大変です。（写真−33、−34）

結局、今年もまた梅干が増えてしまいました。毎年毎年大騒ぎして、だんだん食べない食品が増えていきます。このままでは非常にまずいです。しげちゃんが病気になった時に、これを奇禍として一挙に家にあった梅干をすべて捨てたのですが、その時はものすごく苦労しました。あれ以来、梅干が溜《た》まっていくのは大嫌いです。あの時は梅干が見たくなくなるほど大変でした。

そこで、ついに私は決心しました。ひとつの計画を立てたのです。

梅の木根絶計画

もう、この家にある梅の木と、畑にある梅の木全部、切り倒してしまおうと思います。そして、その後にはもっと使える木を植えようと思います。栗とかりんごとか柚子《ゆず》とか、とにかく梅以外なら、どれでも今より使えそうです。もちろん、この計画はしげちゃんには内緒です。本人が気づかないうちに切ってしまうつもりです。しげちゃんは梅の木に固執していますが、いきなり無くなってしまえば、それはそれでその現実を受け入れて栗だりんごだと楽しんでくれると思います。

雨がすごく降ってます。昨日は、あまりに雨漏りがひどくて、ろくに眠れませんでした。しげちゃんの部屋は、わりと新しいので雨漏りはしませんが、私が寝ている所は古いのでぼろぼろ漏ります。しかし、屋根を修理するにはお金がかかります。はたして今お金をかけて修理するべきでしょうか？この古い家を修理するのには、半端ないお金がかかります。だいたい、この家をまともに維持することは、もう無理だと思うんですよ。材木の規格なんかも違ってますし、電気周りなんかも古くて修理は難しいです。住むためにはどうしてもお金がかかるし、はたしてこの家を維持する意味があるのでしょうか。』

『6月24日（火）「珊瑚の島で千鳥足」第98号

こちらはとても激しい雨になりました。一部の道路は冠水してしまいました。でも、大きな被害もなく、なんとか今回の大雨は過ぎていきそうです。

今、穀物がとても値上がりしているのは皆さんご存じと思います。ある経済関連の記事にそれに関して面白い事が書いてありました。

「あるヘッジファンドマネジャーは、中国など新興国の急成長がさらに勢いを増せば、『10

年後に農地は油田扱いになる』とすら予想する。」
なんと、もしかすると農地に見直しが入るかもしれないのですよ。今はまだ、農地は馬鹿みたいに安く取引されてます。農業もぜんぜん儲《もう》からないとされてきました。実際、農地を持つことはマイナスの面が多くて、できれば処分したいと思ってたくらいです。でも、去年までは原油がこんなに値上がりするなんて予想してた人はほとんどいませんでした。世の中何が起こるかわかりません。もしかしたら稲藁《いなわら》からバイオエタノールがとれるようになって、田んぼは油田の扱いになるかもしれません。ほんとうにそうなるかどうか、まったくわからないですが、そうなったら大変なので、やはり農地は売らないでおこうと思います。今のマイナスを耐えて、なるべく農地を整備して、荒らさないようにしながら、あと数十年耐えてみようかと思います。農地が貴重な物となる日が来るかもしれません。すくなくとも、今のうちの農地の広さなら、ひと家族が自給自足で生活することも可能かもしれません。まあ、燃料やら肥料やら必要ですから、簡単ではないですが。ともかく、農地を売却する計画は大きく変更します。でも、固定資産税の高い宅地は早く処分したいと思ってますが。はたして、ほんとうに農地が油田になるような時がくるのでしょうか？ ちょっと楽しみです。』

『6月29日（日）「珊瑚《さんご》の島で千鳥足」第99号
牛乳パックで作られた椅子。しげちゃんの最大のお気に入りです。ほぼ毎日、外につれていきます。雨に濡《ぬ》れないように、仕事が終わったらシートをかけて大切にしています。むろん、私はこんなみっともない物、捨てる機会をうかがっています。他にも椅子はいろいろあるのに、なぜこんな不恰好《ぶかっこう》な、重い、耐久性の無い椅子が必要なのでしょうか？

ところが最近、しげちゃんがぼやいていました。「この椅子はいいんだけど、外で使うと蟻がたかるのよ。」

(´,_ゝ`)プッ　蟻ですか。しげちゃんには同情しているように見せかけながら、陰で噴き出してしまいました。たしかに牛乳には蟻がたかりますよね。しげちゃんが大事にしている椅子に、重大な欠陥が見つかりちょっと面白かったです。介護疲れかもしれません。

こうして自分のやりたい事をやりたいようにやりたいしげちゃんとなるべく部屋をかたづけたい、しげちゃんの服をよごしたくない、みっともない工作を捨ててしまいたい私の、静かな静かな戦いはドロドロと続くのです。


とうとう、私の歯の詰め物が取れました。かなり取れやすいような形で、しかもすでに5年以上もっていた詰め物ですから、取れて当然な時期ではあったのです。仕方なく歯医者に行きました。うちのすぐ近くの歯科に。そしたら私の歯が大変なことになってると指摘されたのです。（写真ー35）

なんと歯の付け根が大きく変形しているそうです。どう見ても磨き過ぎで歯の柔らかい部分が削れてしまったようです。このままでは、歯が駄目になると言われてしまいました。まあ、一日に一時間半も歯磨きしていれば、削れてしまうのも無理ないとおもいますがね。この穴もセメントで埋めてくれるそうです。でも、セメントって歯磨きで削れてしまうから、時間が経つと元に戻ってしまうんですよ。治療には少し時間がかかりそうです。こうなることが判っていたので、歯医者には来たく無かったんですが。歯磨きの時間は少し短くしようと思います。今回の歯の治療も時間とお金がかかりそうで頭が痛いです。』

やっぱね。過ぎたるはなお及ばざるが如《ごと》し。なんでもやりすぎはいけないということ。歯の磨きすぎはもう歴史が長いですからね。あれで精神の安定を保っているようなところがあるのでしょう。歯磨きを取り上げられたら、せっせは生きていけなくなるでしょう。

『7月8日（火）「珊瑚《さんご》の島で千鳥足」第100（最終）号

珊瑚の島で千鳥足……このタイトルはしげちゃんがふらつく足で南の島を散歩する様を表したものです。今から一年以上前、私はしげちゃんと一緒に南の島にでも行って、のんびり暮らすなんて脳天気な事を考えておりました。そこでこのようなタイトルをつけたわけです。しかし、この私の移住計画はすでにそのタイトルがついた時点で実現が危ぶまれておりました。特に当時中学生のかんちゃんが

「せっせはちょっと甘い」

と言っていたのが印象に残ります。かんちゃんは、脳梗塞のしげちゃんを連れて南の島に移住するのが、そう簡単には実現するまいと予言していました。

そして現実はかんちゃんの言うとおりに、結局、珊瑚の島でというタイトルにもかかわらず、南の島にはかすりもしない内容となってしまいました。とにかく島に移住とか、それどころの話ではないですよ。だんだんだめになっていくしげちゃんと、だんだん暮らしにくくなる世の中の間で、沈まないように浮かんでいるだけでもういっぱいいっぱい。とにかくこの家で死なないようにしげちゃんの命をつないでいけるだけで感謝しなくてはいけない現状です。

特にガソリンだの食料品だの医療費だのの高騰が痛いです。南の島と関係ない所で続いてきたこの通信ですが、とうとうミキが本にまとめるそうです。そこで、とりあえずこのタイトルは止めようと思います。タイトルを変更して心機一転新しい気持ちでまたこの通信を皆さんに発信しようと思います。

そこで新タイトルですが、いろいろ考えた結果

「しげちゃん田んぼに立つ」

が良いのではと思います。来年はしげちゃんにお米を作らせようと思うのです。

現在のしげちゃんの生きがいは農作業です。この本家でしげちゃんは雑草と瓦礫の合間にいろいろ野菜を植えて生き生き作業しています。そこで、来年にはしげちゃんにもお米を

作らせてみようと思います。むろん田んぼのごく一部ですが。それに作業の大部分は私がやることになるでしょうが。

きっとしげちゃんは気に入ってくれるでしょう。昔からお米を作っていたのですから。お米作りは長い間のしげちゃんの一番大切な作業だったのですから。

そこで、新しいタイトルは「しげちゃん田んぼに立つ」ということでいかがなものかと。

今年は沢山の穀物が値上がりしているのに、来年の生産者米価は下がる見通しだそうです。なんでも減反が予定通りに進んでいなくて、米余りがさらにひどくなりそうだからだそうです。その上、燃料、肥料の高騰、減反政策の変更など、先行きは難しくなるばかりのようです。話題性という面では、タイトルに米作に関連した言葉を入れるのは間違いでは無いだろうと思います。

ということで、「珊瑚の島で千鳥足」通信は今回でおしまい。

次回からは「しげちゃん田んぼに立つ」通信が始まります。

ご期待下さい。


いよいよ九州南部も梅雨明けらしいです。日曜日はこちらも30度超えたそうです。暑い夏がやってきました。朝から天気もよくしげちゃんは普段よりもずっと早い時間帯に外に出て調子よく農作業を始めました。

と思ったら、まだ11時にもならないのにすぐに汗まみれで帰ってきて、しばらく休むそうです。米作りの農作業は苦しいので、労働力としては使えないようです。』

＊

（最後に）

「しげちゃん田んぼに立つ」がどうなるか、今はわかりません。私が東京に引っ越してしまったので、以後は部分的に「つれづれノート」に組み込む形になるかもしれません。せっせがあまりにも忙しいので、果たして、しげちゃんが先か、せっせが先かという不安もあります。何はともあれ、みなさんもお元気で。私は日々、これからも精進してまいります！

銀色夏生

珊瑚《さんご》の島《しま》で千鳥足《ちどりあし》

続「ばらとおむつ」

銀色夏生《ぎんいろなつを》

角川文庫 15372

平成二十年十月二十五日　初版発行

発行者―井上伸一郎
発行所―株式会社角川書店
東京都千代田区富士見二―十三―三
電話・編集　（〇三）三二三八―八五五五
〒一〇二―八〇七八
発売元―株式会社角川グループパブリッシング
東京都千代田区富士見二―十三―三
電話・営業　（〇三）三二三八―八五二一
〒一〇二―八一七七
http://www.kadokawa.co.jp
印刷所―暁印刷　製本所―BBC
装幀者―杉浦康平

落丁・乱丁本は角川グループ受注センター読者係にお送りください。送料は小社負担でお取り替えいたします。

定価はカバーに明記してあります。

き 9-68　ISBN978-4-04-167370-6　C0195

角川文庫発刊に際して

角川源義

第二次世界大戦の敗北は、軍事力の敗北であった以上に、私たちの若い文化力の敗退であった。私たちの文化が戦争に対して如何に無力であり、単なるあだ花に過ぎなかったかを、私たちは身を以て体験し痛感した。西洋近代文化の摂取にとって、明治以後八十年の歳月は決して短かすぎたとは言えない。にもかかわらず、近代文化の伝統を確立し、自由な批判と柔軟な良識に富む文化層として自らを形成することに私たちは失敗して来た。そしてこれは、各層への文化の普及滲透を任務とする出版人の責任でもあった。

一九四五年以来、私たちは再び振出しに戻り、第一歩から踏み出すことを余儀なくされた。これは大きな不幸ではあるが、反面、これまでの混沌・未熟・歪曲の中にあった我が国の文化に秩序と確たる基礎を齎らすためには絶好の機会でもある。角川書店は、このような祖国の文化的危機にあたり、微力をも顧みず再建の礎石たるべき抱負と決意とをもって出発したが、ここに創立以来の念願を果すべく角川文庫を発刊する。これまで刊行されたあらゆる全集叢書文庫類の長所と短所とを検討し、古今東西の不朽の典籍を、良心的編集のもとに、廉価に、そして書架にふさわしい美本として、多くのひとびとに提供しようとする。しかし私たちは徒らに百科全書的な知識のジレッタントを作ることを目的とせず、あくまで祖国の文化に秩序と再建への道を示し、この文庫を角川書店の栄ある事業として、今後永久に継続発展せしめ、学芸と教養との殿堂として大成せんことを期したい。多くの読書子の愛情ある忠言と支持とによって、この希望と抱負とを完遂せしめられんことを願う。

一九四九年五月三日